日本经典文库

疑惑

〔日〕芥川龙之介 著
吴树文 译

人民文学出版社

图书在版编目(CIP)数据

疑惑/(日)芥川龙之介著;吴树文译.—北京:
人民文学出版社,2018
(日本经典文库)
ISBN 978-7-02-013943-9

Ⅰ.①疑… Ⅱ.①芥… ②吴… Ⅲ.①短篇小说-小说集-日本-现代　Ⅳ.①I313.45

中国版本图书馆 CIP 数据核字(2018)第 042360 号

责任编辑　卜艳冰　王皎娇
封面设计　高静芳

出版发行　人民文学出版社
社　　址　北京市朝内大街 166 号
邮政编码　100705
网　　址　http://www.rw-cn.com

印　　刷　上海利丰雅高印刷有限公司
经　　销　全国新华书店等

字　　数　246 千字
开　　本　850×1168 毫米　1/32
印　　张　12.375
版　　次　2018 年 7 月北京第 1 版
印　　次　2018 年 7 月第 1 次印刷

书　　号　978-7-02-013943-9
定　　价　55.00 元

如有印装质量问题,请与本社图书销售中心调换。电话:010-65233595

芥川龙之介的文学世界

时代已进入二十一世纪，生辰八字学说依旧在民间风行不衰，且有变本加厉之势。华人后裔望子成龙，视生肖安排生子添孙。而二〇一二年适逢龙年，更使人们青睐。在东邻日本，亦盛行十二肖属之习俗，生活中所在多见。说到龙年添丁，不禁使人联想到日本文学史上一枝独秀的才子——芥川龙之介。

芥川龙之介生于辰年辰月辰日辰时，乃明治二十五年（一八九二）三月一日。家长遂起名为龙之介。生后七个月，其母病疯，龙之介遂由疯母的娘家芥川家收养。十一岁时，龙之介正式当了母兄的嗣子。生母之疯以及疯后至去世之十年中的情形，给芥川龙之介带来了心灵创伤，影响了芥川龙之介的一生。

养父芥川家是旧式世家，位于江户遗风多存的本所。所以，芥川龙之介自幼受到旧礼教的熏陶，也耳濡目染了谐趣多姿的江户庶民文学。这是芥川文学的重要营养来源。

少年时代的芥川龙之介便嗜好阅读，至死手不释卷。他在实际体验人生众相之前，已先从书本上获得了丰富的学识。学生时期的芥川龙之介，从小学、中学、第一高等学校，直至一九一六年由东京大学英文系毕业，成绩始终名列前茅。在大学时期，芥川龙之介曾彷徨于当作家还是当学者的选择，终因一九一六年发表的小说《鼻子》深受夏目漱石的赏识而决意走作家之路。但综观芥川文学之博大精深的题材、闳中肆外的笔法、运斤成风的手段、严谨缜密的结构，可以说，学者研几析理的治学之风无处不在。

芥川龙之介初谒夏目漱石，是在一九一五年岁暮。小品《漱石山房之冬》于斯有所记述。翌年，漱石未及写完《明暗》而去世，可见芥川龙之介向漱石奉手请益的时期极其短暂。但漱石的深厚教养和出类拔萃的人品人格，使芥川龙之介崇敬难已。另一方面，漱石在写《明暗》的过程中，仍不忘认真致书芥川龙之介，由衷地鼓励其成为新时代的作家、有名望的作家，提醒其千万不可操之过急，要像老牛那样稳步前进。真挚之情，溢于言表。

也许是漱石的教诲在起作用吧，芥川龙之介脱颖而出后，不骄不躁，孜孜不倦地努力进取。为不负盛名，不敢懈怠，几乎每有新作，便有新的文体和新的题材呈现，结构上也有明显的变化。难怪有人目睹其伏案创作的情景，叹服地说："简直像在写毕业论文，身边堆满各种资料，作者埋身其中，一边写一边喃喃而语。"

芥川龙之介自踏上文坛起，直到去世，始终站在时代作家的第一线，无休无止地精益求精。于是，原本孱弱的体质每况愈下。一九二五年起，严重的神经衰弱引起幻觉症。但芥川龙之介呕心沥血探求人生和艺术的精神不衰，遂造成身心极端疲乏，屡屡想到死。终于在一九二七年七月二十四日凌晨仰药自尽。在世三十五年又四个月。

对于芥川龙之介的死因，历来众说纷纭，诸如"艺术上的不安与焦躁说""生来之秉疾与强度身性障碍说""彷徨于东西方文化之相克与执著于艺术良心说""渴求艺术人生与创作之完璧主义说"等。

近年，在大正时期文坛大家德田秋声的家中发现七封芥川龙之介于自杀两年前就出版物致德田秋声的道歉信件。日本的研究家认为：这件出版物纠纷本非新闻，而芥川龙之介的亲笔致歉信是前所未有的，足见芥川龙之介受到了重创，信的内容当是解明龙之介自杀的重要线索。

此事发生在一九二五年十一月。芥川龙之介在花费两年多的精力，编辑出版了五卷本的《近代日本文艺读本》后，装修了住宅的书斋。于是文坛误传其因此书获取了重利。由于书中擅自选有德田秋声的作品，引起德田秋声向出版社提出抗议，遂导致芥川龙之介出面斡旋。

在此年十二月五日的一封信中，芥川龙之介写有"思及此事起因于鄙人之不检点，赧颜之至"；在次年的四月十七日一封信中，芥川龙之介写有"同出版社重新协商后，另寄所

（此图由译者提供）

奉，略表寸心"，足见其向德田秋声竭尽诚意。信件中还谈及"肠胃病不时发作，困苦不堪""体质衰弱，诸事不能胜任"之类的苦恼。

各种说法各有其理，不必深究。重要的是芥川龙之介那些震撼读者心灵的不朽作品，当与世长存，为后代留下了意味隽永的启示。本书后附载一篇其子所撰当时情景的回忆文章，略资管窥。

笔者二十年前游学东京时，曾屡次到田端的文学纪念馆参观。田端乃芥川龙之介等一批作家的聚集地。玲珑的馆内，书香气浓郁。除文学实物外，有供参观者自由播放的音像设备，介绍田端的作家们，包括芥川龙之介的家庭生活以及芥川龙之介在院子里攀树而上的摄像。

笔者不曾在馆内遇见过任何人，颇似独自在书房内流连。馆外的街巷整洁幽静，偶见行人路过，一派昔人乘鹤而去的楼空气氛。

离田端不远的巢鸭，有不少墓地，其中的慈眼寺境内，有芥川龙之介的墓。此墓蜷缩在墙篱处，陈旧不显，其景清寂。笔者特意绕道至寺外，步至街路一侧。贴着墙篱，芥川龙之介墓近在咫尺。笔者在东京时瞻拜过诸多明治大正时期的名作家墓所，可说多不惹眼。永井荷风墓最为颓败，只有一块黑色墓碑竖在荒土衰草中，高一尺许，宽不及半尺。夏目漱石墓亦不比墓地内其他墓突出。记得有说明曰，是从别处特地迁来的。可见在别处时当不及此处。但墓前常插有鲜花，乃是现时学子为祈求升学顺利而来诣墓时所奉。

芥川龙之介去世后，日本的文艺春秋社在一九三五年设立"芥川龙之介奖",以纪念这位文坛"鬼才"。芥川奖的授奖对象是文坛新秀的纯文学作品,至今仍然是世人瞩目的权威性文学奖,乃"作家之龙门"。几十年来,众多作家因该奖而闻名于世。芥川龙之介的作品也被译成英、法、德、俄、西班牙、意大利、世界语以及中文,在全世界流布。

芥川龙之介生于十九世纪最后一个龙年,甲子是壬辰。眼前就到二十一世纪第一个壬辰年。时经两个甲子,凡一百二十年,横跨三个世纪,而芥川其人以及芥川文学在日本乃至在全世界驰名不衰。究其原因,大致有二。一是充分运用了小说的虚构特性,在短篇这一范围内,终生不懈地勇敢战斗,发挥和体现了小说的魅力。二是真挚诚实地对待时代和人生带来的课题,作者的喜怒哀乐往往引起读者的共鸣。换言之,芥川龙之介其人的问题和芥川龙之介性质的境遇,动辄会成为某种新的课题横在人们面前,迫使人们去探索和解决。

这里选译了芥川龙之介的二十九篇作品,可以说是一册"芥川作品编年别裁集"。开卷第一篇《隅田川的水》,是认识芥川文学全部轨迹的至关重要的作品。

小品《隅田川的水》写于一九一二年,芥川龙之介尚未满二十岁,乃是其真正的处女作。该小品本是自我习作,不是为发表而写,但足以窥见芥川文学起步伊始的思想面貌和艺术造诣。尤其重要的是——原稿在是年"度过了第十八个生日"之外,明确写有:"我生于筑地……未及孩提而迁住本所……"但在一九一四年几乎悉依原稿正式刊出此小品时,却以自己生于隅田川端沿岸开宗明义。有名的隅田川乃东京或称江户的摇篮。隅田川端沿岸的本所，乃作者养父芥川家的所在处，作者真正的本家新原家是在筑地。可见作者从第一篇面世的文章起，就力图隐匿自己的身世，忌讳生母病疯的事。所以，《隅田川的水》无疑是芥川龙之介向文坛和社会显示的一幅自画像。想要认识芥川龙之介的内心世界，这篇散文值得细细玩味。

在明治四十年代的当时，日本文坛处于自然主义文学的全盛期，作家多依据自身体验来描绘实际生活的是非明暗，于是，盛行一种否定虚构文学、不掩饰自身现实生活的文学价值观，是为自我小说，即"私小说"的先河。但是夏目漱石异军突起，倡导凭借想象力来创造虚构的世界，使小说具有高于现实生活、指导现实生活的品格，带有批判现实主义的倾向。不言而喻，忌讳内心告白的芥川龙之介步入文坛时就与自然主义文学背道而驰，成为漱石文学的新星，在短篇小说领域内继承了驰骋想象、巧妙虚构的正统小说表现手法。

芥川龙之介是一位有意识并且不同凡响地运用短篇小说特性的作家。在芥川龙之介的小说里，不论是否杰作，无不在一定水准上巧妙细致地借助小说的构造，提出明确的主题，无懈可击地把西洋近代短篇小说的原型化入日本语的小说，渲染出日本的历史和传统。芥川龙之介善于把现在持有的主题以及时代所要求的问题，嵌套入历史上的异常事件或异常环境中予以描述。更因为有意识地追求效果，芥川小说的形式之多样，大概无人能出其右。有学者统计说："一目可了然者，已近二十种之多。"若无广博的知识和研精静虑的意向，当然是办不到的。

日本文学评论家中村真一郎说过这样的话："芥川龙之介作品的主要特征在于反映人们错综复杂的思想意识。芥川龙之介复活了自然主义文学时期以来日本近代小说所失去的浪漫主义，而且拓展了日本近代小说的传统。芥川龙之介有意识地创造了一种文体——不是司空见惯的文体，而是消除了庸俗味的艺术性文体。"即以这里选择的前期作品《西乡隆盛》《疑惑》《尾生的信义》，后期作品《三件宝》《猴蟹之战》，直至去世前不忘探渊索珠、体现下层士兵困苦的《三个窗口》，表现自杀前矛盾苦恼之心理状态的《暗中问答》诸篇来看，庶几可以首肯。

一九一五年，学生时代的芥川龙之介在校刊性质的《帝国文学》上发表短篇小说《罗生门》，令人叹服。

次年，表现希望实现后之不安的《鼻子》问世，夏目漱石予以激赏，称其作品"诙谐自然，情趣雅致，材料新颖，立意精辟，构思严谨，令人折服"。并预言："若有二三十个如此短篇问世，当登文坛之魁首。"漱石之言，可谓一语中的。

一九一九年至一九二〇年，芥川以秋为主题，写出两篇杰作。一篇是《舞会》，借焰火瞬间消失于暗夜中来抒发"缅怀文明开化之秋"的无奈气氛。小说前篇出现的美丽少女和瑰丽华贵的场面，与小说后篇在简陋的旅途环境登场时已年近五十的女主人公形象，对比鲜明。这种利用过去和现在的交错来渲染人生的笔法，乃芥川小说的特点。《台车》和《庭园》也沿用了这一手法，但别有一种虚无哀叹的风韵。另一篇是《秋》，借"现代之秋"的寂寥冷漠来叹息梦想生活模式在现实中崩溃。至此，芥川文学的夏季已告终，芥川龙之介也开始步入暮秋之年。

而此年发表的短篇《蜜橘》，是在明显地抒发庶民的生命力感染了颓唐消沉的知识分子的感慨。

一九二〇年，芥川龙之介总算正面接触"母"这一主题。先是借《杜子春》中主人公面对魂宿羸马的母亲竟不辞折磨为子牺牲的殷切关怀，发出肺腑之泣。芥川龙之介是旨在追慕"有人性"的生活。

接着，芥川龙之介写出了《弃儿》，作品安置无血缘关系的两代人，在"非母之母爱"与"非子之子孝"间，拉出一缕家族之爱。翌年发表《母》，显示出芥川龙之介对母亲的理解多幼稚和观念成分，难离宿命性的模式。对于家族这一人间关系中的纠葛，芥川龙之介在一九二二年写的小品《我的散文诗》以及去世那年发表的小说《玄鹤山房》里，有了更完整的认识和表现。

一九二二年发表的《六宫的公主》和《皇家宫偶》，当是芥川历史小说最后的杰作。前者描绘了在命运面前完全无能为力的女性，后者继其余韵，渲染了面临新时代的无可奈何。一派夕阳黄昏、木凋花落的悲壮景象。

接着，芥川龙之介另辟文学蹊径，写了一系列以保吉为主人公的作品。这些作品的首尾虽有据作者自身体会展开的构思，但不同于"私小说"，没有完整的内心告白，写法上也属于故事的范畴，不染指个人真实体验，基本上没有偏离历史小说的特性，仍是先前发表的《台车》《庭园》一类小说的继续。如《保吉的札记》《寒》，与其说是表现事件的动向，不如说是着眼于保吉对事件作出的诙谐而犀利的批判。《寒》还以物理现象的两极来衬托爱与死的两端,暗示人生之玄。

最后来谈一谈芥川龙之介的儿童文学作品。当时,即大正时期的儿童文学作家,多以追忆、回想的文学模式来表现童心童意。他们往往有善梦的资质,把一般小说中不能实现的人、事,寄托于童话的形式加以表现。芥川龙之介则不然,没有独自的童话观。童话在芥川的意识中,不过是读者对象有所不同罢了。所以第一篇童话《蜘蛛丝》及稍后发表的《魔术》,都旨在为儿童诠释自私的可鄙和可悲。《三件宝》是一出童话剧,可谓别开生面,亦是芥川努力开辟艺术新路的缩影,主题是肯定人性之爱,否定魔法之力。结尾处呼吁脱离桃源世界,赞美勇如兵士地进入辛苦的现实世界去生活。《仙人》的主人公属于芥川小说中多见的"圣愚人"类型。芥川龙之介一贯神往这些愚直而充满信念者的生涯。芥川最终的一篇儿童文学《阿白》,乃童话中的不朽之作,跳出自私自利必有报应的藩篱,提出了克服和救济自私自利的课题。那隐匿于冷嘲热讽假面下的芥川式的亲切多情,已跃然可见;芥川小说中多见的冷彻犀利的形象,在其儿童文学作品里已难觅其踪。

吴树文
二〇一〇年,于上海

目 录

- 001 隅田川的水
- 011 罗生门
- 021 鼻子
- 031 烟草与恶魔
- 043 西乡隆盛——致赤木桁平
- 061 蜘蛛丝
- 069 蜜橘
- 075 疑惑
- 093 魔术
- 107 舞会
- 117 尾生的信义
- 123 秋
- 143 杜子春
- 161 弃儿
- 171 母
- 187 三件宝

201	台车
211	仙人
219	庭园
233	六宫的公主
249	猴蟹之战
255	皇家宫偶
273	保吉的札记
281	阿白
297	寒
307	一个社会主义者
313	玄鹤山房
337	三个窗口
351	暗中问答
366	芥川龙之介年谱
372	父亲的形象

隅田川的水

我生长在靠近隅田川端①的横纲街，街上净是黑土围墙。走出家门，有一条小路，路边长着枝叶茂密的楮树。一穿过这条满是树荫的小路，就到了沿河岸的百本杭，一条宽阔的大河顿时展现在眼前。从儿童时期一直到中学毕业，我几乎天天看到这条河，看到水、船、桥、沙洲，看到那些生在水上、长在水上的人们过着忙忙碌碌的生活。盛夏时期，过了正午以后，我踩着发烫的沙土，去河里学游泳，那股径自钻进鼻孔、沁入肺腑的河水气味，随着岁月的流逝，至今还给我留下了难以忘怀的亲切感。

　　我为什么如此酷爱这条河呢？为什么隅田川那泥沙浑浊的温吞吞的河水总会引起我无限的缅怀与依恋呢？我自己也觉得有点不知其所以然。可是，从很早以前开始，我每看到这河水，就会一阵鼻酸，也不知为什么，总觉得有一种不可名状的安慰感和寂寥感在滋生，似乎眼泪都要止不住地往下掉。我仿佛觉得自己已完全远离这个栖身的现实世界而进入了思慕和怀念的国土。因为有着这样的情绪，因为能够品味这种安慰感和寂寥感，所以我尤其爱隅田川的水。

　　银灰色的烟霞雾霭，河水青镜油凝；唉声叹气的汽笛，

---

① 隅田川端指隅田川吾妻桥下游的一部分流域，尤指两国桥至新大桥之间的流域。

鸣声捉摸不定；运煤船的三角帆，颜色褐里带黄——这整个河上图景，将一种难以排遣的哀愁从心底唤起，使我幼小的心灵瑟缩不已，仿佛河堤上的依依杨柳、青青枝叶，弄柔飒飒。

最近这三年间，我在书斋里过着平静的读书生活，每天专心致志地埋头在书本中间。书斋坐落在东京郊外职员阶层集中的高岗地区，在杂树林的荫翳之下。即便是这种情况，我还是不会忘记每个月两三次去眺望一下隅田川的水。书斋里寂然无声，总是孕育着兴奋和紧张的气氛，我在其中无休止地忙忙碌碌，脑子不得片刻空闲。河里的水似静而动，似止而流，这水色把我的心引入一个冷落萧索、可以无拘无束思慕怀念的境界，这和一个人经过长途跋涉的朝香之后，总算又踏上故乡土地时的心情别无二致。有了隅田川的水，我才得以重新生活在古朴纯正的感情里。

我好几度看到过，初夏轻柔的熏风拂过下临青流翠水的重合欢树，树上洁白的落花，簌簌如飞雪。在雾气弥漫的十一月的夜晚，我好几度听得，从昏暗的河水上空传来鸼鸟有若畏寒的鸣叫声。凡我看到、凡我听到的，这所有的东西都引起了我对隅田川的新的爱慕。一颗容易颤动的少年的心，像夏天河川里生长出来的大黑蜻蜓的翅膀一样抖动不已，这颗心每次都不能不张着新的惊异的大眼睛注视着这一切。尤其是夜里，我倚着渔船的船舷，凝视着无声无息流淌的漆黑的河水，心里感觉到"死"的气息在夜色和河水里飘荡，这时，真不知有多少寄托无门的凄凉寂寞在向我逼来。

每次看到隅田川的流水，我一定会怀念起邓南遮①的心情，他对威尼斯的人情风物倾注了满腔的热情，夜幕随着教堂的钟声和天鹅的鸣叫声，在威尼斯这个意大利的水都降临，月亮像沉入了水底似的发着冷光，月魄使建筑物阳台上的蔷薇花和百合花披上了苍白色，凤尾船宛如黑色的棺柩在其间游荡，从一座桥划向另一座桥，犹如进入了梦境。

隅田川沿岸的诸多街巷，承恩于河水的沐浴、爱抚之中，对我来说，这些街巷都使我依恋难忘。从吾妻桥沿河岸往下游数，有着驹形、关木、藏前、代地、柳桥这些市街，还有多田的乐师前、梅堀、横纲——无处不叫我留恋。隅田川的水像块磨砂玻璃板，散射着青色的光亮。冷清清的潮水卷起一股清香。与此同时，从伫立在日光下的土窖土仓的白墙和白墙之间，从装饰着花格子门窗的光线黯淡的房子和房子之间，或是从绽出银褐色幼芽的杨柳和金合欢街树之间，河水发出一种令人思慕和怀念的声响，和从前一样向南流去，这声响还传进街巷行人们的耳朵里去了呢。啊，令人依恋的水声哟，你喃喃自语，执拗乖戾，你咋着响舌似的让青草嫩汁般的翠流去洗濯两岸的崖石，不舍昼夜。班女②、业平③、武藏野④时期，已旷古年深而不得其知，但远溯江户净琉璃的众

---

① 邓南遮（1863—1938），意大利著名诗人、小说家、剧作家。早年作品具有现实主义倾向，后期创作转向唯美主义，对后世影响甚大。
② 日本能乐演员、剧作家世阿弥（约1364—1443）的能乐剧《班女》中的女主角，是一妓女，因互换信物的男子一去不返遂发疯。
③ 在原业平（825—880），日本平安时代的歌人。
④ 武藏野是关东平原的一部分，泛指旧武藏国，今归埼玉县和神奈川县。

多作者，近及河竹默阿弥翁，为了和浅草寺的钟声一起，最强有力地渲染出剧中刑场的气氛，他们当时在那些剧作里屡次三番使用的，实在就是隅田川的凄清流水声。

当十六夜和清心①杀身弃命的时候，当源之丞对女乞丐阿预一见钟情的时候，或者是当焊锅匠松五郎②在蝙蝠高飞的夏夜，挑着担子从两国桥上通过的时候，隅田川和今天一样，在系缆的泊船码头下，在岸边的青翠芦苇间，在小划子的船腹两侧，河水不停地低声细语，慵困有致。

水声尤其富有情致而使人感到依恋可亲的，恐怕莫过于在渡船之中聆听了。如果我没有记错的话，从吾妻桥到新大桥之间，原来有五个渡口，其中驹形、富士见和安宅三个渡口，不知何时已次第告废，现今只剩下从一桥向滨町的渡口以及从御藏桥向须贺町的渡口了。我童年时期的河流如今改了道，芦荻茂密的汀洲一度星罗棋布，如今旧踪迹不复存在，完全没于土中了。可是，唯有这两个渡口，至今无所变异，在相同的浅底小船上站着两个似乎相同的老船夫，渡船一天好几次在河里横渡，青绿色的河水，颜色和岸边的柳树叶子相仿。我常常并不需要摆渡却去乘渡船。随着水波的动荡，像是在摇篮里似的，身体也会轻轻地摇晃。特别是晚上，时间越迟，乘渡船的寂寞和喜悦之情就越渗入肺腑。

低低的船舷外侧，紧贴着轻滑的绿水；宽阔的河身，像

---

① 十六夜和清心是河竹默阿弥的歌舞伎脚本中的和尚和妓女，后来双双自杀。
② 松五郎也是歌舞伎脚本中的主角，他从两国桥看到富者游山，遂动心为盗，后悔恨自杀。

青铜似的发出黯淡的光。纵目眺望河面，到远处的新大桥为止，可以一目了然。沿两岸的家家户户，已经融合在黄昏的灰色中了，就连映在一扇扇纸拉窗里的灯光，都浮游在黄色的烟霭中。半张着灰色船帆的大舢板，随着潮汛的来到，一只、两只，为数稀少地浮上河面，但无论哪一只船上，都寂静无声，简直不知道船上有没有掌舵的人。对着这静谧的船帆，闻着这青绿色的缓缓流动的潮水气味，我总是默默无言；就像念着霍夫曼斯塔尔[①]的诗歌《往事》那样，感到有一种说不出的寂寞和凄凉，与此同时，一种感觉在我的心中油然而生：隅田川这富有诗意的窃窃私语的水流，和隅田川在雾霭底下奔走的水流，是在奏着相同的旋律。

然而，使我神往的不独是隅田川的水声。我还感到，隅田川的水几乎无处不具有一种不可名状的滑润和温馨的光彩。

海水，打个比喻，它凝聚着碧玉的颜色，是一种过分的重绿。而完全感觉不出潮汛涨落的河川的上游，它的水色可以说正如翡翠，过于轻，过于薄。唯有交错着淡水和潮水的平原上的大河里的水，在清冷的苍色中，交融着浑浊而温暖的黄色，从人情化了的亲切气氛和人情味的意义上来说，这河水到处都具有一种栩栩如生的和蔼可亲感。尤其是隅田川，它流遍多红色黏土的关东平原，从"东京"这个大都会静静地流过，所以水色浑浊，带有皱縠般的波纹。它还像难以伺候的犹太老爷，唠唠叨叨发着牢骚。这水色怎么说也具

[①] 霍夫曼斯塔尔（1874—1929），奥地利诗人、剧作家，新浪漫主义派的代表作家。

有一种从容镇定、平易可亲和手触舒畅的感觉。而且，虽说同样是从一个城市中流过，但或许是因为隅田川和神秘得很的"海"不断交流的缘故吧，它不像沟通河流的人工沟渠那么黯淡，那么昏昏欲睡，它总令人感到它是在生气勃勃地流动。而且，它奔赴的前程没有止境，使人感到它是在向着不可思议的"永远"奔流不息。在吾妻桥、厩桥和两国桥之间，河水像苍色的香油，浸泡着大桥的花岗石和砖砌的桥基，这时，它当然喜悦异常了。

近岸的地方，河水映照出船行里白色的方形纸罩座灯，映照出翻动着银缕的柳树。此外，正午过后，由于水闸被堵塞，河水听着三味线的音响在温暖的空气里流过，它一面在红芙蓉花丛中一唱三叹，同时又被胆怯的鸭子振翅击碎，于是，河水闪烁着光亮，从不见人影的厨房下静静地流过，这庄重的水色，蕴藏着一种难以形容的脉脉温情。

两国桥、新大桥、永代桥，随着接近河口，河水明显地交流着暖流的深蓝色。同时，在充满噪声和烟尘的空气下，它一面像白铁皮似的晃动着灿烂耀眼的日晖，一面懒洋洋地摇晃着满载着煤的圆形重船和油漆斑驳的老式轮船。纵然如此，大自然的呼吸和人的呼吸交融汇合，不知不觉间融合在都会水色中的温暖，却不是能够轻易消失的。

特别是薄暮时分，水蒸气笼罩着河面，向晚时候的天空中，余光正在逐渐黯淡、消失，这使隅田川的水处在无法形容的气氛中，河水开始调出一种微妙的色彩。我孑然一人，把胳膊支在船舷上，悠然举目四望。昏黑的河面上，夜幕开始降临，在暗绿色的河水的彼方，一轮硕大发红的月亮正逐渐从地平线升起,看到这情景,我不由得潸然泪下,这恐怕是我终生终世也不会忘怀的。

"所有的城市,都具有它自己固有的气味。佛罗伦萨的气味,就是伊利斯①的白花、尘埃、雾霭以及古代绘画的清漆气味。"(梅列日科夫斯基②语)要是有人问我"东京"的气味是什么,我大概会毫不犹豫地回答:是隅田川的水味。不独水的气味,隅田川的水色、隅田川的声响,一定就是我所爱的东京的色彩,就是我所爱的东京的声响。因为有隅田川,我爱东京;因为有东京,我爱生活。

又听说一桥渡口废了,大概过不了多久,御藏桥渡口也要告废吧。

---

① 伊利斯是希腊神话中的神,彩虹的化身。
② 梅列日科夫斯基(1865—1941),俄国作家、哲学家,代表作有《诸神的黄昏》等。

罗生门

某日黄昏，一个家仆在罗生门下等着雨停。

广大的门楼下，没有第二个人，只有一只蟋蟀停在丹漆斑驳的大圆柱上。罗生门位于朱雀大路，理该再有两三个戴市女笠或软乌帽的避雨人才对。但是，除了这个家仆，没有别的人影。

这是因为近两三年来，京都实在多灾多难，地震、龙卷风、火灾、饥荒，接连不断，所以都城一派凄清景象。据旧书记载，彼时，人们砸毁佛像、佛具，把这些饰有丹漆或金箔银箔的木料物件撂在路边，当做柴禾卖钱。都城的景况如此，修理罗生门之类的事当然无人问津，于是，借此荒芜之机，狐狸在此作窝，盗贼在此落脚。发展到后来，人们常把无主的尸体运到这门楼，弃而去之，这简直是约定俗成的习惯了。因之，太阳一落，谁都不愿走近这个门楼，以免惶恐不已。

代之而来的，是数不胜数的乌鸦，也不知是从哪儿飞来的。白天，可以看到数不清的乌鸦划着弧线，围绕在高高的鸱尾附近，边飞边啼。特别是在晚霞染红了门楼上空的时候，乌鸦便多如撒出的芝麻。这些乌鸦无疑是飞来啄食弃于门楼上的尸体的。当然，今天大概是为时已晚，不见一只乌鸦的影踪。唯见无处不开裂、裂缝中又长着萋萋野草的石阶上，牢牢地点缀着点点白色的鸦粪。家仆在一共有七级石阶的最上一级处，隔着那件洗褪了色的蓝色夹袄的大襟，坐了下来。

他茫然地望着纷纷下落的雨丝，心里在惦记着右脸颊上的大疱疹。

笔者在前面已经写了，"一个家仆在等着雨停"，但是雨即使停了，这个家仆也没有什么目标可以投奔。往日他当然是回主人家去，可这个主人在四五天之前就把他解雇了。前面也已经提到，当时的京都城内是一派凄清、衰微的景象，而眼下这个家仆被长年的老东家解雇，其实也是都城衰微的一个小小余波而已。因此，与其说"家仆在等着雨停"，不如说是"被雨所困的家仆无处可去而日暮途穷"更为恰当。再说，今日的天候也在很大程度上使这个平安朝的家仆更为伤感。雨是从申刻后开始下的，眼下没有要停歇的意思。这个家仆首当其冲的问题乃是明天怎么过，也就是说，怎么来解决目前穷途末路的处境。他漫无边际地东思西想，两耳似闻非闻地听着朱雀大路上那已经下了一段时间的雨声。

雨丝笼罩着罗生门，刷刷的雨声从远处拥来。暮色渐渐压下来，抬眼望去，斜向伸出的门楼屋顶的瓦甍上面，压着昏沉沉的云翳。

为解决穷途末路的处境，看来无暇顾及什么手段了。顾忌手段的话，只有饿死在土墙根下或道旁的分，然后被运到这门楼上，有如一条被扔掉的死狗。如果不择手段——家仆在这条思路上不知徘徊了多少次才触着了问题的最终解决办法。不过，这个"如果"看来永远是个"如果"。家仆肯定了"不择手段"这一方针，但要兑现这个"如果"，很显然，接踵而来的当是"唯有去当盗贼"。面对这个问题，家仆连积极加以肯定的勇气都拿不出来。

家仆打了一个大喷嚏，然后慵懒地站起来。暮时多凉的京都，已经有了使人想生个火桶①取暖的寒意。从门楼的柱子同柱子之间，风流夹着夜幕，无情地往里钻。原来停在丹漆柱子上的蟋蟀，早已不知去向了。

家仆缩头缩颈地扫视着门楼，那内衬黄色汗衫、外套蓝色夹袄的肩膀呈耸起状。他希望找到一个可避风雨又不易露眼的地方，先无忧地度过这一晚，等天亮再说。巧得很，他看到了一架宽宽的、也饰有丹漆的梯子，这是上楼顶用的。楼顶上即使有人，也无非是死人。于是，家仆抬起穿着草鞋的脚，踩上这架梯子的最低一档，一面提防着腰间所佩的木柄长刀别脱鞘掉落。

过了几分钟，可以看到一个男子在上罗生门楼顶的宽梯中间处，猫着腰屏气息声地窥视着楼上的动静。从楼上射来的火光，时隐时现地掠过他的右颊，右颊的胡子中长着发红带脓的疱疹。家仆一开始认为楼上无非至多有些尸体而已，但是拾级登了几档一望，却发现有人在楼上点了火，那火光还在这儿那儿地移动着。这浑浊发黄的火光摇曳着映出了四角结满蜘蛛网的天花板，所以毋庸置疑，敢在这雨夜的罗生门楼上点起火的人，肯定不会是普普通通的人。

家仆像一只壁虎那样轻手轻脚地登到陡直梯子的最高一档，接着，他尽量压平身子，使脖子尽可能往前探，诚惶诚恐地窥察楼内的情况。

---

① 一种木制圆火桶，把桐树之类的树干凿空，内侧镶上铜皮，用以生火取暖。

果然如传闻所言，楼内随意地丢弃着好几具尸体。由于火光所及的范围要比想象的狭窄，所以看不真切一共有多少具，只能依稀看出其中有一丝不挂的，也有穿了衣服的。不用说，尸体中有男也有女。这些尸体宛如用土捏成的偶人，张着口或伸开着手，横七竖八地滚落在地板上，简直令人怀疑他们一度确实是活生生的人。尸体的肩和胸等凸出的部分承受了迷迷糊糊的火光，低凹部分的阴影因而显得越发昏暗；他们就像哑巴似的永远沉默着。

家仆闻到了这些尸体散发出来的尸臭，不由得要掩住鼻子。但他刚一抬手，却竟把这掩鼻子的事丢到脑后去了，因为有一种强烈的感情几乎夺走了他的全部嗅觉机能。

原来，家仆在此时此刻发现尸体中蹲着一个人，一个身穿黑衣、又小又瘦、形同猴子的白发老太婆。她右手拿着点了火的松木劈柴，正专心地注视着一具尸体的脸部。从尸体的头发很长这一点来看，当是一具女尸。

（御正伸绘）

家仆带着六分的恐惧和四分的好奇，一时神夺，连呼吸都忘掉了似的。借用一句旧文献上的说法，他觉得"全身的汗毛都倒竖起来了"。老太婆把松木劈柴插在地板缝里，两手搭在注视过片刻的女尸头上，犹如老猴替小猴捉虱子似的，一根一根地拔起女尸的长头发来，手起发落。

随着头发一根又一根地被拔，恐惧感也从家仆的心里一点一点地消散。与此同时，一种对这个老太婆的强烈憎恶感，也在家仆身上一点一点地萌动。不对，不是"对这个老太婆"，因为这样说也许会导致误解，应该说是"对一切坏事"的反感情绪，正在一分一分地增强。这时候，如果有人把家仆先前在门楼下思索过的"饿死路旁"还是"去当盗贼"的问题重新向家仆提出来，家仆恐怕会毫不遗憾地选择"饿死路旁"。他憎恨坏事的感情就好比老太婆插在地板缝里的松木劈柴，燃得越来越旺。

当然，家仆不清楚老太婆为什么要拔死人的头发，所以从逻辑上说，家仆也不清楚老太婆此举是善是恶。但是在家仆看来，在这种雨夜的罗生门楼上拔取死人头发，就是不可饶恕的大坏事。当然，家仆这时早已把先前自己就想当盗贼之类的事忘得精光了。

于是，家仆在两条腿上一运力，从梯子一跃而入。他把手按在木柄长刀上，大步走近老太婆。不言而喻，老太婆为之一惊。

老太婆看见家仆，简直就像被弩打出来的石块一样弹跳起来。

"呔，你往哪儿逃！"

家仆见老太婆在尸体之间连跌带爬地想夺路而逃,便上前挡住去路,开口骂道。

老太婆见状,想冲倒家仆便溜走,家仆岂能放行,一把将老太婆推了回去,两人遂在尸体之间扭作一团,都没有开口。不过胜败是交手伊始就已见分晓的:不一会儿,家仆抓住老太婆的手臂,把她摔倒在地。老太婆的手臂只剩皮包骨,同鸡腿差不多。

"你在干什么勾当?快说!要不,让你尝尝这玩意儿!"

家仆把老太婆一推,长刀出鞘,钢刃闪着白光伸到老太婆眼前。可是老太婆不吭声,两手哆嗦不已,肩部起伏不止,双眼圆睁,眼珠仿佛要夺眶而出,但就是执意不吭声,有如哑巴。面对此状,家仆才明显地感到:这个老太婆的生死是完全掌握在自己手中了。而这一意识竟使方才激烈燃起的憎恶情绪在不知不觉中冷却下来,留下的,只有那种做了某事而功成名遂的安逸得意和满足感。于是,家仆俯视着老太婆,带点柔声地说道:"我不是衙门里的捕快之类,而是方才由此门楼下经过的路人,所以不想把你捆起来绳之以法。不过,你得向我说清楚,在现在这种时候,你到这楼上来干了些什么。"

老太婆闻言,把眼睛睁得更大,一动不动地瞪着家仆的脸。这是一双眼眶呈红色、有如食肉鸟类一样的锐眼。接着,老太婆像是在咀嚼什么东西似的让嘴唇翕动了。由于皱纹的关系,她的鼻子几乎同嘴唇连在一起了。可以看到她的喉结在纤细的喉部颤动,与此同时,从这喉咙里发出了鸦啼似的声音,上气不接下气地传到家仆的耳中:"我拔这头发,拔这头发，是想用来做假发。"

老太婆的回答是出乎意外的平常，使家仆感到丧气。而在这丧气的同时，先前的那种憎恶感伴随着冷漠的鄙夷，一起在家仆心中复苏。大概是这种情绪也被对方觉察到了吧，只见老太婆一手拿着刚从死人头上拔下的长发，发出癞蛤蟆似的声音结结巴巴地说道：

"诚然，拔取死人的头发，也许是非常缺德的。但是躺在这里的死人，都是些可以被这么对待的人哪。就说眼下这个被我拔取头发的女人吧，她曾把蛇斩成十二厘米的肉段，晒干后冒充鱼干，卖给皇太子的卫队。如果不是得了瘟疫而一命呜呼，她现在还要去卖呢。说来也真是，据说这个女人卖出的鱼干很鲜美，是宫廷卫队少不了要买的好菜哪。我并不认为这个女人的所作所为很缺德，不这么做的话，就等着饿死，所以她是不得已而为之的呀。与此同理，我也不认为我现在的所作所为很缺德，因为不这么做的话，我也会等着饿死，所以我也是不得已而为之的呀。对于不得已而为之这一点，这个女人应该有深刻的体会，所以她多半是会谅解我的行为的吧。"

老太婆说出的话，大致就是这些内容。

家仆把长刀收进刀鞘，左手按着长刀的木柄，态度冷淡地听了老太婆的这一席话。当然，他听的时候，右手也没有忘记按住面颊上化脓的红色大疱疹。但是，在听的过程中，家仆的心里生出了一种勇气，这是他先前待在门楼下时缺少的那种勇气；这种勇气又是同他方才跃上楼来捕捉老太婆时的那种勇气截然不同的。对于饿死还是当盗贼的问题，家仆不光是不再犹豫,而且可以说,此时此刻,他的心情已彻底变了样,那种饿死之类的想法,几乎根本不存在似的被逐出意识之外了。

"你说的是实情啰?"

家仆听老太婆说完后,不无嘲笑地核审了一句。随后,他往前迈出一步,右手猝然脱离颊上的大疱疹,抓住老太婆的后颈,以其道还治其身似的说道:

"那么,我剥取你的衣服,你不会恨我吧。我也处于不这么干就要饿死的境地呀。"

家仆很利索地剥取了老太婆的衣服。老太婆想抱住他的腿不放,他便粗暴地把老太婆踢倒在尸体上。这儿离下楼去的梯子只有五步光景,家仆腋下夹着剥得的黑色衣服,随即顺着陡直竖放的梯子而下,消失在夜幕中。

过了好一会儿,像死了一样横倒在地的老太婆,才从尸体之间抬起赤裸的身子,口中又是嘟哝又是呻吟,借着还没熄灭的火光,爬到梯子处,抬起披垂着不长的白发的头,从楼梯口向门楼下张望:楼外只有黑洞洞的长夜。

没有人知道家仆的去向。

鼻子

说到禅智和尚这位内供①的鼻子，在池尾②可谓无人不晓。鼻子长十七八厘米，从上嘴唇以上垂至颚下，根部端处一样粗，简直像一条细长的香肠，由脸部的正当中披垂下来。

年过五十的内供，从当小沙弥学佛事至眼下在宫内佛殿任要职，没有一天不为这鼻子感到心烦。当然，在表面上，他至今仍摆着一副泰然自若的神情。这不光是因为他觉得身为一心向往极乐净土的和尚不该去惦记鼻子的事，更重要的还在于：他不愿让人觉察自己在鼻子的问题上心事重重。在日常言谈的时候，内供最怕出现"鼻子"这个词语。

内供感到鼻子使他难堪的原因有两个，一是鼻子长给生活带来诸多不便，首先表现在吃饭也对付不了。吃饭时，鼻端会垂及盛在金属碗里的米饭。所以内供在整个吃饭的过程中，总是命徒弟坐在食案的对面帮忙，用一块宽三厘米、长六十厘米左右的木板抬起这条鼻子。但是这样吃一顿饭，令抬鼻子的徒弟和被抬的内供，都感到相当麻烦。有一次，徒弟不在，便由一个寺内的小厮代之，小厮的手随着一个喷嚏而颤了颤，鼻子就插入粥里了。当时，这件事传遍了整个京都。然而对内供来说，这根本不是他为这鼻子感到心烦的主要原因。内供实在是在为鼻子有伤他的自尊心而心烦。

---

① 指专在宫中的佛殿行佛事的和尚。
② 地名，位于京都府宇治市。

池尾的市民都说长了这么一个鼻子的禅智出家为僧，当了内供，实在是谢天谢地的好事，否则，光凭这个鼻子，就没有女人会嫁给他的吧。其中有人干脆认为，他正是因为长了这么个鼻子，才出家当和尚的。可是内供并不觉得身为和尚，鼻子带来的烦恼就会有所减轻。内供被娶妻室这种归结性的问题所左右，自尊心实在太容易受伤。于是，内供试图从积极与消极两个方面来医治这种自尊心受到的创伤。

内供首先想到的是，怎样使这条长鼻子看上去显得短一些。当没人在场的时候，他面对镜子，让镜子从各个角度反映出自己的脸，加以仔细地研究。他总觉得光是改变一下脸的反映角度，收效不大，于是辅以支颐、托腮等手段，耐心地揣摩。然而，鼻子没有一次显出能使他感到惬意一些的样子。弄得不好，愈努力竟愈觉得鼻子反而更长了。这时内供只好把镜子藏进盒中，灰心地长叹一声，怏怏不乐地回原来的置经几前，诵《观音经》去了。

此外，内供随时留意别人的鼻子。池尾寺本是一个僧侣经常聚会和演讲的寺庙。寺内建有僧房，排得间不容隙；浴室里，寺僧天天要烧洗澡水，所以在这寺庙进进出出的僧人俗夫数不胜数。内供极有耐心地观察着这许多人的脸，哪怕能找到一个也长有这种鼻子的人，就可聊以自慰了。所以内供的眼里容不进那些蓝色便服，也容不进那些白麻布单衣。而橙色僧帽和黑色法衣之类，又属于熟视无睹的东西。内供不看人，只看见鼻子。虽说其中不乏鹰钩鼻子之类，却找不到一个有如内供那样的鼻子。由于屡找屡不见，内供又渐渐抑郁不快起来。内供在同人说话时，会不由得捋捋鼻端，脸也随着恼羞发红,不外是这种抑郁不快导致的。

最后一招,内供想从佛典内找出一个具有自己这种鼻子的人物,以图多少得到些排遣。但是所有的佛典都没有写到过目连和尚或舍利弗和尚的鼻子是长的。当然,龙树①和马鸣②也都是鼻子很正常的菩萨。内供在听震旦的故事中,无意间听得蜀汉刘玄德的耳朵很长时,心想:如果是指鼻子,自己将会多么气壮哪。

内供在做这种消极的努力的同时,也采取积极的措施,以图使鼻子变短。这方面的苦心孤诣已无须多谈,可以说内供是尽了一切努力。他喝过用乌瓜煎出的汁,往鼻子上抹过老鼠的尿,但结果是枉费心力,鼻子不是依然长十七八厘米、从嘴唇的上面垂下来吗?

然而在某年的秋季,内供的一个僧徒上京城兼办了内供的事——从一位熟识的医生那儿学得缩短长鼻子的方法。这位医生本是来自震旦,其时在长乐寺③当和尚。

内供一如既往,摆出一副不把鼻子放在心上的泰然样子,有意不表示立刻照那办法试试看。于是,内供以一种轻快的语调说什么每次吃饭时都要给徒弟添麻烦,于心不安。他的心里当然是希望僧徒来说服自己这个师父不妨试试看。而这个僧徒也很明白内供的用意,倒也并不反感,想到内供的这种良苦用心,僧徒的同情心占了上风吧,于是内供如愿以偿,僧徒竭力地怂恿他不妨一试。内供遂按照原本的打算,最后

---

① 龙树是大乘佛教首位论师,著有大量论典,如《中论》。
② 马鸣是古代印度的佛教诗人。
③ 长乐寺位于京都府圆山公园内。

听从了这一热心的怂恿。

这个办法可说是极其简单:把鼻子放在沸水里泡,然后请人用脚踩。

沸水的问题很好办,寺庙里的澡塘是天天烧的。于是,这个僧徒从澡塘弄来烫得手指不能碰的沸水,盛在提壶里。但是不能把鼻子直接放进提壶,否则热蒸汽会把脸烫伤。于是在一只木质食盘上开一个洞,用作壶盖,鼻子就从开出的洞口伸入沸水中。只有这鼻子,泡在沸水中竟一点儿也不发热。泡了一会儿后,僧徒开口问:"泡得差不多了吧?"

内供苦笑。他心想:光听这一句话,谁也猜不到那是指鼻子而说的。鼻子被蒸,产生一种奇痒,仿佛被跳蚤咬过似的。

僧徒等内供从食盘的洞口拔出鼻子后,立即使劲地用两只脚踩踏这只还在冒热气的鼻子。内供横躺着,鼻子铺在地板上,看着僧徒的脚在眼前作上下踩踏状。僧徒不时显示抱歉的神情,俯视着内供的秃头,问道:"痛吗?医生吩咐要使劲地踩。不过,哦,痛吗?"

内供想以摇头来表示不痛,可是鼻子被踩,头部行动不便,只好把眼睛往上翻,望着僧徒脚上的皲裂,发出颇为生气似的嗓音答道:"不痛。"

实际上,鼻子上那奇痒的地方被踩踏,与其说痛,倒不如说反而感到很舒服呢。

踩了不一会儿,鼻子上开始出现粟粒状的东西,形状活像拔了毛现烤的小鸟。僧徒见状,停止踩踏,自言自语地说道:"说是要用镊子钳掉这玩意儿呢。"

内供显得有些不满，鼓起腮，一声不吭地任凭僧徒摆布。当然，内供不是不明白僧徒的好心，不过，即使心里明白，眼见自己的鼻子被人当做什么东西似的摆弄，当然要感到不高兴的。内供的神情就像一个听任自己不信任的医生来做手术的患者一样，他怏怏不乐地望着僧徒用镊子从鼻子的毛孔中钳取脂质物。这脂质物形似鸟的羽茎，长度有一厘米多一些。

没一会儿，大致上钳光后，僧徒显示出松了口气的神情，说："再泡一次就好啦。"

内供还是蹙着眉，一脸不乐意的样子，但还是听从了僧徒的意见。

第二次泡过之后一看，果然，鼻子不知在什么时候变短了。这样一来，就同平常的鹰钩鼻子没什么太大的差别了。内供摩挲着变短的鼻子，对着僧徒取来的镜子，不无腼腆地畏畏缩缩觑视着。

鼻子——那垂到下颚的鼻子，简直令人不敢相信地缩小了。眼下的鼻子，像个懦夫似的只留存在上嘴唇以上。鼻子上的花斑又多又红，这恐怕是踩踏的痕迹。这样一来，从此不会再受人讥笑了。镜子里的内供看着镜子外的内供，踌躇满志地眨了眨眼睛。

当天，内供一直为这鼻子改天会不会又长出来而惴惴不安。所以在诵经时，在吃饭时，一有机会，他就伸手碰碰鼻子尖。鼻子好端端地镇坐在嘴唇上，一点儿也没有要伸长披垂的趋势。一个晚上过去了，内供第二天早上醒来的第一件事，就是用手摸鼻子，鼻子仍旧是短短的。内供感到十分舒畅，自好多年前抄写《法华经》颇有成绩以来，还没有出现过这种情绪呢。

不料，两三天里，内供发现了意外的情况。那天，一个武士正巧有事到池尾寺来，他竟然一味地盯着内供的鼻子看，根本没有什么心思交谈，脸上的神情说明武士认为内供比从前更加滑稽可笑。无独有偶，那曾经使内供的鼻子插进了粥里的小厮，在经堂外同内供照面而过时，起先是忍住不笑，后来终于忍俊不禁，笑声一下子冲了出来。那些干杂琐活儿的小和尚，听内供的什么指令时，当着面显出洗耳恭听的样子，但是看到内供一转身，便哧哧地笑起来。这种现象发生了不少次。

内供起初认为这是自己的脸相有所改变的关系，但是终于感到，光这样解释是很难令自己信服的。当然，小厮以及小和尚们发笑的原因不外乎这一点。可同样是发笑，现在笑的样子总与从前笑那长鼻子时很不一样。若是说还未及看惯的短鼻子要比见惯了的长鼻子更显得滑稽可笑，就不该这么过分，可见这里面还有着什么名堂。

"以前可没有笑得这么肆无忌惮呢⋯⋯"

内供会不时中断诵经，侧着光秃秃的脑袋，这么嘟哝。在这种时候，这位可爱的内供一定会出神地望着旁边挂着的普贤菩萨的画像，回忆四五天之前鼻子未缩短时的情形，于是郁悒寡欢，有如"落魄者缅怀昔日荣华"。说来也颇可憾，内供对自己提出的这个疑问，竟百思而不得其解。

人心大凡具有互为矛盾的双重感情。当然，看到他人的不幸时，谁都会有恻隐之心的；然而，当不幸者设法摆脱了不幸时，便轮到观看者出现难以摆脱的不满足感了。说得稍微夸张一些，那简直是一种希望不幸者再度陷于不幸的心情。于是在不知不觉间，尽管是消极性的，却确实会对当事人抱起敌意来。

内供并不清楚这一番道理，心里总感到不痛快，这无非是因为他从池尾的僧人俗夫身上，不期然而然地感受到了上述那种旁观者的利己主义。

于是，内供的脾气一天坏似一天，同人说不上两句话，就会恶意地训人。后来，连那个为内供治好鼻子的僧徒也在背后诅咒："内供虐待弱者，要受报应的。"

特别叫内供感到气愤的，是那个小厮。一天，内供听得犬吠声很厉害，便信步走出房间，却见这个小厮挥舞着一块长约六十厘米的木板，正在追逐一条瘦瘦的长毛狮子狗。这小厮一面追逐，一面还不无嘲讽地喊着："嗨，打不着鼻子吧！嗨，打不着鼻子吧！"内供从小厮手中夺过木板，使劲揍小厮的脸。这木板就是以前吃饭时托鼻子用的那块。

鼻子变短后，内供反而有点感到怨恨了。

有天晚上，突然起风了，塔上的风铎随风而鸣，吵醒了枕上的内供。加上寒气骤增，使上了年纪的内供无法入眠。内供在床上辗转反侧，忽然觉得鼻子一阵奇痒，不禁用手一摸，觉得鼻子上湿润润的有点儿肿，而且这块地方还有点儿发热。

"不顾一切地弄短了鼻子，这下可能是出毛病了。"内供用那种在佛前供上香花似的动作，恭敬如仪地以手按鼻，自言自语道。

第二天早晨，内供一如既往地醒得很早，只见寺内的银杏树和橡树在一夜间落叶无数，庭园里像铺了一层黄金似的，十分明亮。塔顶上大概落有霜了吧，九轮还在晨曦中闪闪发光。禅智内供站在支起了板窗的廊庑上，深深地吸了口气。

这时候，一种几乎被忘却了的感觉，重新回到了内供的身上。

内供慌忙以手触鼻，触到的却不是昨晚的短鼻子，而是从前那条长十七八厘米的鼻子，从上嘴唇以上垂至颚下。内供知道，鼻子在一夜间恢复成原状了。与此同时，他感到一种与鼻子变短时一样的舒畅心情，重又回来了。"这样的话，一定不会有人笑话我了。"

内供的心里在这么自言自语着，一任长鼻子披垂在黎明时的秋风中。

烟草与恶魔

日本原先是不长烟草的,至于何时用船从外国运进来的,记载得又不一致,一说是在庆长年间,一说是在天文年间。不过,在庆长十年①前后,好像各地都已开始种植烟草了。文禄年间的佚名讽刺诗已有这样的句子:"禁烟和钱法,天皇和庸医,都是无用的典型。"可见吸烟已普遍流行。

这烟草又是由谁运载到日本来的呢?历史学家认为,不外乎是西班牙人和葡萄牙人。但是,这不是唯一的解答,因为还存在着一个传说性质的讲法。据此讲法,烟草是恶魔从某地带进来的,而这个恶魔乃是天主教的神父(很可能是最先来日本的传教士法朗西士)不远万里带到日本来的。

教会的信徒听了之后,也许要指责我在诬蔑他们的神父,但我自信这一讲法是可靠的。因为洋人的上帝漂洋过海来到日本,洋人的恶魔也一起驾到了,也就是说,在"洋善"输入的同时,"洋恶"也一起输入了——这应该是顺理成章至极的事情。

不过,这恶魔是否确实带来了烟草,我也很难断言。据阿那托尔·法朗士②所记,恶魔用木犀草③开出的花引诱过某教士。可见把烟草带入日本的说法,不完全是无中生有的吧。我想,即使是信口雌黄,也可能在某种意义上竟是惊人

---

① 即公元1625年。
② 阿那托尔·法朗士(1844—1924),法国小说家、评论家。
③ 木犀草原产地中海沿岸,高约30厘米,夏天开花,香气浓郁。

地接近事实。于是，我跃跃欲试，决定写一篇有关烟草输入的传说。

天文十八年①，恶魔化作一个跟随法朗西士的传教士，漂洋过海安抵日本。因为那个真正的传教士在澳门或者是别的什么港口离船上岸，船上的众人不曾留意就开船启程了，于是被恶魔钻了空子。在此之前，恶魔用尾巴缠住帆架，倒悬着窥视船上的情况，这时见状，立即化作这个传教士，伺候法朗西士的饮食起居。当然，需要去见浮士德博士的话，恶魔能化作披红色外套的英俊骑士，俨然一位先生。所以那点技艺可说是易如反掌。

然而抵达日本，所见所闻竟与在西方读过的《马可·波罗行纪》里的内容，实在相差太大。首先，据那旅行纪所载，似乎全国到处是黄金。但是现在环顾四周，根本没有这种迹象。既然如此，只需用指甲刮一下十字架露出点黄金的话，就足以诱惑他们了。其次，旅行纪谈到日本人似乎能凭借着珍珠之类的力量，实施起死回生术。看来，这也是马可·波罗的谎言。既然是谎言，向各处的水井里吐口唾沫，让瘟疫流行起来，绝大多数的人会不堪苦痛地忘却来世乐园之类的事。恶魔跟随着法朗西士，兴味盎然地四处参观，一路上琢磨着这种主意，嘴角不由露出会心的微笑。

不过有一点很棘手，连恶魔都感到束手无策。因为法朗西士刚抵日本，工作未及大力开展，信徒当然没有产生出来，

---

① 即公元1549年。

至关重要的诱惑对象呢，当然一个也找不到。这是连恶魔也感到相当为难的事。而首当其冲的问题，乃是不知如何对待眼下这段寂寞的时光。

于是，恶魔绞尽脑汁，最后决定把时间消磨在园艺方面。恶魔由西洋出来时，把许多种植物的种子放在耳朵里，随身而行。土地的问题好办，在附近租一块地就解决了。况且，法朗西士也认为此举甚佳，深表赞同。当然，法朗西士是认为自己手下的传教士要把西洋的什么药用植物移植到日本来。

恶魔立即借来锄和锹，开始在路旁的一块地里，很有毅力地耕耘了。

时值春初，空气湿润，远处寺庙里的钟声沿着飘忽的云脚霭底，呹然欲眠地传来。这钟声显得相当悠扬，不同于在西洋听惯了的教堂钟声，清亮而直冲脑门。不过，若以为这种安静、太平的气氛会使恶魔也有所感化，那就大错特错了。

恶魔听到这种寺庙的钟声，比听到伦敦的圣保罗大教堂的钟声还要感到不愉快，他紧锁着双眉，一味地垦起地来。听到这种悠扬的钟声，晒着这种暖洋洋的阳光，心地竟会自然而然地平和起来，不想与人为善，同时也不愿与人为恶了。如果是这样，特意远涉重洋来诱惑日本人，不啻是枉费心力。恶魔本是最不爱劳动的，简直是那种手掌无茧而遭伊万的妹妹①训斥的家伙。现在恶魔之所以奋起所有的力量运锹垦地，无非是想竭力摒除动辄缠身而导致道德降临的倦意。

---

① 列夫·托尔斯泰在《傻瓜伊万》中描写过伊万的妹妹，她又聋又哑，对前来讨食的人，总用手去测试对方的手掌，如果没有老茧，就表明是懒惰者，就要撵走。

经过几天的努力,恶魔终于将地垦毕,把耳朵里的种子播于畦上。

几个月后,恶魔播下的种子发芽、生长,在当年的夏末时分,宽大的绿叶把这块地盖得严严实实。不过,没有一个人知道这是什么植物。连法朗西士问起这一点,恶魔也只是付之一笑,什么也不回答。

不久,这植物的茎端开出成簇的花儿,花形如漏斗,呈淡紫色。为了让植物开出这种花儿,恶魔可谓呕心沥血,所以乐不可支。此后,恶魔不辞辛劳,早晚的例课一结束,就往地里跑,一心一意地照料这植物。

就这样,到了某一天(这是法朗西士离家外出传道那几天中的一天),有一个贩牛者牵了一头黄牛从这块地的栅栏旁边走过,见一个身着黑衣、头戴宽檐帽的洋人传教士在紫花成丛的地里不住地捕杀叶子上的害虫。贩牛者看到这种花实在罕见,不由得驻步,同时脱下草帽,很恭敬地招呼那个传教士。

"请问教士大人,这花叫什么名字?"

传教士回过头来,只见他低鼻梁、小眼睛,一副心地不错的荷兰人长相。

"你是说这个吗?"

"正是。"

"荷兰人"倚着栅栏,摇摇头,然后操着生硬的日语说道:"很抱歉,唯有这花的名字,我不能泄露。"

"哟!这么说,当是法朗西士神父吩咐过不能讲出来的啰?"

"不,不是的。"

"那么，请告诉我吧。近来，我也聆听了法朗西士神父的教诲，决心皈依上帝。"

贩牛者得意地指指胸前。不错，一只黄铜质地的小十字架垂在他的颈下，迎着阳光闪闪发亮。传教士大概感到有些晃眼，蹙起眉头，目光下视，但旋即使用更加和蔼可亲的调子，半开玩笑半认真地说道："那也不行哪。因为我国的法令规定，这花的名字是不能泄露的。我看，你自己猜猜不是更好吗？日本人很聪明，一定能猜中的。猜中后，我就把这块地里长的东西全部送你啦。"

贩牛者觉得这是传教士在戏弄自己，晒黑的脸上露着微笑，装出一副侧耳寻思的样子。

"会叫什么名字呢？一时很难猜得出来……"

"哦，不是非今天猜出来不可。给你三天的时间，好好琢磨琢磨后再来吧。你可以去向任何人请教。猜中后，这都属于你的了。此外，我还要送你红葡萄酒，或者送你一张天国图吧，怎么样？"

贩牛者看到对方如此热诚，实在吃惊。

"不过，猜不中的话，怎么办呢？"

传教士把帽子推到后脑勺上，挥挥手，笑了。这笑声锐利刺耳，像是乌鸦叫。贩牛者听了，不禁有些诧异。

"猜不中的话，我就得向你索取东西啦。这是打赌吗？是在赌猜得中还是猜不中。猜中的话，这一切都归你所有。"

"荷兰人"渐渐地恢复了和蔼可亲的语调。

"行。那么，我也孤注一掷了。你开口要什么，我就给你什么吧。"

037

"要什么给什么？这牛也给吗？"

"你要是喜欢，现在就给你。"

贩牛者笑着用手摩挲黄牛的前额，他总觉得眼下这一切，无非是好心的传教士在开玩笑。

"不过，我胜利的话，这花花草草就归我啦。"

"行，行，那么就这样说定啰。"

"一言为定。以耶稣基督的名义发誓。"

听了这话，传教士闪烁着小眼睛，满足地打了两三个鼻响，然后左手支腰，稍稍挺起胸膛，右手摸着紫色的花朵，说道："那么，猜不中的话，我就索取你的身体和灵魂啦。"

这个"荷兰人"用右手画了个很大的弧形，脱下帽子，只见乱蓬蓬的头发中长着两只山羊角。贩牛者不由得变了脸色，手里拿着的草帽落在地上。可能是夕阳西下了，地里的花和叶儿立时失去了光泽。牛也像被什么魇住了，放低了两只角，发出了地鸣似的呻吟……

"同我说定的条件，你总会守约的吧。你是以我不能直呼的圣灵的名义起过誓的，别忘了才好呀！给你三天期限。好啦，再见。"恶魔以戏弄人的虚伪腔调，边说边装腔作势地向贩牛者鞠躬致意。

贩牛者见自己没留神而中了计，感到很后悔。看来肯定要落到这个恶魔的掌中，身体和灵魂都得在永不灭的烈火中焚烧。这样的话，自己丢弃以往的观念而接受宗教洗礼的做法也毫无意义了。

不过，既然以耶稣基督的名义发了誓、订了约，当然要遵守。当然，要是有法朗西士神父在，还不至于走投无路，可事不凑巧，神父现在外出未归。于是，贩牛者冥思苦索了三天三夜，决心反客为主，先制服恶魔。看来，除了讲出那植物的名字，没有别的办法。但是，连法朗西士神父都不知道那叫什么名字，还会有谁知道呢……

贩牛者在眼看期满的那天晚上，牵着那头黄牛，偷偷地向传教士住的房子走去。这房子就在那块地的旁边，面向着大路。贩牛者走近后，不见窗内透出一丝灯光，估计传教士已睡着了。这天虽然有月亮，但是夜空朦胧昏沉，紫色的花儿散布在毫无动静的地里，在阴森森的夜色中显得迷迷蒙蒙的。贩牛者本来已想好一个很不成熟的办法，才鼓足勇气潜入此地的，一见眼前这番阴森森的样子，不禁害怕起来，简直要半途而归了。特别是想到窗后面有一个长着山羊角的先生正在地狱梦游，那好不容易鼓足的勇气，也畏畏缩缩地全泄掉了。然而，一想到身体和灵魂要落到恶魔的手中，便告诫自己现在可不是哀叹悲鸣的时候。

于是，贩牛者祈愿圣母马利亚保佑，下定决心按原计划行事。这个计划无非是：解开牵黄牛的绳子，狠揍牛屁股，把牛往那块地猛赶。

牛挨了揍，痛得又蹦又跳，冲塌栅栏，踩毁了地里的花草，还屡次用角顶撞房屋的木板墙。只听得牛蹄声、牛叫声震撼着蒙蒙夜雾，响遍四周。于是，窗户推开，有个脑袋探了出来。光线很暗，看不清脸面，但无疑就是那个化作传教士的恶魔。大概是心理作用吧，恶魔的角也似乎很清晰地浮现在黑暗中。

"这个畜生疯了！把我的烟草地都踩毁了！"

恶魔挥舞着手破口大骂，好像没睡醒似的。大概是好梦被惊醒了，恶魔十分气愤。

然而，恶魔的这番话传到了躲着窥察动静的贩牛者的耳朵里，却有如神发出的声响……

"这个畜生疯了！把我的烟草地都踩毁了！"

后来呢，当然不外乎这类故事都会有的结局——结束得很圆满：贩牛者如愿以偿地猜中了植物的名字叫烟草，把恶魔镇住了，于是地里的烟草全归贩牛者所有。

但是，我总感到这则传说有着更深远的意义。因为恶魔虽然未能攫取贩牛者的身体和灵魂，却换得了能在全日本普及烟草的代价。看来可以认为，贩牛者的得救伴有堕落的成分；与此同理，恶魔的失败也伴有成功的成分。恶魔不是跌倒就会无偿地站起来的。看来，人在感到战胜了诱惑的同时，也产生了想象不到的失败。

我想在这里顺便谈几句那恶魔后来的去向：法朗西士神父回来后，立即凭借着神圣的星形驱魔物的威力，把恶魔撵走了。但是恶魔后来仍以传教士的身形周游各处。据记载，在南蛮寺①建立的那段时期，恶魔不时在京都出没。有人则认为那个捉弄松永弹正②的果心居士就是这个恶魔，在小泉八云先生的著作中已谈到这个问题，这里就从略了。后来遇

---

① 南蛮寺是织田信长（1534—1582）批准建立的日本第一座教堂，在京都。
② 指松永久秀（1510—1577），日本武将，是以下弒上的代表人物。

上丰臣与德川两人禁止传播基督教，这恶魔起初还出现过，最后终于在日本完全销声匿迹了。记录在案的情况大致如此，涉及恶魔的消息也就是这些了。最令人遗憾的是，恶魔在明治以后再次到日本来的情况竟无从知晓……

西乡隆盛
——致赤木桁平①

① 赤木桁平（1891—1949），日本评论家。1916年发表《扑灭游荡文学》，批判当时的享乐颓废文学倾向，在文坛引起争论。

这是大学历史系毕业生本间君的故事。本间比我早毕业两三年，大概很多人已知道本间发表过两三篇有关维新史的有趣论文。我是事出偶然，在去年冬天移居镰仓前一周，同本间一起去吃饭，听到了这个故事。

也不知为什么，这故事至今在我脑际盘旋不去。所以，我现在把它写出来，交给《新小说》①的编辑，权以完成索稿之约而卸责。后来听说这故事在朋友间出了名，称为"本间的西乡隆盛"。看来，它已不期然而然地在某社会阶层流传开了。

本间在讲此故事时说道："是真是假，听者可以自行判断。"连本间本人都不主张的东西，我当然无须主张。读者只需像读过时的新闻报道那样，漫然地逐行往下读，这就可以了。

※　※　※

大约在七八年之前吧，节令恰逢三月下旬。眼看清水的一重樱该开花了吧，却遇上雨夹霰，春寒料峭。是夜，在晚上九点零几分由京都开出的上行快车的餐车里，当时还是大学生的本间坐在斟有白葡萄酒的酒杯前，心不在焉地抽着

---

① 文艺杂志《新小说》（春阳堂）创刊于1889年。1896年改为月刊。1915年7月起，田中纯为主任，铃木三重吉任顾问。

MCC① 纸烟。刚才列车已从米原② 通过,所以现在当在岐阜县县界行驶。从玻璃窗朝外看去,可说漆黑一片。不时有小小的火光流过,也不知道那究竟是远处人家的灯光呢,还是列车烟囱里飞出来的火星。唯有冻雨打在窗上的声音,交杂着骚然的车轮声,发出单调的音响。

本间是在一周前,为利用春假时期研究明治维新前后的史料,顺便独游京都的。但自从来后,要调查的事增多了。想前往一看的地方也所在多有。忙忙碌碌中,假期不知不觉剩下不多了。离新学期开始已经很近,时间已不宽裕——这么一想,虽说心里亟欲一睹京都祇园歌舞③以及泛舟保津川急流,但就此悠然欣赏着京都名迹东山度日,毕竟于心难安。于是,本间不顾天雨,毅然收拾好行李,从俵屋④ 大门口雇了人力车,一身大学的制服制帽,一副不辞辛劳的样子,直指七条的停车场⑤。

登上列车一看,这二等列车里已挤得身子都像难以自由似的。在站务员的安排下,本间总算找到一处可以容身下坐的空地,但无论如何无法躺下入睡。不言而喻,卧铺早已客满。本间夹在腰围四尺以上⑥、散发着酒气的陆军军官与一位

---

① 埃及制纸烟品牌,当时的高档香烟。
② 滋贺县坂田郡米原町的列车车站名。
③ 京都名胜之一,每年4月在京都祇园町花见小路的歌舞场举办的盛大舞蹈。
④ 京都姉小路上的高等旅馆。
⑤ 即京都站,1877年开业。
⑥ 原文是十围有余。围是长度单位,但可指三寸、五寸、八寸、一抱之粗或直径一尺者的周长。

在梦中咬牙咯咯作响的夫人之间，尽可能地耸起肩膀，沉浸到青年人的胡思乱想中。可是，努力挖掘的空想，内容也弹空粮尽，而来自强邻的压迫，也好像越来越厉害起来。本间无可奈何地站起来，把制帽置于这一空处，走到前面一节餐车去避难。

餐车里空荡荡的，只有一名来客。本间选了离客最远的一张桌子，要了一杯白葡萄酒。其实，本间不需要什么饮食，只是希望消磨掉睡前的时间而已。所以，有欠亲切的服务员把琥珀色酒杯放到本间面前走开后，本间只是用唇抿了一下，随即点上一支MCC纸烟，纸烟冒出重重叠叠的蓝色小烟圈，在明亮的电灯光中悠然地升腾。本间把桌子下的两腿摊伸开，这才感到体安气畅了。

但是，身体虽悠然地放松了，心情上却总有一种难言的沉郁——这么坐下来后，不禁会感到玻璃窗外的黑暗直向身边逼来，又会觉得白色桌布上井然有序的杯盘盆碟要逆着列车前进的方向抛滑出去似的。当这些感觉和着猛烈的雨声，渐渐沉重地压抑心胸时，本间抬起受了惊吓似的两眼，无意识地把餐车环视一过：饰有镜子的餐具陈放橱、几盏摇晃着的电灯、插有菜花的玻璃花瓶，这些东西仿佛带着一种听不见的声音，推推搡搡地争拥到眼前来。然而，相比之下更吸引本间的，是那唯一的来客——在远处的桌旁，支着两肘轻啜着威士忌。

这是一位头发花白的老绅士，血色很好的两颊上蓄有些许宛如西洋人的疏须，更因为发尖的鼻端架着铁框夹鼻眼镜，令人印象尤为深刻。老绅士身穿黑色西装，但从远处一眼望去也可知不会是什么上等货。在本间抬眼的同时,老绅士也抬起眼,漫不经心地望望本间这边。这时,本间不由得在心里发出了"啊呀"的惊叫声。

怎么回事呢?原来,本间觉得曾在什么地方看到过这张脸。当然,究竟是见到过真人真脸,还是见到过照片,就不清楚了。然而眼熟是确定无疑的。于是,本间连忙在脑海里点检起自己熟识的人来。

未及点检一过,老绅士忽然起身,克服着列车的摇晃,大步走近本间,隔着餐桌很自然地在本间对面坐下来,发出有如壮年人那样的声音,有力地说道:"哟,失敬了。"

本间虽然不明所由,但面对年长的老一辈,他还是面带无意义的微笑,落落大方地低头致意。

"你认识我吗?哦,不认识?不认识就不认识吧。你是大学生啰,而且是文科大学。我也做着性质与你类似的买卖,说不定还是同行哪。你是什么专业?"

"历史学。"

"哈哈——历史学呀,你也是受约翰生博士[1]蔑视的人之一哪。约翰生说过,历史学家不过是 almanac-maker[2]。"

老绅士这么说着,仰头伸颈地放声大笑起来。看来醉意已浓。本间不置可否,只是含蓄地微笑着,同时留神观察对方的装束。老绅士穿小翻领西装,系黑色领带,在磨损多见的西装背心的胸前,煞有其事地垂吊着怀表的银锁链。不过,

---

[1] 即撒缪尔·约翰生(1709—1784),英国诗人、评论家。
[2] 意为制作年鉴和历书的人。

西装的寒碜相不像是贫困所致，证据是，衣领及衬衫的袖口都是崭新的白色，硬邦邦地裹在肉外。看来，对方是属于学者阶层之类的人物，无非完全无意于修饰边幅罢了。

"Almanac-maker，完全正确。哦，不，在我看来，就连这一层也该打个大问号。不过，那种事就任由它去吧。还是来说说你所从事的研究吧。你重点研究哪一项？"

"维新史。"

"那么，毕业论文的题目，当也在此范围里吧。"

本间觉得自己像在参加什么口试似的。对方的口吻中有一种要置人于困境的异样，所以本间这时隐隐约约地产生一种预感，感到对方的言行最后会把自己陷于荒谬不堪的境地。至此，本间像是想起了什么，拿起盛有白葡萄酒的杯子，作出精要的回答："打算在西南战争①问题上作文章。"

这时，老绅士像是忽然感到自己也须解馋似的，向后扭转半边身体，近乎怒喊地大声下令："喂，要一杯威士忌！"没等威士忌送来，就转回身体，夹鼻眼镜背后的脸上露出一种嘲笑的神色，对本间来了一番唠叨：

"西南战争吗？这很有趣。我呢，由于叔父当时加入贼军而阵亡，所以不无兴味，也对事实作过一些查考。我不清楚你是依据什么史料来作研究的，但有关这场战争的误传不胜枚举，而且那些误传又被当做精确的史料得以流传。所以，

---

① 因征韩问题下野归乡的西乡隆盛，1877年2月15日，在不满明治政府开明政策及士族解体政策的乡绅怂恿下，举兵反抗政府。明治政府组织讨伐军予以镇压。同年9月24日，西乡隆盛兵败自刎。10月，政府军凯旋。

在史料的取舍上略有不慎，就会犯下意想不到的谬误。对此你也要事先留意才好呀。"

从对方的态度和口气来推测，本间不知道该不该对此忠告表示感谢，于是，他舐舐白葡萄酒，嗳呀哦呀地作了极其暧昧的回答。然而老绅士根本不留意本间的反应，用服务员送来的威士忌润了下喉咙，从衣服口袋里掏出陶制烟斗，一面填着烟丝一面说道："其实，即使留神，仍可能上当。说来也许失礼，有关那场战争的史料，可怪可疑者，何其多也！"

"是吗？"

老绅士默默地点点头，擦亮火柴给烟斗点火。那宛如西洋人的面容，被脸下的红色火焰所映照，浓烟掠过疏须，油然而生一派埃及风貌。本间见此情状，一刹那间不由得感到老绅士有点面目可憎。对方已有醉意当然可以理解，但自己听了那番信口雌黄却畏缩不言，实在有愧于制服上的金纽扣。

"不过，我不认为需要加以什么特别警戒……您是出于什么缘由才那样想的呢？"

"缘由？缘由没有，却有事实。我绵密周详地逐一调查过西南战争的史料，发现其中有很多误传，如此而已。难道凭这一点还不足以那么说吗？"

"哦，当然是可以那么说的。我很想听听您所发现的事实，因为于我也极有参考价值。"

老绅士衔着烟斗，一时语塞。他眼望窗外，微妙地轻蹙眉梢。窗外那站有数名旅客的车站从眼前横过，并带着微光，在黑暗和雨中飞掠而去。本间觑视着对方的神色，心里喃喃而语：活该。

"只要政治上没有麻烦,我也很乐意谈的——万一泄密,让山县公①也知晓,那就不光我一个人有麻烦了。"

老绅士思来想去,终于缓缓而言道。接着,他把夹鼻眼镜移动了一下,用探视的眼神看着本间的脸。本间脸上浮现着的蔑视表情顿时映入其眼帘了吧,只见他拿起剩下的威士忌,咕噜咕噜一口气饮干,把蓄须的脸面急骤靠近本间,散发着酒臭的嘴也贴向本间,几乎要咬住他耳根似的嘀咕道:"如果你保证不向任何人泄露,我就向你透露其中的一件吧。"

这次轮到本间蹙眉了。因为其时在本间脑际一掠而过的想法是:这老头大概疯了吧。然而与此同时,本间又觉得好不容易追问到此地步,假如眼睁睁地错过知道历史事实的机会,未免可惜。更有一层,本间大概也带着几分不服输的孩子脾气,心想,我不是那种被你吓唬吓唬就会畏缩的人!主意已定,本间把燃短了的MCC纸烟丢进烟灰缸,伸长脖子,毫不含糊地说道:

"嗯,绝不对任何人说。让我静听您的事实吧。"

"好吧。"

老绅士让烟斗冒了几口浓烟,小小的眼睛盯着本间的脸。尽管先前不曾留意过,但这眼神绝不是发疯者的眼神,但又不同于一般人的寻常眼神;这是一双聪明而含有亲切感的、能屡屡送出某种微笑的爽朗眼神。本间默默地面对老绅士,感到对方的眼神与其言行之间有着奇妙的矛盾。当然,老绅

---

① 即山县有朋(1838—1922),日本政治家、军事家。西乡隆盛在城山自刎后,验证其遗体。以后两次组阁。

士丝毫没留意到这些。在蓝色的烟雾绕过夹鼻眼镜消失时,他像目送烟雾去向似的,静静地把眼光移开本间,飘向渺远的空间,并使头朝后略仰,几乎是自言自语似的嘟哝着说出了这样的奇事:

"细琐地方的不符事实,可说不胜枚举,所以,且谈一个最大的误传吧。这就是——西乡隆盛并没在城山之战中死去。①"

本间听后,忍俊不禁。为了掩饰自己的发笑,本间点了一支MCC纸烟,用强作认真的声音谐调出一句:"是吗?"看来,无须再探询下去。所有确切史料都认定的西乡隆盛在城山战死的事实,却被随心所欲地纳入误传之中,光从这一点也可大致知晓这老人所谓的事实是怎么回事了。不错,老人既没发痴,也没发疯。他只是一个天真的乡下佬,会说义经和铁木真是一个人②,会说秀吉是私生子。本间这么一想,觉得又可笑又可气,同时生出一种失望,并决意尽快与老人断绝问答。

"而且,不光是彼时没死在城山的问题。西乡隆盛至今还活着哪。"

老绅士说着,简直是气宇昂然地向本间瞥了一眼。本间呢,不言而喻,对此只是心不在焉地报以"哦哦"而已。见

---

① 在城山自刎的西乡隆盛的尸体,是一具无头尸(头埋于附近土中),民间借以传播西乡未死说。1889年2月,因发布宪法而施行大赦,西乡隆盛被赦,追赠正三品爵位,此后再度兴起西乡生存说。
② 日本在明治之前已有源义经(1159—1189)入夷说流传,明治后又传说源义经渡海到大陆,改名换姓为成吉思汗。1924年出版的《成吉思汗乃源义经也》(小谷部全一郎著)尤为有名。

状，对方的唇边闪过一丝轻微的嘲笑，接着换成平静的口气故意发问了："你一定认为我的话不可信。哦，不用辩解也可知确不可信。不过——不过嘛，你为什么不相信西乡隆盛现在还活着呢？"

"您自己也对西南战争饶有兴味而作过一番事实考证的，就无须由我来多说什么了吧。不过，既然承您询问，我就来说说我所知道的情况吧。"

本间觉得，对方那可厌的镇静态度很可憎，宜及早干净利落地打上喜剧性的句号。所以明知自己缺乏君子风度，还是先说了上面几句开场白，然后振振有词地发出城山战死说。对此，无须我在这里一一详述，只需说明这样一点就足够了：本间的议论是一如既往的引证确凿、论理透彻、无懈可击。但是，老绅士口衔陶制烟斗，一面吞云吐雾，一面倾听本间的议论，丝毫没有退缩的样子。在铁边夹鼻眼镜后面，那一成不变的小小的眼睛洋溢着柔和的神色，发出揶揄的微笑。这眼神颇妙，使本间的话锋发钝了。

"原来如此啊。站在某种假设上来说，你的论说是正确的。"

当本间的议论告一段落时，老人悠然地启齿了：

"我说的假设，是指你把所列举的加治木常树的城山笼城调查笔记①啦、市来四郎②的日记啦之类的报道都算作确实无

---

① 加治木常树（1855—1918），明治时期的志士，曾随西乡军参加西南战争。著有《萨南血泪史》，为西乡举兵事纠正世间传误。
② 市来四郎（1828—1903），幕末明治初期的炮术家。曾为岛津家家臣，研究炮术。后辞官而致力于开拓产业。1882年受岛津家委托，编纂岛津家史。

误的事实,而我对这些史料从根本上持否定态度,所以你旁征博引的宏论,在我看来,无非是彻头彻尾的无稽之谈。哦,请先等一下。你也许能够从各个方面来雄辩这些史料的正确无误性,但我持有胜过一切雄辩的确凿事实,你知道是什么事实吗?"

本间被烟雾缭绕,一时不知如何作答。

"这就是——现在,西乡隆盛正和我同乘这趟列车。"

老绅士用近乎严肃的腔调,盛气凌人地断然而言。这时候,往日处事从不惊慌的本间也愕然发愣了。不过,理性尽管一度受到挑战,尚不至于在这样的事上丢失权威。本间的手一度不知不觉地从唇边脱离 MCC 纸烟,这时又悠然地抽起烟来,并带着诧异的眼神,默默地看着对方高隆的鼻子。

"与这样的事实相比,你那样的史料算什么呢?无非是一片废纸吧。西乡隆盛没死在城山。证据是,现在他还在此上行列车的头等车厢里。大概不会有比这更确凿的事实了吧。难道比起活生生的人来,你仍然更相信纸上的文字吗?"

"唔——您说还活着,可我没看到的话,就不能相信。"

"没看到的话?"老绅士以傲慢的语调重复着本间的话,接着不慌不忙地弹去烟斗里的烟灰。

"是的,没看到的话。"

本间重整旗鼓,有意冷冰冰地强调着这一点。然而,对老人来说,这问题似乎产生不了什么特别大的效果。只见老绅士依然带着傲慢的态度,故意耸了耸肩膀。

"同乘一辆列车,所以,你要见一见的话,马上就能见到。不过，南洲先生①也许已经睡着了。唔，好在就是前面那节头等车厢，即使白走一次也没什么大不了。"

老绅士说着把陶制烟斗放进衣服口袋，用眼示意本间"走吧"，有点嫌累地站起来。至此，本间也不得不随之站起来。就这样，他口衔 MCC 纸烟，两手插在裤兜里，不无勉强地离开了座席。本间跟在踉跄而行的老绅士后面，由两行并列的桌子之间迈步向门口走去。车厢里只剩下分别盛有白葡萄酒和威士忌的酒杯，把半透明的淡影洒在白色桌布上，这淡影在袭打着列车的雨声中，凄寂地晃动着。

※　※　※

下面是十分钟之后的事。那有欠亲切的服务员又一次使白葡萄酒的酒杯和威士忌的酒杯充满了琥珀色的液体。哦，还有那戴着夹鼻眼镜的老绅士以及穿着大学生制服的本间，也像先前那样围着两只酒杯而坐。邻桌坐有一个身穿和服便装的胖男人和一个艺妓模样的女人——这一男一女是他俩方才出去时，交错而入的，他们好像在叉用炸大虾之类的食物。流利的京都腔使交谈带上缠绵味，餐叉声夹杂其间，不断地传入耳来。

不过，好在本间对此毫不介意。本间的脑海正被方才去看到的惊人情景所占据：头等车厢里那莺绿色的座凳，同为莺绿色的窗帷，其间睡着一位巍然如山的白发大汉。啊，那

---

① 西乡隆盛的名号。

堂堂相貌无疑正是南洲先生的风骨。本间简直怀疑自己的眼睛了。那里的电灯嘛，总使人感到比这里还黯淡。然而，那富有特色的眼相和口相，不用靠近也能看得很清楚——无论怎么说，这是儿童时期就看熟了的西乡隆盛的面貌……

"怎么样，现在你还是主张城山战死说吗？"

老绅士泛着红潮的脸上浮现出爽朗的微笑，敦促本间回答。

"……"

本间不知如何应对。自己该相信哪个才好呢？是千万人认定正确无误的大量史料呢，还是方才看到的魁伟老先生呢？若说怀疑前者乃是怀疑自己的头脑，那么，怀疑后者就是怀疑自己的眼睛。本间穷于应对，绝非无由。

"现在，你的眼里浮现着南洲先生的身影，你的心里依然相信着史料，"老绅士拿起盛有威士忌的杯子，用讲课的语调继续说道，"然而，你所相信的史料究竟算什么呢？首先该考虑一下，即使暂且撇开城山战死说的问题吧，举凡足以定谳历史的正确史料云云，其实根本不存在的。不论是谁，在记录某史实时，是自然而然地予以缜密取舍，加以选择才成文的。即使无意于这样做，事实上也还是这样做的。光从这一点来看，就已经意味着'远离客观事实'了。不是这么回事吗？所以乍看似乎很可靠，其实非常靠不住。一度出自沃尔特·雷利①之手的《世界史》被废稿的事，很能说明个中信

---

① 沃尔特·雷利（1552—1618），英国军人、探险家、作家。詹姆斯一世即位后，因叛逆罪下狱，在狱中写有《世界史》第一卷。

息。这些事，你也知道的啰。实际上，我们连眼前的事也弄不清楚呢。"

其实，本间对这类事一无所知。不过，沉默不语之下，老绅士大概认为对方当是知道的，继续说道："且说城山战死说吧。那实录就存在很多疑点。不错，有关西乡隆盛于明治十年九月二十四日在城山之战中死去这一点，乃是所有的史料一致认可的。然而，这无非是那些坚信其为西乡隆盛的人发表的死去说。而在确为西乡隆盛与否的问题上，这些人又自有些异同。至于说到发现那首级以及无头尸体的事实情况，正如你先前所说，异议也绝不算少。若说其中不乏可疑，倒也真有可疑。在这些可疑存在的同时，今天你在此列车里遇到了——不说是西乡隆盛的话，至少可以说遇到了酷似西乡隆盛的人。那你还是认为史料可以凭信吗？"

"可是……西乡隆盛的尸体确实是有的吧，那么——"

"相像的人，天下何其多也。右臂有什么旧的刀痕之类，也不限于一人呀。你知道狄青检侬智高尸的故事吗？"

这次，本间如实表示不知。其实从先前起，本间已为对方的妙论和渊博知识所倾倒，面对夹鼻眼镜，逐渐产生近似于敬意的感情。这时，老绅士又从衣服口袋里掏出那管陶制烟斗，悠然地抽着埃及烟丝说道："狄青穷追五十里，进入大理时看到了敌人的尸体，其中有着金龙衣的。众人都说此乃智高，独有狄青不听此说，曰：'安知非诈耶！宁失智高，不敢诬朝廷以贪功也。'这岂止是道德上的懿范，从对待真理的态度上来说，也无愧于嘉言吧。然而遗憾得很，在西南战争的当时,指挥官军的诸将军①就缺少这种周密的思虑,以致连历史也把'莫须'换为'当是'了。"

一直开不了口的本间,终于在窘困不堪之余,一试孩子气的最后反驳:"不过,难道还真有那样酷似毕肖的人吗?"

只见老绅士突然把陶制烟斗从唇边移开,一面被烟呛着,一面放声大笑起来。大概是笑声过大了吧,对面餐桌的艺妓特意转过身子,神色惊讶地望向这边。然而老绅士一时很难止笑,一手扶着要掉落下来的夹鼻眼镜,一手拿着点燃的烟斗,喉咙里咯咯作声,忍俊不禁地笑着。本间不明何由,隔着盛有白葡萄酒的酒杯,茫然地看着对方的脸。

"会有的,"隔了一会儿,老绅士总算喘息着这样说道,"那打瞌睡的人,方才你已经在那儿见到了,那人不是酷似毕肖西乡隆盛吗?"

"唔,那么——那人是谁呀?"

"那人吗?那是我的朋友。本职是医生,还是个南宗派文人画画家。"

"不是西乡隆盛啰?"

本间说得那么认真,以致一下子自感赧颜了。因为他先前一直在从事的滑稽角色,这时突然披露于新的光亮中。

"如有得罪的地方,请多包涵。先前与你交谈时,我感到你有着青年人过分正直的思想方法,所以弄了个小小的恶作剧。不过,事虽为恶作剧,所说之理却非胡言——我为人如

---

① 明治政府的征讨总督是有栖川宫炽仁亲王,征讨参军有山县有朋中将和川村纯义中将。此外,还有熊本镇台司令官谷干城、步兵第十四联队长乃木希典。

此也。"

老绅士伸手探入衣服口袋,掏出一张名片放到本间面前。名片上没印任何职务、头衔之类。但是本间一见之下,总算回忆起在何处见过老绅士的尊容了。老绅士望着本间的脸,满足地微笑了。

"做梦也没有想到是先生您哪。是我诸多失礼啦,抱歉之至。"

"哦,不。方才你谈论的城山战死说,非常出色。你的毕业论文也按此调子来写的话,看来会很有趣的。我所在的大学,今年也有一个专门研究维新史的学生——啊,不谈这些了,还是畅怀痛饮吧。"

带着霰粒的雨也暂歇了吧,窗上已不闻敲打声。携艺妓来的客人走后,只有插在玻璃花瓶里的菜花,在春寒料峭的餐车中散发着幽香。本间把杯里的白葡萄酒一饮而尽,手按泛红的脸颊,突然说道:"先生是 skeptic① 吧。"

老绅士用眼睛在夹鼻眼镜后面表示同意,用那始终送出微笑的爽朗眼神,表示同意。

"我是皮浪②的弟子,这就足够了。我们是一无所知,甚至连我们自身都不知晓,更何况西乡隆盛的生死!所以,我写历史,并不指望写出不虚假的历史。只要能努力写出煞有其事的、美丽的历史,就十分满足了。我年轻时想当小说家,

---

① 意为怀疑论者。
② 皮浪(约前365—约前275),古希腊哲学家,怀疑论之祖,认为真伪善恶的判断有谬误的可能性,提倡中止一切判断,以求达到心的平静。

要是真成了小说家，大概不外乎写这种类型的小说吧。那也许会比我现在这样有出息。反正，我是 skeptic，这就足够了，你不这样认为吗？"

蜘蛛丝

一

有一天,释迦牟尼在西天极乐净土的荷花池畔独自溜达。池中荷花盛开,雪肤冰肌的花朵中,花蕊娇黄点点。粉蕊浮起一种奇香瑞气,一阵阵暗渡池面,周围溢满馨香。时间好像正值极乐净土的清晨。

过了一会儿,释迦牟尼伫立于荷花池畔,并从浮盖在绿水上的圆荷翠叶间,随意地看着池下的情景。极乐净土的这个荷花池恰好下承十八层地狱,所以透过水晶般清澈的池水,地狱中的三途道、奈河和刀山剑树的光景,仿佛看西洋镜似的,一览无余。

于是,和其他一些罪人一起,一个名叫犍陀多的男子在地狱底层不时蠕动的样子,映入了释迦牟尼的慧眼。这个叫犍陀多的男子,虽是一个杀人放火、无恶不作的大强盗,却做过一件好事。情况是这样的:有一次犍陀多从密林中通过,看到一只小小的蜘蛛在路旁爬行,便立刻举起脚来,想踩死它,但转念又想:"不,不,这家伙虽小,也肯定是有生命的。这样随心所欲地让它一命呜呼,无论怎么说,是太可怜了。"犍陀多终于没杀死蜘蛛而救了它一命。

释迦牟尼看着地狱里的情景,同时也想起了这个犍陀多曾经放过蜘蛛一命的事。为了报偿这一桩善举,释迦牟尼想尽可能将犍陀多从地狱里拯救出来。也真是好造化,释迦牟尼头一侧，恰好发现有一只极乐净土的蜘蛛正在翡翠色的荷叶上挂起一缕美丽的银丝。释迦牟尼轻轻地勾起这缕银丝，使它从玉一般晶莹的白莲之间一直垂向深邃莫测的地狱深处。

二

地狱底层有一个血池，犍陀多正和其他罪人在血池里时浮时沉。无论往哪一个方向看，周围都漆黑不见五指。偶尔见到有物影从暗中朦胧浮出，却又是令人毛骨悚然的刀山剑树的雪刃霜尖，因此更令人胆怯异常。加之四周凄凉静寂，真像是进入了墓中。偶尔闻得的声响，也不过是罪人那有气无力的呻吟。落进血池的人已经受尽地狱的种种折磨，他们虚弱得连哭泣声都发不出来了。所以，就连大强盗犍陀多也只得在血池里吞咽着污血，一面宛如一只濒死的青蛙，一味地折腾着身体。

犍陀多无意之中抬起头来向血池上空睥目一望，看见寂静异常的一片黑暗中，从遥远的天边垂下一缕银色的蜘蛛丝，它仿佛怕被人发现似的，拖曳着一线细长的微光，轻捷地朝犍陀多头上垂挂下来。犍陀多见了，不禁喜出望外，拍手称快。要是攀着这缕银丝一直往上升，我一定可以从地狱里脱逃出去了。不，凑巧的话，我甚至可能进入极乐净土。这样一来，我既不会被赶往刀山剑树，当然也不会沉浸于血池了。

这么一想，犍陀多立即用双手紧紧拽住这根蜘蛛丝，两手倒换着，拼着性命地引体向上攀爬起来。因为他原来就是个大强盗，所以此举可谓驾轻就熟。

然而，地狱和极乐净土之间何止千万里！不管犍陀多怎么急不可耐,想要爬出地狱却是谈何容易。爬了一阵之后,犍陀多渐渐感到体力不支,到后来,哪怕再倒换一次手、向上伸一巴掌都不行了。于是犍陀多无可奈何地打算暂且喘一口气,休息一下再爬。他用手抓着蜘蛛丝吊挂在半空中,一面向脚下的深渊望去。

由于刚才拼死拼活地向上攀爬,所以成绩显著:不久前,他还在血池中挣扎,如今血池已不知不觉地隐没在一片黑暗之中,那依稀闪烁着寒光、令人毛骨悚然的刀山剑树也已沉在脚下。照此往上爬的话,脱离地狱也可能比原来想的要容易。犍陀多把两手缠挂在蜘蛛丝上,用一种堕入地狱以来好多年不曾有过的声音欢笑起来:"多好啊!得救了!"可是犍陀多忽然发现,有数不清的罪人跟在自己后面,简直和成列的蚂蚁一样,也沿着蜘蛛丝,专心致志地一点一点从下面攀爬上来了。犍陀多见此情景,吓得心惊胆战,有好一会儿像个傻子似的张着大口,只有眼睛在动弹。一缕纤细的蜘蛛丝,承受自己一个人尚且岌岌可危,怎么能经受得了这么多人的重量呢?万一蜘蛛丝在攀爬途中断绝,毫无疑问,连我这费了九牛二虎之力才总算爬到这里的宝贵身体也就会一个筋斗重新坠入地狱。一旦发生这种事,那还得了!就在犍陀多这么想着的时候,成百成千的众罪人,正不断地从漆黑不见光亮的血池里蠕动着爬出来,并且沿着发出一线微弱光亮的蜘蛛丝,串成一长列,拼命地向上攀爬。再不设法,蜘蛛丝一定就会一断为二,自己肯定又要坠入地狱了。

于是犍陀多声嘶力竭地叫喊起来:"喂,你们这些罪人,这根蜘蛛丝是属于我的!是谁允许你们向上爬的?给我滚下去，滚下去！"

说时迟那时快，刚刚还好端端的蜘蛛丝，突然就从犍陀多垂挂的地方砰的一声断开了。所以，犍陀多也就够受的了，刹那间，他像个陀螺似的辘轳辘轳顶着风旋转着，倒栽葱一头扎进了黑暗的深渊。

现在，只剩下极乐净土的蜘蛛丝时隐时现地闪烁着一缕纤细的微光，在月黑星隐的太空中晃动着它那截短了的银丝缕。

三

　　释迦牟尼站在极乐净土的荷花池畔，慧眼自始至终目睹了整个过程。当释迦牟尼看到犍陀多已像一块顽石似的沉入血池底时，便面带愁容又独自蹒跚着溜达起来。犍陀多只图自己一个人逃离地狱，没有慈悲心，于是受到了应有的惩罚，又重新坠入地狱。在释迦牟尼的慧眼看来，那种行为大概是太卑劣低贱了吧。

　　然而，极乐净土那荷花池里的荷花对这种事却是毫不介意。在释迦牟尼的佛足周围，玉石一般洁白无瑕的荷花颤巍巍地浮动着花萼，花心的金黄色花蕊飘浮起一种不可名状的清香，不断地向周围散发——极乐净土大概已近正午了。

蜜 橘

一个阴晦的冬日黄昏,我在横须贺开往东京的二等车厢的一角落座,无所事事地静等发车的汽笛声。在早就开了电灯的客车车厢里,竟然只有我这么一个乘客。望望车外,阴暗的月台上,今天竟也没有任何送行者的影踪,唯见一条小狗在笼中不时发出可悲的吠声。这番情景同我当时的心绪何其相似乃尔!一种难以言状的疲劳、倦怠,把天空惨淡欲雪时的那种朦胧日影融入心头。我的两只手就这么插在大衣的口袋里,口袋里放着晚报,我连掏出来读一读的情绪也没有。

不一会儿,传来了发车的汽笛声,我感到心情好一些了,让脑袋靠后倚着窗框,漫不经心地等着眼前的停车场开始向后滑去的情景出现。然而眼前还没出现什么变化,却先耳闻矮脚木屐的吵人响声由检票处传过来。随即,在乘务员的大声责骂中,我所在的二等车厢的车门哗啦一声打开,性急慌忙地进来一个十三四岁的小姑娘。与此同时,火车沉重地晃了晃,徐徐而动了。只见一根一根溜过眼前的月台柱子、无人过问的洒水用小车、收下钱后向车厢里什么人致意的脚夫的红帽子,都在扑窗而来的黑煤烟气中,不忍离去似的向后退去。我这才如释重负,给香烟点上火,同时抬起慵困的眼睑,瞥了一眼坐在对面的小姑娘。

看来,这是一个乡村姑娘,她梳着那种双垂髻,发丝上没有一点儿油光;皱痕横行而粗糙不堪的脸蛋,红得令人生厌。她把一只大大的包袱搁在膝上,一条不干不净的黄绿色毛线围巾披垂到膝前，生有冻疮的手护定着那大包袱，手中紧紧攥着三等车厢的红色车票①。我不喜欢这个小姑娘的难看长相，她的穿着不整洁也使我感到不舒服，此外，那种连二等车厢同三等车厢都区别不清的蠢性，简直叫人来气。我手夹点着了的香烟，一心想撵走这个小姑娘的影子，便把大衣口袋里的晚报在膝上任意地展开。这时，突然感到从窗外落在报纸上的自然光被灯光所取代，好几栏印得不妙的字迹竟然清晰地出现在眼前。不言而喻，火车已驶入横须贺线上诸多隧道中的第一个隧道。

不过，借着灯光浏览晚报，毕竟得以解忧，因为报上充斥着许多世俗新闻，有和平谈判②的问题，有新婚启事，有渎职事件，有报丧通知。我在火车驶入隧道的同时，怀着火车仿佛在朝相反方向奔驰的错觉，两眼机械地掠过这些冷冰冰的报道。当然，在这段时间里，我始终排除不掉对面这个小姑娘的存在，她的脸相似乎标志着人间少不了俗不可耐的现实。这隧道中的火车、这乡村小姑娘，还有这充斥着庸俗报道的晚报，当是某种象征，而且无疑是象征着人生的不可解、庸俗和无聊。我觉得一切委琐鄙俗，便丢开没有看完的晚报，再次把脑袋倚住窗框，像死去了似的闭上眼，迷迷糊糊地打起盹来。

几分钟之后，我感到一阵心惊，不由扫视了一眼，却见这位小姑娘不知何时已由对面坐到我的旁边，正在努力打开

---

① 当时的客车车票采用不同颜色来表示不同等级，一等为白色，二等为蓝色，三等为红色。
② 指1919年夏季在法国凡尔赛举行的结束第一次世界大战的和平谈判。

窗子。但是玻璃车窗很沉,她无论如何也抬不动,那皱痕横行的两颊越来越红,不时缩一下鼻涕的声音伴同轻轻的喘息,不住地灌入我的耳朵。不用说,这当然使我滋生出一点儿同情心。但是,山坡的枯草在暮色中浮现,两侧的山坡在向车窗逼来,火车马上要穿隧道了。而这个小姑娘竟要把关得好好的窗户打开,实在叫我无法理解。不,我只能简单地认为这个小姑娘任性得不合情理。所以,我依然抱着险恶的感情,用那种但愿她永远达不到目的的冷酷眼神,看着她生着冻疮的手为要抬起车窗而苦战恶斗的样子。不一会儿,火车在惊人的响声中闯入隧道。也就在这个时候,小姑娘达到了目的,只听那扇玻璃车窗啪嗒一声,开了。于是,有如渗入了煤屑的紫黑色空气顿时成了憋人的煤烟,从这个方形窗洞涌入,在车厢内弥漫。我本来就感到喉咙痛,这时连掏手绢掩面都来不及,弄得满脸煤烟,咳得气都喘不过来。但是小姑娘根本不把我当回事儿,由窗洞探出脑袋,任由双垂髻发式的鬓丝在晚风中抖动,一味地朝火车的前方望去。当我在煤烟和电灯光中看到她的这种样子时,窗外已渐趋亮堂。若不是泥土气息、枯草气味和水的味道从窗洞凉爽地刮进来,好不容易止住了咳嗽的我,会不惜一切情由把这个陌生小姑娘训斥一番,非要她把窗像原来那样关好才行。

　　此时,火车已安稳地从隧道滑出来,要通过一个穷镇子外围的道口了。这个道口位于长有枯草的群山之间,沿道口处全是破陋的草屋瓦顶,杂乱无章地挤在一起,一面灰蒙蒙的白旗在有气无力地摇拂着暮色,不外是道口管理员在挥信号旗吧。火车总算钻过隧道了——我这么想时,看到萧索的道口卡杆外侧并肩站着三个脸颊红红的男孩，他们都显得很矮，好像是被这阴沉沉的天压短了似的。他们的衣服颜色，也同这镇子外围的阴惨景色一模一样。只见他们仰望着开动的火车，一齐举起手，同时把尖细的嗓子拉得走了音，竭尽全力地在喊着一些听不出是什么意思的话。与此同时，那个由窗口探出半个身子的小姑娘，迅速伸直那长有冻疮的手，用劲地挥动，旋即有五六个蜜橘划破天空，一个一个地落向目送火车通过的男孩们。这些蜜橘带着温暖而令人兴奋不已的灿灿金光。见状，我不由一惊，随即全明白了：今天，这个小姑娘可能是离家去别处帮佣，她把怀里带着的几个蜜橘从车窗掷出，是为了向专门到道口送她远行的小弟弟们表达一下自己的谢意。

暮色中的镇子外围的道口，三个孩子像小鸟那样的引吭声，以及向他们纷纷落来的金灿灿的蜜橘的颜色，都在一刹那之间从车窗外掠过。但是这景象清晰异常地印在我的心坎上，使我无法平静。我觉得有一种难以名状的舒畅感在向上涌。我欣然地抬眼注视着这个小姑娘，觉得她好像换了一个人。小姑娘不知何时已经回到了我对面的座位上，依旧是满颊皱痕，脸蛋埋在黄绿色毛线围巾中，护定着那只大包袱的手里，紧紧攥着三等的车票……

从这时起，我感到自己借以忘掉了一些难以言状的疲劳和倦怠，忘掉了一些不可解、庸俗和无聊的人生。

疑　惑

算起来，事情已过去十来年了。那年春天，有人请我去讲实践伦理学，讲学的那段时间，我得在岐阜县大垣町住上一个星期左右。为了回避热情支持这项讲学的地方人士作出叫我为难的隆重款待，我预先给邀请我去讲学的某教育团体写了信，恳切地希望能够谢绝一切无谓的应酬，什么欢迎会、欢送会啦，什么宴会、游览名胜啦，以及各种各样伴随演讲而来的消磨时间的事情。这么一来，谢天谢地，当地事先就在纷纷传言，说我是个怪人。所以我到达那里后，通过该团体的会长即大垣町町长的斡旋，不仅万事悉如我那放肆的要求办了，连下榻的地方也特意避开普通的旅馆，把我安排在町内有钱人家Ｎ氏的别墅里。那是一所清静的住房，下面讲的故事，就是我在这别墅里偶然听来的一件悲惨的事情。

我住的地方属于巨鹿城关一个远离烟花巷的区域，尤其是我那八铺席的起居间，带点儿书院气，虽说晒不到太阳是一件憾事，但纸隔扇和拉门安置得很幽雅，不管怎么说，这是一间宁静的房间。我受庄园看守夫妇的照料，没有什么特别的事情时，他们就总待在厨房里。可见这间发暗的八铺席的房间平时大体上是沉寂的，静得可以清楚地听到木莲树上的白花落在花岗岩洗手盆里的声响——这株木莲的旁枝正好伸在洗手盆的上空。我只是每天上午去演讲，下午和晚上便在这间屋子里过着清淡的日子。每逢这种时候，我又常常感到春寒料峭。除了一只放参考书籍和替换衣服的旅行包外，我一无所有。

　　当然，下午有客来访时，我有了解忧的对象就并不感到怎么寂寞了。不过一会儿之后，当我把竹制灯台上的老式火油灯点上时，人间俗世的烟火气好像一下子全部聚集到我周围的幢幢灯影中来了，但这一点没能引起我有所指望的情绪。在我身后的壁龛里，庄重地立着一只青铜花瓶，瓶内没有插花；瓶的上方挂着一幅古怪的杨柳观音画轴，裱装部分的锦缎已经蒙上一层煤烟，画上的墨色依稀还能分辨得出。我常常把眼睛从书上移开，转过身来仰望这幅旧画，这种时候，我总觉得空气中有一股线香的味道，尽管可以肯定事实上根本没点什么香。房间笼罩在这种寺庙般的阒静气氛中，因此我很早就寝，但要睡着并不那么容易。夜鸟的鸣叫声从防雨板外传来惊扰我，这声音是近是远我也分辨不出，它将住房顶上的天主阁在我心坎上勾勒出来了。我看着挂轴上的画，总想到天主阁的三层白壁叠檐耸立在郁郁葱葱的松树间，无数的飞鸦撒向临空的飞檐。我不知不觉地浅浅入眠，但脑子分明意识到春寒如水掠过我的腹底。

　　有一天晚上，在预定的演讲计划即将全部结束的前夕，我像平时一样在灯前盘腿而坐，漫不经心地看着书。忽然，纸隔扇静静地拉开了，静得简直让人感到可怕。发觉这一情况时，我心想，本来就预期庄园看守来，好托他把刚才写的明信片寄掉，于是随意地朝那边瞥了一眼，却见一个四十岁模样的男子端端正正地坐在微暗的光线中。说真的，那一瞬间，与其说我是惊愕，还不如说是有一种近似于迷信的恐惧感向我迫来。实际上那个男子也真够得上使我感到这种程度的冲击,因为他沐浴在昏沉沉的灯光里,显出一种不寻常的幽灵似的姿态。不过他和我一照面,便高抬双臂毕恭毕敬地低下头向我行了个古礼,然后用机械般呆板的语调向我致意,声音比我想象的要显得年轻。他说:"深更半夜来打扰,您又那么忙,实在抱歉之至,可我有点旧事想恳请先生指教,所以也顾不上冒昧,就前来拜见了。"

我好不容易才从一开始的冲击中恢复了常态。当这个男子说明来意的时候,我平静地观察他:前额宽大,面容憔悴,头发斑白,双目有神,举止文雅得和他的年龄颇不相称。他没有穿饰有家徽的礼服,但一身和服相当讲究,而且手里还捏着一把折扇,很有分寸地搁在膝盖处。忽然,我发现他左手缺少一根手指,这使我的神经猝然紧张了一下。当我意识到这一点时,便不由自主地立刻把眼光从他的左手上移开。

"你有什么事吗?"我一面合上没读完的书,一面爱理不理地问道。

不言而喻,我对这种唐突的访问感到很意外,同时也有点生气。另一方面又觉得可疑:有客来访,庄园看守人竟没传一句话进来!可是他并不因为我口气冷淡而打退堂鼓,他又朝我磕了一个头,然后依旧用朗读似的调子对我说:"我还没自我介绍,我名叫中村玄道,每天都在聆听先生的讲课,当然,我夹杂在众人之间,先生大概不会认得,我想借此机缘请先生今后多多给予指引。"

到这时候我才总算理解了他的来意。可是夜里看书的清闲兴致遭到了破坏,我当然还是不高兴的。

"这么说来,你对我的讲课是有什么质疑的地方吗?"我问他。

这句话骨子里是一句很得体的逐客令，意思是说："有什么质疑的话，请在明天的课堂上谈吧。"可是对方脸上的表情依然如故，他的视线一直盯在和服裙裤的膝盖处。

"不，不是什么质疑。不过想就自己前途的吉凶问题听听先生的高见。就是说，我在二十年前遇见了一桩意想不到的事情，其结果，我自己都不理解我自己了，完全不理解。要是能恭听到先生这样的伦理学大师的教诲，我想事情自然就泾渭分明了，所以今晚特意奉手请益，尚蒙谅察。即便乏味得很，也恳请先生将发生在我身上的事听一遍为幸，不知先生肯赏脸否？"

我难于应答了。诚然，从专业上来说我是伦理学家，这没有错，可要是期望我能将这些专业知识运用自如，以致能立即解决面临的实际问题，那实在惭愧，我没有生就这样一颗聪敏伶俐的脑袋。他好像很快就觉察到我进退维谷了，于是抬起始终俯视着膝盖的视线，像是哀求似的一面战战兢兢窥视着我的脸色，一面用比刚才稍稍自然些的声音殷勤地接着往下说道："哦，我当然没有强要先生非下个论断不可的意思，我只是想说这问题一直到今天始终叫我苦恼不堪，所以我想讲给先生这样的大学问家听一听，至少可以使我在这些日子里的苦恼多多少少有所排遣。"

被他这么一说，从道理上讲，我也非得听一听这个陌生人要说的故事不可了。与此同时，我又感到有一种不吉利的预感和一种茫然的责任感朝我心坎上压来，压得我透不过气来。我一心想排除这些不安，所以特意装作很轻松的样子，一边招呼他靠得近一些,到黯淡的火油灯对面来落座,一边说:"那么姑且让我听听你的故事吧。当然,我之所以说听听,是因为我能不能提出有价值的参考意见尚不得而知。"

"不,只要能请先生听一听,对我说来已是喜出望外的事了。"他答道。

自称中村玄道的人用那只缺少一根指头的手拿起铺席上的扇子,开始断断续续地讲起来。他不时抬眼觑视一下,说是在看我,倒不如说是在偷看壁龛里挂着的杨柳观音画轴,但他并没因此而中断故事。他的语调始终呆板,没有活力。

那是明治二十四年①的事。众所周知,这一年就是发生浓尾大地震的那一年,从那以后,这个大垣町也完全变了样。当时町内有两所小学,一所是藩侯所建,一所是大垣町地方所建,一向就是这么分的。我在藩侯所建的那所K小学任职,任职于K小学的两三年前,我以第一名的成绩毕业于县师范学校,任职后深得校长的信任,在同年资的人中间,我属于拿高薪的,每月十五日元。当然,在今天看来,十五日元的月薪维生都成问题,但在二十年以前,有这十五日元月薪虽不能说可以过得十分阔气,但过起日子来还不至于束手束脚,所以同事中不论是谁,对我都相当羡慕。

天地之间,我唯一的亲人就是妻子,而且我和她结婚还只有两年的时间。妻子是校长的远亲,她从小就离开了双亲,直到嫁给我之前,校长夫妇一直把她当做亲生女儿似的照料

---

① 即公元1891年。

着,她的名字叫小夜。也许不应当由我来讲,可她的确是个非常淳朴、容易害羞的人,但她又过分寡言,生来就这么寂寞,好比是淡淡的影子。我们夫妻俩脾气相投,即使说不上有什么令人发狂的幸福和快乐,可至少能够无忧无虑地过安稳日子。

那次大地震——我没有忘记,那天是十月二十八日,大概是上午七点钟左右吧,我在井边用牙签剔牙,妻子在厨房收拾锅里的饭。这时房子塌了,事情是在一两分钟内发生的。飓风般猛烈的地鸣一袭来,房子马上摇摇欲坠,然后只看见瓦片在飞舞,说时迟那时快,我一下子被倒塌下来的屋檐压住了。我拼命挣扎了好一会儿。也不知从哪里来的大震动波,涌上来摇撼了一阵,我才总算从屋檐下的烟土中爬了出来。倒塌在眼前的是房子的屋顶,长在屋瓦间的青草竟全部被压死在地上。

当时我不知有多么惊怕,不知有多么慌张,一下子简直吓傻了,浑身像瘫了似的一屁股坐了下来,两眼朝没有屋顶的众房子看去,只见它们像是在海上遇到了风暴似的左右摇晃着。隐隐约约可以听到地鸣声、屋梁的倒塌声、树木的折断声、墙壁的崩塌声,大概还有数以千计的人群在狼奔豕突吧,有一种既不是声也不是音的响动在沸腾。就在这一瞬间,我看到对面倒塌的屋檐下有东西在动,便飞跑过去。我一边发着就像从噩梦中惊醒过来的那种毫无意义的喊叫声,一边尽快奔到那里。只见妻子小夜倒在屋檐下,下半截身子被屋梁所压,痛苦得透不过气来。

我抓着妻子的手往外拽,我支着妻子的肩膀想使她站起来，可是压在她身上的屋梁纹丝不动，就连虫子能爬出来的空隙也没有让出一点来。我不知怎么办才好，一边一次又一次地对妻子喊："坚持一下！"这是喊给妻子听的吗？不，也许可以说这是在给我自己打气。小夜叫着"我难过死了"，一会儿又喊着"赶快想想办法吧"。她的声音对我不啻是一种激励，我脸色都变了，像是变成了另一个人似的拼着命想要把压在小夜身上的屋梁提起来。当时妻子的双手已经血迹斑斑，连手指都几乎分不清了，但她还是颤抖着双手摸找屋梁，此番情景至今仍历历在目地留在我痛苦的记忆中。

时间是多么漫长啊——当我忽然意识到这一点时，一股灰蒙蒙的黑烟拂过屋顶劈头盖脸冲着我压过来，我简直透不过气来。与此同时，激烈的爆裂声从黑烟那一边传来，晶亮的火星稀稀落落地在空中腾跃。我发疯似的紧紧抓着妻子，再一次拼命用劲想把妻子从屋梁下拽出来。可是妻子的下半截身子照旧一动也不动。我又一次置身在迎面刮来的烟雾中间，一只膝盖跪在倒塌的屋檐上，我好像大声对妻子询问了什么话，不，肯定是问了话的，但究竟问了些什么，我一点也想不起来了。然而我清楚地记得，当时妻子用鲜血淋淋的手抓着我的手腕说："你……"我瞅着妻子，她的脸很吓人，脸上已经失去任何表情，光是呆呆地瞪大着双眼。这时，岂止是烟火，更有一阵带着火星的火焰热气迎面袭来，我头晕目眩，心想妻子要活活被烧死了。活活烧死？于是我握着妻子的血手又叫唤起什么来。妻子只重复回答一个字："你……"当时，我感到这一个字中包含着数不清的意义和情感。活活烧死？活活烧死？我一而再、再而三地叫唤着什么。

（芥川龙之介大学时代画的一页速写）

我觉得我似乎是在叫："你就死吧！"是在叫："我也将死！"我自己也弄不清楚我是在叫什么，便顺手捡起掉落在地上的屋瓦对着妻子的脑袋一记连一记地打下去。

接下来的事只能拜托先生明察了。结果只有我一个人活了下来，全町几乎烧了个精光，倒塌的屋顶像小山一样塞住了道路，我在火和烟的追逐下从屋顶之间钻出来，总算捡得一条性命。这是幸运的事还是不幸的事呢？我实在不得而知。但我无论如何忘不了——当天晚上，学校已经烧毁，我和一两个同事一起在校外的临时陋室里做饭吃。火还在燃烧，我望着夜空中的火光，手里拿着饭团，眼泪止不住地直往下流。

中村玄道顿住了，胆怯的眼光注视着铺席。突然之间听到这样的故事，只觉得宽敞的房间里，春寒一步步迫近我的胸襟，连应答一句"哦"的精神都提不起来。

房间里只有灯油的嗞嗞声和写字台上方挂钟的滴答声，其中又好像夹有轻轻的叹息声，似乎是壁龛上的杨柳观音在窸窣作响。

我胆怯地抬起眼来注视着对方，中村玄道正一声不响地坐着。是他在叹息还是我自己在叹息呢？还没等我弄清楚这一点，中村玄道又慢慢地继续向下说，声音依然是那么低沉。

不言而喻，我对妻子的临终是悲痛的。不仅只是悲痛，当听到校长和同事们向我表示亲切劝慰时，我也会不顾一切地在众人面前流下泪来。但奇怪的是，唯有在地震中杀死了妻子这一事，我实在难以启口。

"与其被火活活烧死，我想还是动手杀死她的好。"——也许不会因为我说出了这样的话就把我投进监狱吧。不，情况正该相反，世上的人们一定会为此而更同情我。也不知是什么原因，我刚想说出来，话就卡在喉咙口，舌头也僵住了，一句都说不出来。

当时我觉得这完全是因为自己懦弱所致。可是这又不单单是懦弱的问题，实际上有一个更重要的原因在深处作祟。从我打算再婚到将重新开始新的生活为止，我本身对这一原因也是莫名其妙的。可是当我明白其所以然时，我在精神上只能是个可怜的败将，我已经没有资格重新过普通人的生活了。

劝我再婚的人是小夜的养父——校长。我心里完全明白他是纯粹在替我着想。而当时距离大地震实际上已经过去一年左右了。校长在启口为我作媒之前，早就不止一次地私下试探过我的口气。可一听校长为我作媒的对象竟是先生您现在下榻的这户N家的二女儿，我着实感到意外。当时，我除了在学校任教以外，还常常去给一个四年级学生当家庭教师，这个学生就是N家的长子，是这位二女儿的兄弟。我当然马上婉言拒绝了这门婚事。首先，教师与有钱的N家身份相差悬殊，一个家庭教师竟去和东家的姑娘结婚，这总要引起一些流言蜚语，我想，无缘无故地被人非议也实在没意思。此外，我嘴上说对这门婚事不感兴趣，其实骨子里另有隐衷：尽管去者日已疏，先前那种悲痛记忆已有所减轻，但小夜被我砸死时的面容就像扫帚星的尾巴，似有若无地缠住了我。

可是校长在充分谅解我的情绪的基础上替我摆出了一系列的理由，耐着性子说服我。他说，像我这个年岁的人今后独身生活下去是困难重重的；他又说，何况这次是对方先提起婚事的，有当校长的亲自前来做媒人，说三道四的怪话也就站不住脚了；此外，结婚之后，大大有利于了却我平时想去东京游学的夙愿。校长都这么讲了，我也不能冷若冰霜地断然拒绝。当时，那位姑娘是众所公认的美女，而且说来惭愧，我对N家的财产也动了心，所以经不住校长几次三番的劝说，我渐渐动摇了，起初回答说："让我再考虑考虑吧。"后来竟说："过了年再说吧。"就这样到了第二年，那是明治二十六年夏初时节，我终于作出了决定：到秋天举行结婚典礼。

婚事决定之后，我心情异常的抑郁，连我自己也觉得不可思议。和从前相比，我做什么事都越来越没劲头。就说在学校里吧，我会靠着办公室里的写字台糊里糊涂不知胡思乱想些什么，常常连敲打板木的上课声都没听见，要是问我为什么事而出神，就连我自己也没法解释清楚。我只觉得头脑中运转着的"齿轮"不知在哪里"脱了牙"，而这种"脱牙"又使我感到寒心，好像在"齿牙"吻合不上的另一面盘踞着一种超越我感觉的秘密。

大约两个月以后，正是学校放暑假的时候，有一天晚上我外出散步，顺便去坐落在本愿寺分庙①背后的一家书店转转，店堂里放着颇获当时好评的五六册风俗画报和《夜窗鬼谈》《月耕漫话》等书籍，封面却是石印的。于是我就站在店堂里漫不经心地拿起一册风俗画报，画报的封面上画着房子倒塌、火灾发生时的情景，还印有两行大字："明治二十四年十一月三十日发行；十月二十八日的大地震记闻。"见此情景，我的心直跳。我好像感到有人在我耳边嘟囔着"就是它，就是它"，同时嘻嘻嘻地嘲笑我。店堂里尚未点灯，我借着微弱的光线赶紧翻开封面，最先映入眼帘的是一家老小被塌下来的屋梁打翻在地惨死的画面；接着出现的画页是土地裂开来，吞噬了走在上面的女孩子；再向下……不胜枚举。当时，这风俗画报将两年前的大地震情景再度展开在我的眼前：长

---

① 本愿寺是佛教净土真宗派设在京都的寺庙，各地有分庙。

良川铁桥陷落的图片、尾张纺织公司遭到破坏的图片、第三师团兵士的尸体被挖掘出来的图片、爱知医院救护受伤者的图片……这一张张凄惨的图画使我一步深入一步地回忆起那该死的地震来。我的眼眶湿润了，身子也开始发抖，说不上是喜还是悲，一种难以捉摸的感情毫不留情地刺激着我的神经，当最后一张画在我眼前展开时，我为之惊愕的情景至今记忆犹新。画上绘着一个女人被倒塌下来的屋梁打中了腰，悲苦万分；在屋梁横倒的对面，黑烟滚滚而来，迸裂出红亮的火星乱飞乱舞。这分明是在画我的妻子，分明是我妻子临死的情景。风俗画报差一点没从我手上掉下来，我差一点没喊出声来。而且就在这时，周围突然红光闪闪，简直和火灾当时一样的烟味冲着我鼻子扑来，这尤其叫我惊吓了一番。我强自镇定地放下风俗画报，提心吊胆地朝周围扫视了一圈：一个小学徒正在给店堂的吊灯点火；在夜幕已经降临的街上，被他丢掉的火柴梗还在冒烟。

　　从此以后，我这个人比以前更加郁郁寡欢了。以往我只是感到有一种不可名状的不安在威胁我，而从那以后，就有一种疑惑盘踞在我的头脑中，它不分昼夜地谴责我，折磨我——大地震的当时，我果真是在不得已的情况下才杀死妻子的吗？说得更明了一点的话，我心里疑惑不定：难道我对妻子早就存有杀意了？难道是大地震替我造成杀妻的机缘了？当然，对这种疑惑我不知多少次地坚决否定过："不是的！不是的！"可是在书店的店堂里我耳际曾出现过一种嘟囔声："是的！是的！"这时，那声音又带着嘲弄的口气来追问我了："那么，你为什么不能把杀妻的事情说出来呢？"每当我想到当时的事实情况，必定不寒而栗。啊，杀了妻子就是杀了嘛，我为什么要含糊其辞呢？我为什么对这一可怕的往事讳莫如深，至今还竭力隐瞒呢？

　　这时我的头脑里又十分清晰地涌现出不愉快的记忆：当时，我的内心深处是厌恶小夜的。我知道这种事有点难以启齿，但不讲出来的话，人家也许会纳闷。小夜是一个不幸者，她生理上有缺陷。（以下略去八十二行①）虽说我时不时地会有所动摇，但我一直相信自己在道德上的感情总会战胜一切的。可是当发生大地震那样的激变时，当一切社会性的束缚都消失了的时候，我在道德上的感情怎么会不与之一起产生裂隙呢？我的自私自利的心理怎么会不冒烟抬头呢？鉴于这种情形，我没法不怀疑自己本来就是为了杀妻而杀死妻子的。所以我变得越来越抑郁也是理所当然的。

　　不过我尚有一条遁词："即使我不当场杀死妻子，她也一定会被火烧死。这么看来，杀死妻子一事也构不成我多大的罪恶。"然而当节令从盛夏转入夏末，学校开始上课的时候，有一天，我们这些教员围着教员室里的桌子一边品茶一边闲谈。也不知怎么一来，话题落到两年前那次大地震上了。我噤若寒蝉，只是当做耳边风似的听其他人讲，他们将当时的情况一一搬了出来——本愿寺分庙的屋顶塌了下来的事，船町的堤岸崩裂的事，俵町的大道断陷的事。后来有一个教师讲了一件事：在中町还是什么地方有一家名叫备后屋的酒店，酒店的老板娘被突然倒下的一根屋梁压住了，身子动弹不得，

---

① 原文如此。

不料起火以后屋梁被烧断,老板娘总算运气好,捡得了一条性命。听到这里,我两眼忽然发黑,好像连呼吸也停了一阵子。实际上我这时已经不省人事了。没一会儿我醒了过来,只见同事们围集在我周围,又是喂水又是递药。他们看到我脸色不好,生怕我会连同座椅一起倒下来,忙得个不亦乐乎。我几乎来不及向同事们致谢,可怕的疑惑便占据了我整个脑袋。我想我岂不是为了杀妻而砸死妻子的吗?妻子是被屋梁压住了,但我是不是怕她万一有得救的可能而砸死她的呢?要是我不砸死她而听其自如,也许妻子会像备后屋的老板娘那样遇上机会而九死一生。可我却用屋瓦惨无人道地将妻子砸死。这种痛苦,我只有恳请先生明察了。我置身在这种悲苦之中,至少下了一个决心:哪怕回绝和N家的这桩亲事,我也要让自己减轻些罪孽。

可是真的到了要付诸实践的阶段,我努力下的决心却因不够坚定而动摇起来。因为举行结婚典礼的日子越来越近,在这种时候我突然提出要解约的话,当然要把大地震时杀死妻子的情况讲一讲,此外,我还必须将迄今为止藏在心中的悲苦完全披露出来。可我这个人一贯胆小怕事,一旦遇上非常事件,无论怎么激励自己也产生不了勇气去果断行动。我不止一次地责备自己太窝囊,然而只是责备而已。我任何积极的措施都不曾采取,但时间并不停留不动,残夏一过,节候新凉,洞房花烛的盛典终于来到眼前。

我这时已经成了一个抑郁的人,几乎一言不发。有的同事要我把婚期延宕一下,这已不是一个人两个人的意见了。校长再三向我提出忠告,要我请医生看看。面对这些亲切的话语和善意的关心，我当时竟连表面上敷衍一下表示愿意去注意健康的气力都振作不起来。与此同时，我心想，事到如今去利用他们的好意，以生病为借口提出把婚期向后延宕，未免是太没出息的姑息手段。可是以 N 家的主人为代表，也有人错以为我之所以抑郁不展是长期独身生活造成的，所以始终主张早日完婚为好。十月，终于在 N 家的公馆里举行了结婚典礼，结婚的日子和两年前发生大地震的日子同月不同日。由于连日来劳心过分，我憔悴不堪。当我穿上新郎的礼服被领往威严地竖有一排排金色屏风的大厅时，我觉得今天的自己是多么无脸见人哪。我觉得自己简直像一个恶棍要避人耳目去干伤天害理的罪恶勾当了。不，不对！我实际上是一个隐瞒杀人罪恶的人面禽兽，企图盗取 N 家的姑娘和财产。我的脸颊发热了，我的胸口越来越难受，要是可能的话，我要当场把自己杀死妻子的事情一五一十坦白清楚。这种情绪像暴风雨一般在我头脑中激剧地盘旋起来。其时，在我座前的铺席上像梦魇般地出现了白纺绸袜套；接着出现了漂亮的和服，底襟上绘有松和鹤，背景是虚无缥缈、波纹起伏的天空；然后又出现了金线织过的锦带、荷包上的银锁、白色的衣襟；当玳瑁做的梳子和簪子插在油光可鉴、显得沉甸甸的高岛田①发髻上映入我眼帘时，令人绝望的恐惧压得我快要窒息了，我不禁双手扶地拼命地大声喊叫起来："我杀了人，我罪该万死。"

---

① 高岛田是明治维新后女子举行婚礼时常梳的一种高耸的发髻。

中村玄道讲完了故事，盯着我的脸注视了一番，然后嘴角浮起不自然的微笑对我说："这以后的事情就无须我赘言了。但我只想告诉您一件事：从那天起，我不得不被人唤作疯子来了此可怜的余生。我是不是真成了疯子？这一切只有仰仗先生来明断了。不过，即使我是成了疯子，致使我发疯的不正是潜藏在我们人类心底里的怪物吗？只要这种怪物存在一天，那么今天嘲笑我的那些家伙明天也准会和我一样成为疯人的——哦，我是这么想的，先生您以为怎样？"

青灯在我和这位令人生惧的客人中间抖动，室内春寒料峭。我背对杨柳观音挂轴而坐，身上已经没有气力再向客人探问一下他少一根手指头的原因，只好坐在那里默不作声。

魔 术

秋冬之间的一个夜晚，豪雨阵阵。一辆人力车载着我，上坡下坎地行走在大森那一带的陡坡间。翻过好几个山坡，最后终于停在一幢竹丛环绕的小洋房跟前。正门的门洞很狭窄，门上灰色的油漆已开始剥落。我借着车夫打起的提灯光，看到门上钉着一块陶瓷的人名牌，牌上用日本字写着：印度人马德拉穆·米斯拉。大门上就这块牌子是新的。

说起马德拉穆·米斯拉这个人，也许很多人都知道。米斯拉生在加尔各答，长年来，他一直在谋求印度的独立，是个爱国者。此外，他还在一个名叫哈桑·甘的著名婆罗门那里学得了一手秘技，成了一个年轻的魔术大师。恰好是一个月之前吧，通过朋友的介绍，我结识了米斯拉，并有所交往。我们对政治经济方面的问题倒是议论得很多，但他耍弄魔术时，我恰恰一次也不曾遇上，还没有见识过。所以，在我事先写信给他，恳请他为我表演一下魔术之后，这天晚上就催着人力车夫兼程赶往米斯拉当时的寓所，它地处寂无人声的大森地区的尽头。

我淋着雨，借着车夫那昏暗的提灯光亮，按了正门上人名标牌下的门铃。于是，没一会儿，门打开了，有人伸出头来。这是一个个子矮小的日本老太婆，是米斯拉的老女仆。

"米斯拉先生在家吗？"

"请进。先生已经等您好久了。"

老女仆和蔼可亲地一边说着，一边马上领我走向门内尽头处的米斯拉的房间。

"晚安,下雨天还光临舍下,欢迎欢迎。"

米斯拉拧了拧放在桌上的煤油灯的灯芯,十分精神地向我致意。他脸色黝黑,大眼,留着一口柔软的胡子。

"哪儿的话,只要能领教您的魔术,这点儿雨算不了什么,不足挂齿。"

我在椅子上坐了下来,环视了一下整个房间。在昏暗的煤油灯光下,屋里显得很阴沉。

这是一间朴素简单的西洋式房间,正中央放着一张桌子,墙边上有一只不大不小正合适的书架,窗前还搁着一张茶几,此外,就只有我们正坐着的椅子。而且,椅子和茶几都已陈旧,连四周织着红色图案花的桌布也已绽露出线纹丝缕,使人觉得几乎马上要碎裂开来似的。

彼此寒暄之后,就有意无意地静听室外竹丛间的滴雨声。过了一会儿,还是那个老女仆,端了红茶走进来。米斯拉打开烟盒,向我敬烟:"怎么样,来一支?"

"谢谢。"

我并不客气,拿了一支,一边划着了火柴点烟一边说:"你驱使的那个精灵,名字好像是叫晋吧,这么说,接下来我将要拜见的魔术,也是借助于这位晋的力量了?"

米斯拉自己也燃起了一支烟,微微一笑,烟从口里吐了出来,味道还颇好闻。他说道:"认为有晋这类精灵存在的想法,已经属于好几百年之前的思想了。可以说,那是阿拉伯的天方夜谭时期的事情了吧。而我从哈桑·甘那儿学得的魔术,如果你愿意要弄的话,你也能办到的呀。至多不过是发展了的催眠术而已。你瞧,只不过将手这么一来,就行了。"

米斯拉举起手,在我眼前比画起三角形似的形状。比画了两三次之后,他把手伸到桌子上,竟然摘起一朵那织在桌布四周的红色图案花来。我吓了一跳,不由得把椅子往前挪靠上去,仔细端详那朵花。一点不错,这花就是方才看到的织在桌布上的图案花中的一朵。米斯拉还将手中的花拿到我的鼻子前,我甚至闻到一股麝香之类的沉郁气味。我觉得太不可思议,连连发出唏嘘的感叹声。米斯拉照旧微笑着,又漫不经心地把花放落到桌布上面去了。当然,花朵一落到桌布上,就和原来一模一样,成了织在桌布上的图案,别说是摘起来,就连一片花瓣也别想随便使它动弹一下。

"怎么样,很简单吧。接下来请你看这盏煤油灯。"

米斯拉这样说着,将桌上的煤油灯稍稍移动了一下位置,可随着这一移动,也不知怎么回事,煤油灯简直和陀螺一样咕噜咕噜地旋转起来。煤油灯规规矩矩地立在原处,以灯罩为转轴,开始猛烈地旋转。一开始,我心惊胆战,怕万一发生火灾什么的那可非同小可,尽管我一再提心吊胆,可米斯拉却悠然地呷着红茶,一点发慌的样子也没有。于是我后来也完全胆壮了,两眼一刻不离地瞅着旋转得越来越快的煤油灯。

煤油灯的灯盖在旋转时产生一股风,而黄色的火焰竟然纹丝不动地点燃着,这确实是一种美丽壮观的情景、不可思议的奇观。而且,随着煤油灯旋转的速度越来越快,终于到达一种简直看不出旋转的完全透明的地步。这时,我忽然发现煤油灯不知什么时候已恢复原来的样子,稳稳立在桌子上了，灯罩不见丝毫歪斜。

"觉得惊奇了吗？这种玩意儿其实只是哄哄孩子的。你如果有兴趣，再给你看点什么吧。"

米斯拉回过头去，望着墙边上的书架，不一会儿，他把手伸向书架的方向，像招徕什么似的动起了手指，这一次，并列在书架上的书籍一本本地动弹起来，并不费事地、很自然地飞到桌子上来。而且它们飞的方法是将书皮向两边打开着，就像夏天傍晚飞来飞去的蝙蝠那样，轻飘飘地在空中飞扬。我口里衔着烟，像掉了魂似的，惊讶地看着这个情景。一本本书籍在微暗的煤油灯光亮中无拘无束地飞翔，它们秩序井然地飞向桌子并在桌子上堆出金字塔的形状，而且当这些书籍从书架上一本不留地全部飞移到桌子上后，马上又从最初飞来的那一本起开始蠕动，并有条不紊地飞归书架原处呢。

其中最有趣的是：有一本薄薄的平装书，它也像展开了翅膀似的打开书皮飘飘然地腾向空中，不一会儿，在桌子上空划了一个弧形，书页随之响起沙沙的翻动声，接着一个倒栽葱，倏地向我膝上落下来。怎么回事？我赶紧抓起书来一看，发现那是一本法国的新小说，记得大概在一个星期之前吧，我把它借给了米斯拉。

"承蒙你把这本书借给我这么久，非常感谢。"

米斯拉依然微微笑着，亲切地向我致谢。当然，不少书其时已经从桌子上飞回书架了。我感到自己像是刚从梦里睡醒过来，一下子连谢意都没能表达，但同时脑海里却想起了米斯拉方才说过的话："我的这种魔术，你要是愿意，你也能掌握的。"所以我就说:"哎呀,虽然我早就风闻过你的魔术本领,但你驾驭的魔术实际上竟是如此不可思议,这是我万万料想不到的。可你刚才说,像我这样的人,也不是不可能掌握这种魔术的,你不是在和我说笑吧?"

"当然能够掌握。无论谁都能轻而易举地学会。只不过……"米斯拉欲言又止,眼光直射向我,同时用一种与平时完全不同的认真的口气说,"只不过,有欲念的人学不了。要想学得哈桑·甘的魔术,首先要做到清静无欲,你能做到这一点吗?"

"我以为我是可以做到的,"我这样回答,可我总感到有点什么尚未落实,立即又补上一句,"只要你肯教给我的话。"

可是米斯拉依然显示出一种带有疑虑的眼神,毕竟是考虑到再三叮嘱会有失礼貌吧,他接着就从容不迫地点点头说:"那么,我来教你。不过,说是说不用费劲就可学会,但毕竟还得花一些时间来学,所以今晚就请你睡在我这儿。"

"那真是太打扰你了。"

能够获准教我学会魔术,我感到很高兴,于是一而再地向米斯拉表达谢意。但是,米斯拉对这件事似乎并不太在意,他很平静地离开椅子站了起来。

"老婆婆,老婆婆,今天晚上客人睡在这儿,你去准备一下床铺。"

我的心情颇难平静下来,连香烟灰都忘了弹去。我目不转睛地盯着米斯拉那亲切的面容,他正面对着煤油灯,完全沐浴在灯的光亮中。

我师从米斯拉学魔术，转眼已有一个月左右的时间了。也是在一个大雨如注的夜晚，在银座某俱乐部的一间屋子里，我和五六位朋友一起，在火炉前摆开阵势，兴致勃勃地沉湎在轻松愉快的街谈巷议中。

或许是因为这儿是东京的市中心，雨点接连不断地打在来来往往的汽车和马车的车顶上，所以和那个大森的情况不一样，这里听不到窗外雨点溅落在竹丛间的凄凉声。

当然，窗内的谈笑风生、活泼欢乐的气氛，也简直不是米斯拉那个一见似乎就有什么精灵跑出来的屋子所能比拟的，这里有明亮辉煌的电灯，有大型的蒙着摩洛哥羊皮的椅子，连地板都是一种镶嵌有花纹的工艺品，滑溜溜的，光可鉴人。

我们在一片香烟的烟雾中，议论了一阵狩猎和赛马的事。其中有一位朋友，将还没抽完的雪茄丢进火炉，回过头来对着我说："听说你近来学会耍魔术了，怎么样，今晚可以为我们大家当场表演一下吗？"

"当然可以。"

我把头靠在椅子背上，简直像个有名的魔术大师似的，大模大样地回答道。

"那么，一切悉听尊便。请给我们来个不可思议的魔术看看，要社会上的戏法大师之类的人耍不来的。"

看来朋友们都表示赞同，一个个把椅子往前挪了挪，一边催促似的瞅着我。于是，我慢吞吞地、不慌不忙地站了起来。

"你们仔细看着啊，我耍的魔术，一无秘密二无机关。"

我边说边卷起两手的衣袖，漫不经心地从火炉中捞起炽热的炭火，放在手掌心上。围坐在我周围的朋友们，大概光是看到这一点就已经吓破胆了吧，面面相觑，同时也都有点恐惧。他们生怕被火烫伤了可不得了，一个个踌躇不前起来。

于是我愈益沉着镇定，不慌不忙地把手掌心上的炭火送到在场的全体朋友眼前，接下来，我把炭火猛烈地摔向镶花地板。炭火在地板上迸散开来。一刹那间，它压倒了窗外的降雨声，只听得有另一种不平凡的"降雨声"猝然从地板上发出来。说时迟那时快，只见火红的炭火从我的手掌上离开的同时，变成无数绚丽夺目的金币，像雨点似的向地板上飞洒开来。

众朋友们都像是在梦里似的，茫然若失，连喝彩都忘了。

"暂且先来这么点小玩意儿吧。"

我露出一丝得意的微笑，同时不慌不忙地坐到原来的椅子上。

"这，这都是真的金币吗？"

一位目瞪口呆的朋友，总算在事情发生之后隔了大约五分钟，才好不容易开了口问我。

"货真价实的真金币。不信的话，可以亲自动手察看。"

"难道真的不会被烫伤什么的吗？"

一位朋友诚惶诚恐地从地板上捡起金币观看着："一点不错，这真是响当当的金币呢，喂，茶房，请你将扫帚和畚箕拿来，把这些金币全部扫拢，收集起来。"

侍者立即按照吩咐办事，把地板上的金币扫到一块儿，堆到就近的桌子上，桌子上顿时隆起一大堆金币。朋友们都围在桌子四周，同时你一言我一语地赞美起我的魔术造诣来。

"看来，总有二十万日元上下哪。"

"不，似乎还要多得多。如果是玲珑纤巧的桌子，还可能被压垮了呢。"

"不管怎么说，这可是学得了一项了不起的魔术，因为炭火的余烬会立刻变成金币呀。"

"这样，用不了一个星期的时间，就会成为能与岩崎和三井抗衡的百万富翁了。"

我照旧矜持地靠在椅子上，悠悠然吐着烟圈，说道："不行，我的这项魔术，一旦你产生欲念，那就再也不灵验了。所以在诸位观看之后，即使它是金币，我也要立刻把它抛进原来的火炉中去的。"

朋友们一听我这样说，不谋而合地开始表示反对，他们说："把这么一大笔钱还原为炭火，不是子虚乌有了吗？这岂不太罪过了？"可是，鉴于和米斯拉有约在先，我坚持要将金币抛进火炉中去，并固执地和朋友们争论不休。

于是，从诸朋友中间走出一位素以狡狯著称的人，他讥讽地冷笑着说："你是主张将金币还原为炭火，我们则表示不愿意，这样争执下去，当然就没完没了了。所以，我的想法是，把这金币作为你的赌本，我们来和你赌一下纸牌。按照这个办法，要是你赌赢了，你把它还原成炭火也好，变成其他什么东西也好，一切悉听尊便，你可以随意处置。然而，要是我们赌赢了的话，你得乖乖地将金币原封不动地输到我们手里。这样一来，不是大家都无可挑剔，大家都心满意足了吗？"

对这个建议我还是表示不能接受，没法贸然对此表示赞同。可是这位朋友一面流露出愈益露骨的嘲笑,一面以一种狡狯的眼神,交互打量着我以及桌子上的金币,说:"你不和我们赌纸牌,大概是由于你不愿让我们取得这些金币吧。这样的话,说什么你为了能耍魔术而已经抛去一切欲念什么的决心,你这个好不容易才下定的决心不也是有点靠不住吗?"

"不,我,我不是因为舍不得给你们拿去而要将金币还原为炭火。"

"既然如此,那就请你入局吧。"

经过这种屡次三番的争执之后,我终于慢慢地陷于这样一种境地:怎么说也得按这位朋友所说的那样,把桌子上的金币作为赌本,去和他们在纸牌上决一雌雄了。当然,朋友们都高兴极了,他们当即取来一副扑克牌,围住放在屋子角落的纸牌桌,一边快点快点地急催着我去,因为我还显得有点犹豫不决。

于是,我只得无可奈何地和诸朋友对局,懒懒散散地打了一会儿纸牌。但是,也不知怎么回事,我平时对打牌并不是特别在行,打得也不好,可只有那天晚上,我是大赢特赢。而且打上手之后,又发生一件微妙的事:开始时我对打牌兴味索然,但慢慢地感到有意思起来,大约还没有十分钟的时间,不知怎的,我忘掉一切,竟完全专心致志地热衷于打牌了。

朋友们原来的如意算盘,是打算一文不留地席卷我那些金币,所以特意安排了打牌,想从赌纸牌打开缺口。如今这么一来,他们都心急如焚,拼命地争强斗胜起来,脸色都几乎变了。然而,无论朋友们怎样拼死拼活也无法挽回败局。

我不仅一次也没输过,而且最后,我赢得了和这些金币的价值相差无几的金钱。于是,先前那个狡猾的朋友,简直和疯子一般,气势汹汹地一边把牌伸到我面前,说:"来吧,你抽一张!我将我的财产全部押上了。地产、房产、马、汽车,倾家荡产一文不留地和你赌一次。与此相应,你的赌注是,那些金币,再加上迄今你赢得的全部金钱。请,你抽吧!"

一刹那间,我的欲念抬头了。这一次不走运输了的话,那么,不仅只是桌子上那些堆积如山的金币,甚至连我好不容易才赢得的金钱,最后都不得不被对局的朋友们攫去。然而,倘若我在这次较量中获胜,对方的全部财产将一下子入我囊中。在这种关键时刻还不借用一下魔术本领的话,我煞费苦心学来的魔术,又将在何处体现它的功效呢?这么一想,我再也按捺不住了,迫不及待地一面暗中耍了魔术,一面以一种决一死战的猛劲说:"行啊,你先抽,请!"

"九点。"

"老K。"

我发出扬扬得意的叫声,一面将抽得的牌送到脸色发青的对方眼前。可是,很不可思议,那张纸牌上的老K简直像附上了魂魄似的,他抬起戴着冠冕的脑袋,忽然从牌里探出身来,手拿宝剑,彬彬有礼地流露出一丝令人毛骨悚然的微笑,用一种我听来很耳熟的声音说:"老婆婆,老婆婆,看来客人要回家了,可以不必准备床铺了。"话音刚落,也不知怎么搞的,窗外顿时传来猛烈的雨声,又是那种溅落在大森区竹丛间的凄凉的雨声。

我突然间清醒过来，环视四周，却发现自己仍旧沐浴在昏暗的煤油灯光下，米斯拉脸上浮现着简直和那张纸牌上的老K一模一样的微笑——我俩正面对面地坐着呢。

夹在我手指间的香烟上的烟灰，还停在那里不曾掉落下来，看这情形，所谓学会了魔术一个月之后的事，一定只是一场两三分钟里做的梦了。但在这短短的两三分钟里，我自己也好，米斯拉也好，都一清二楚地明白了，我这个人已经没有资格去学哈桑·甘的魔术秘诀了。我羞愧地低下了头，好一会儿开不了口。

"要想学会我的魔术，首先必须抛掉欲念才行，这点修行你还没有具备。"

米斯拉的目光透着遗憾，他平心静气地这么教训了我一顿。他的胳膊支在桌布上，桌布四周织着红色图案花。

舞　会

一

　　明治十九年十一月三日夜晚①。当时十七岁的大家闺秀明子同其秃顶的父亲一起，顺着鹿鸣馆②的阶梯向上登去——今夜这里举办舞会，宽阔的阶梯沐浴在明亮的煤气灯光里，阶梯两侧布满着宛如人工制的大朵大朵菊花，形成了三重菊篱。外层是红色的，中间层是黄色的，近身处的里层是白色的——花瓣都呈流苏状缭乱而放。在菊篱的尽头处，从阶梯顶上的舞厅里不断地洋溢出欢快的管弦乐声，仿佛在抒发难以抑制的幸福欢叹。

　　明子自幼学过法语，也学过跳舞，但今晚是有生以来第一次出席正规的舞会。所以，坐在马车里回答父亲不时投来的发问时，她就已经心不在焉，都是敷衍了事。她的胸中盘踞着一种愉快而又难以名状的忐忑不安。在马车抵达鹿鸣馆前，她数度心神不定地抬眼，数度探望东京街市上朦胧的灯光从车窗外流闪而过。

---

① 是日为明治天皇生日，旧称天长节。是年是日，外务卿井上馨伯爵夫妇邀请皇族、大臣、各国公使等约1700人，在鹿鸣馆举行舞会。
② 欧化政策的象征性殿堂。明治十六年（1883），在今东京千代田区内幸町一丁目建成的两层楼砖瓦建筑物，系当时罕见的纯西洋风格建筑。名为内外人士社交俱乐部，但只限贵族及外国使臣入会。经常举办晚会、舞会、化装舞会及妇女慈善会等。

但是,踏进鹿鸣馆伊始,碰上的事令她忘却了这种不安——父女俩在拾级而上登至半当中的地方,追上了一步在前的中国官老爷。这官老爷闪开胖胖的躯体,让父女俩通过时,不禁惊愕地望着明子发呆。明子身穿鲜嫩的蔷薇色舞服,秀项处端庄地系着浅蓝色的缎带,还有一朵蔷薇花在明子的绿鬓中郁郁飘香——明子是夜的风度,确实具备日本文明开化期的少女丽质,其美足以使垂着长辫的中国官老爷瞠目结舌。与此同时,一位穿燕尾服的日本人急匆匆地顺阶而下,与父女俩擦肩而过。他也反射性地转过头,惊愕地望望明子的背影,然后像惊魂甫定似的用手整整白色的领结,又匆匆沿着菊篱而下,向大门口走去。

父女俩登至阶顶,看见蓄有半白鬓角的伯爵——舞会的主人,胸前佩着几枚勋章,与一身路易十五式装束的伯爵夫人一起,从容大方地在二楼的舞厅进口处迎客。明子窥视到这位伯爵看见她的模样时,在他那饱经世故的脸上也瞬间闪过一种掩饰不住的惊叹神色。风度和善的明子父亲带着喜悦的微笑,向伯爵夫人扼要地介绍了明子。明子感到又得意又害羞,同时从伯爵夫人自命不凡的神情上品出一点儿有欠上品的腔调。

舞厅里也满布竞艳的菊花。而等待着舞伴的女宾们的衣服镶边、花儿以及象牙扇,沐浴着令人神清气爽的香水味,有如无声之波,在舞厅四处浮动。明子随即离开其父,与其中绚烂夺目的一群女宾合流。这是一群穿着与她类似的浅蓝色或蔷薇色舞服、年龄也差不多的少女。少女们迎入明子后,像小鸟那样唧唧喳喳个没停,口口声声夸说明子今夜美不可言。

明子还没及融入这群少女中，便有一位素不相识的法国海军军官不知从何处安详地走来，并且双臂下垂，以日本方式很有礼貌地行礼致意。明子觉得羞报，自感脸颊有些发热发红。军官行礼致意的意思是不言而喻的，所以明子转过头看着身旁穿浅蓝色舞服的少女，示意对方暂且代为保管手中的扇子。不料事出意外，这位法国军官的脸上立即浮着微笑，用带着异样语调的日语，清清楚楚地表示："可以请您跳舞吗？"

不一会儿，明子与这位法国军官在《蓝色多瑙河》的圆舞曲乐声中起舞。军官的脸颊被阳光晒得黝黑，眼鼻轮廓鲜明，口部生有浓须。明子把戴着长筒手套的手搭在军官的左肩上，身子明显欠高。但是，久经舞场的海军军官灵活应对，引导着明子在人群中翩翩起舞，而且用法语不时在明子的耳边轻轻说着和蔼可亲的恭维话。

明子向这些亲切温存的恭维报以羞涩的微笑，同时留意地观察着这舞厅周围——印有日本皇室徽饰的紫绸帷幔；在苍龙舞爪蜒身的中国旗下，插于花瓶里的菊花，有呈轻快银色调的，有呈忧郁金色调的，在人波中隐现闪烁；而且，这人波宛如香槟酒涌出来那样，在德意志管弦乐曲那华丽的旋律煽动下，炫人眼目地晃荡，片刻不止。当明子的视线碰上同样也在起舞的一位伙伴的视线时，便于急促之中愉快地点头致意。但转瞬间就有别的舞客不知从何而降地涌入视线，宛如巨大的飞蛾狂舞而至。

即便在这种时候，明子也清楚地知道海军军官的眼睛在注视着自己的一举一动。这表明一个对日本现状一无所知的外国人，看到明子如此欢快起舞的样子，是多么兴味盎然呀。如此美丽的少女，也像玩偶似的住在纸、竹之类造的房屋里吗？也是用细金属筷子从手掌大的青花小碗里夹米饭而食吗？——军官不时显露出和蔼可亲的微笑，眼中的这种疑问也屡有所见。对此，明子既感到滑稽可笑，又感到自豪。所以，每当军官好奇的视线不时落向脚下时，明子那华丽的蔷薇色舞鞋就更加轻盈地沿着平滑的舞池驰溜而去。

过了一会儿，军官似乎留意到眼前这可爱如小猫似的少女有些累了，便觑视着明子的脸，爱怜地问："还接着跳下去吗？"

"Non, merci。①"明子喘着气，作了明确的回答。

于是，这位法国军官继续着圆舞曲的舞步，悠然地引导着明子，从前后左右舞动着的衣服镶边及花的波浪中穿过，舞向置有菊花花瓶的墙壁处。在转过最后一圈后，舞艺精湛的军官使明子恰好落坐到其处的椅子上，随即把军装下的胸膛挺了挺，一如先前那样，恭敬地行了一个日本式的礼。

后来，明子又在波尔卡舞曲以及玛祖卡舞曲声中舞过一番之后，与这位法国军官携手组臂，由白、黄、红三重菊篱之间，顺阶下至楼下的宽敞大厅。

燕尾服和白色的肩膀在大厅里摩肩接踵地来来去去，其间置有几张满布银器及玻璃器皿餐具的餐桌。桌上有堆成山

---

① 法语：不，我感到够了。

状的肉类及松露蕈，有呈塔形耸立的三明治及冰淇淋，还有筑出三角塔形状的石榴及无花果。特别是在厅内那面没被菊花所埋的墙上，有一方金色秀美的窗户被精巧的人工葡萄蔓所缠。在青翠欲滴的葡萄蔓叶之间，葡萄垂如紫色蜂巢。在这金色的窗户前，明子与秃顶的父亲相遇，只见他叼着雪茄烟，与同辈的绅士并肩而立。父亲看到明子的样子，满意地点点头，旋即面向伙伴，又抽起雪茄烟来。

法国军官同明子走到一张餐桌前，拿起冰淇淋用匙。此时明子仍能感觉到对方的眼睛在不时注视自己的手、头发以及佩有浅蓝色缎带的颈项。当然，明子的心情并无不快，不过刹那之间确也闪过一种女性的疑虑。这时，有位德国女郎吧，黑色天鹅绒的胸前插着红色茶花，从明子和军官身旁经过。明子为释疑，寻思出这样的感叹："西洋女子长得真漂亮。"

出乎意料的是，海军军官听后竟认真地摇摇头，说道："日本的女子也很漂亮，尤其是您这样的——"

"您过奖了呀。"

"哦，不，不是恭维话。像您现在这样，可以马上去出席巴黎的舞会，届时会全场震惊呢。宛如华托①画中的公主驾临哪。"

明子不知道华托是何人，因此，海军军官的话语唤起的昔日美丽幻影——微茫的林中喷泉和渐趋凋零的蔷薇的幻影，也在瞬现之后便无奈何地消失殆尽。不过，明子极其敏

---

① 华托（1684—1721），法国著名画家，多盛宴题材。

感,她就是在动着冰淇淋匙的时候,也不忘抓住另一个仅存的话题。

"我是很想见识见识巴黎的舞会哪。"

"哦,巴黎的舞会同这里一模一样。"

海军军官这么说着,向围绕在两人所在餐桌外的人波和菊花扫视了一番,眼底忽然泛起揶揄的微笑,停下手中的冰淇淋匙,又像是自言自语地补充道,"不光是巴黎,所有的舞会都一样。"

一小时之后,明子同法国海军军官仍旧携手组臂,与众日本人和外国人一起站在舞厅外的阳台上,阳台沐浴在星月光中的夜空下。

与阳台仅一栏杆之隔的下方,有针叶树遍布的宽广庭园,枝桠重叠交叉,寂静无声,树梢处有红色灯笼的明灭火光。而且,在冷峭的空气底层,由下面庭园升上来的苔藓气味和落叶气味,宛如凄寂清秋的呼吸,飘溢而来。不过,就在身后的舞厅里,衣服镶边和花朵形成的波浪,仍在印有十六瓣菊花① 图案的紫绸帷幔下,继续无休无止地起伏。而高音调的管弦乐旋律,依旧毫不留情地朝着人海似的舞池猛吹。

无须多言,发自阳台的不绝的欢笑声和欢谈声,也在夜霭中震荡。当美丽的焰火在黯淡的针叶树上空升起,众人时有近乎骚然的喊叫声冒出来。杂于其间的明子,也已同站在那里的面熟少女们轻松地交谈了好一会儿。当明子若有所悟,

---

① 花瓣为十六片的菊花,乃日本皇室的徽纹。

却见那海军军官一任被明子抱臂，只默默地注视着庭园上方的星月夜空。明子感到军官似不胜乡愁，于是，由下向上地偷眼看看军官的脸，带着娇憨的腔调问道："您是在思念故国吧？"

海军军官闻言，带着微笑的眼神，安详地转向明子，然后像孩子似的摇摇头，以示"不是这么回事"。

"不过，您好像在思考着什么呢。"

"您倒猜猜看呀。"

这时，从聚集于阳台上的人群里又掀起一阵喧嚣声。明子与海军军官像商量好似的中止了交谈，抬眼朝笼罩着庭园里针叶树的夜空望去。只见红色和青色的焰火在夜幕中纵横四开，行将消失于夜空。明子不由得感到这种焰火之美，简直令人悲不可言。

"我在思考焰火的事——这宛如我们人生似的焰火。"

法国海军军官亲切地俯视着明子的脸，然后以教诲的语调说了这番话。

二

大正七年①秋天，明子在往镰仓别墅的途中，与有过一面之交的青年小说家邂逅于列车内。其时，青年把准备送给镰仓某友人的菊花花束置放在车厢内的行李架上。于是，当年的明子、今日的H老夫人，说她每看到菊花就有所思，遂详细地向青年诉说了昔日鹿鸣馆舞会的事。青年听了这位当事人亲口所述的回忆，不由得生出浓厚的兴趣。

故事讲完，青年漫不经心地询问H老夫人："夫人，您知道那位法国海军军官的名字吗？"

H老夫人听后，作出了出人意料的回答："当然知道啰。军官的姓名是——于里安·维欧。"

"那么，就是洛蒂②啰。他是那本《菊子夫人》的作者皮埃尔·洛蒂呀。"

青年感到振奋。但是H老夫人有点莫名其妙地望着青年的脸，一而再地嘟哝着："哦，不，他不叫洛蒂，他的姓名是于里安·维欧。"

---

① 即公元1918年。
② 即皮埃尔·洛蒂（Pierre Loti，1850—1923），本名于里安·维欧，法国小说家、海军上校。历游世界各地，特别是东方及非洲各国。以所见所闻为题材创作小说，具独特的异国情趣。1885年和1900年游访日本，到过长崎、京都、东京等地方，著有《冰岛渔夫》《拉曼邱的恋爱》《日本之秋》《菊子夫人》。本文《舞会》主要取材于《日本之秋》中的《江户的舞会》。

尾生的信义

尾生伫立桥下，先前起就在等待女子的到来。

抬眼看去，高高的石桥桥栏，有一半被攀缘植物所铺。往来行人不时通过其间，美丽的落日余晖中，白色衣裾随风拂动，悠然而去。然而，女子还没来。

尾生轻吹口哨，心情爽快地扫视着桥下的汀洲。

桥下的黄泥洲，只剩六七平方米，随即要与水面相连了。水际的芦苇间，大概有螃蟹的栖所吧——那里的一些圆洞，每受水浪涌打，便会发出轻轻的咕嘟声。然而，女子还没来。

尾生带着稍显急切的心情，移步到水际，扫视着不见任何船影通过的安静的河面。

河岸一带，长满青芦苇，在芦苇与芦苇之间，点缀着茂盛得呈圆形的川柳，致使穿流其间的水面，显得比河面狭窄。不过，澄清如带似练的河水，给有如云母似的云影染上一层金色，在芦苇中无声地蜿蜒。然而，女子还没来。

尾生由水际旋踵，移步到不大的汀洲上徘徊，侧耳倾听周围那融于渐浓暮色的声籁。

须臾之间，桥上将无行人往来了吧。步声、蹄音、车响，还有不知何处传来的苍鹭尖啼……尾生戛然止步，见潮水已在蠢动，洗刷黄泥的水色也已迫近，正在发亮。然而，女子还没来。

尾生紧蹙眉头，在桥下微微发暗的汀洲上的步伐，已渐渐快了起来；河水也在一寸一尺地渐渐爬上汀洲。与此同时，

119

从河中升起的绿藻气味及水的气味，也开始无情地浸润肌肤。抬眼而望，桥上那美丽的夕阳光照已经消匿，唯见石桥桥栏背衬薄暮的黛青色天空，宛如端正的黑色剪影。然而，女子还没来。

尾生终于耸然而立了。

河水已经濡湿了鞋，浮现出甚于钢铁的冷光，在桥下蔓延伸展。看样子，顷刻之间，膝部、胸部、脸部，无疑都会被这冷酷的满潮水流所埋。哦，说话之间，水位已在升高。现在，两胫都已没于水波之下。然而，女子还没来。

尾生伫立水中，仍怀着一线希望，一而再地朝桥上张望。

苍茫的暮色笼罩在深已浸腹的河水上。远远近近的芦苇和川柳，婆娑繁茂，唯闻寂寞的嚓嚓叶声，从朦胧的夜霭中飘送而来。突然，大概是一条鲈鱼吧，轻捷地翻现白色肚腹，从尾生的鼻前掠过。在出现过鱼跃的空中，星光稀疏可见，那爬有攀缘植物的桥栏倩影，很快融进了夜霭。然而，女子还没来……

※ ※ ※

夜半时分，月光洒遍一川芦苇和川柳。这时，河水和微风轻声低语着，把桥下尾生的尸体轻轻地搬往大海。但是，也许是因为尾生的魂魄神往寂静的天心之月吧，他悄悄游离尸身，向着朦胧有光的空中，宛如绿藻气味和水的气味无声无息地由河中升起似的，活泼地高腾而去……

数千年后，此魂魄历经无数流转，不得不再度托生人间——是乃现宿于我身之魂,所以,我生于此现代,却不能做一件有意义的事。我昼夜过着懵懂如梦的日子,却又一心等待着会有什么奇物将至——犹如尾生薄暮时分在桥下终生等待着不来的情人一样。

秋

一

　　信子在女子大学念书的时候，就有才女之称。对于她迟早会作为一名作家登上文坛这一点，几乎没有人持怀疑态度。而且，其中还有人到处宣扬，说信子在求学期间已经写出了三百多页的自传体小说。可是从学校一毕业，鉴于母亲是守着寡抚养了现今还在女中求学的妹妹照子和她自己，信子的面前确实也摆着一些复杂的情况，她不能想怎么做就怎么做，所以在信子还没有开始文笔生涯之前，她就不得不像通常的世俗习惯那样，必须先解决婚姻大事。

　　信子有一个表兄，名叫俊吉。当时，俊吉虽是在大学文科读书的学生，但他似乎立志将来要置身于作家行列。很早以前，信子就和这位大学生表兄来往密切。互相之间有了文学这一共同的语言之后，他俩就越来越亲密了。不过，俊吉和信子不一样，他对风靡一时的托尔斯泰主义等等，不表示丝毫的敬意。而且，他的谈吐中总是堆砌着法国味的讽刺和警句。俊吉的这种好嘲笑的态度，经常惹信子生气。信子是一个重理性的人，虽然生气，却不能不感到，在俊吉的奚落和警句中，孕育着某种不可蔑视的东西。

　　因此，信子在求学时期，就常和俊吉一起去展览会和音乐会之类。当然，每逢这种时候，妹妹照子大都在旁作陪。他们三人在来去的路上，无拘无束地一边笑一边谈论着什么。

但时常会发生光把妹妹照子一个人搁置在谈话圈外的事。照子倒是东张张西望望，像个孩子似的欣赏起橱窗里的太阳伞和丝绸披巾来，她并没有因为被忽视而感到特别不满的样子。可是信子一注意到这种现象，就一定立即打住话头，转换话题，好让妹妹又能像原先那样加入到谈话中来。不过，首先忘记照子的人，又总是信子自己。也许俊吉是对一切都漫不经心吧，他依旧一边妙语连珠地闲谈，一边迈着大步走在令人眼花缭乱的行人中。

关于信子和表兄的关系，不用说，无论谁都已充分预想得出：他们用不了多久将会结婚。同学们对于信子的未来，各自抱着羡慕和妒忌。特别是不认识俊吉的人（只能说是滑稽），她们的情绪就表现得更加激烈。信子一方面否定她们的推测，另一方面又故意将此洞若观火的事透露出来。因此，同学们尚未毕业之前，她们的头脑里已经自然而然十分清晰地烙上了信子和俊吉在一起的影子，就如一张新郎新娘的照片。

然而，从学校一毕业，和同学们的预料相反，信子突然和一个高等商业学校毕业的青年结婚了，他最近要到大阪的某商社做事。而且，行过婚礼两三天之后，信子就和新郎一起，前往商社的所在地大阪。据当时去市中心火车站送行的人说，信子和平时没什么两样，她面露爽朗的微笑，还时不时想方设法劝慰一下总是挂着眼泪的妹妹照子。

同学们都感到不可思议，她们的心中交织着微妙的欢喜的感情和意义跟以前迥然不同的妒忌感。有的人是信赖信子的，便把这一切归咎于信子的母亲，认为是母亲的意思造成的。也有人对信子抱着怀疑，扬言这是信子变心了。不过，就连这些人自己也不是不清楚,她们的解释,归根究底只不过是想当然而已。信子为什么不和俊吉结婚?她们在此后的一段时间里,只要一遇到机会,就一定将此疑问作为话题来谈论。可是两个月一过,她们就将信子完全忘却了,当然,信子原来写了长篇小说的传言也销声匿迹了。

这期间,信子在大阪的郊外建立了一个幸福的家庭。他们的家坐落在松树林里,在附近一带来说,这也是最为幽静的地方。松油的清香和温暖的阳光——丈夫不在家时,信子总是一个人在这租来的新建的二层楼房里,领略那充溢着活力的沉默。午后,在寂寞的气氛中,信子常常莫名其妙地感到心情抑郁,这时,她一定打开针线箱的抽屉,把折叠起来藏在抽屉底部的粉红色信笺展开,读起来。信笺上用蘸水钢笔密密麻麻地写着:

……当我一想到今天是我和姐姐在一起的最后一天了,就连写这封信的时候,也止不住净淌眼泪。姐姐,请你千万千万原谅我,照子面对姐姐非同小可的牺牲和割爱,简直不知道说什么话才好。

姐姐为了我,定下了如今这项终身大事。即使你说不是这么回事,我心里还是十分清楚的。有一次,我们一起去帝国剧场看戏,那天晚上,姐姐问我喜不喜欢俊哥。接着又说,要是喜欢,你就跟他,做姐姐的一定竭力助你一臂之力。当时,姐姐也许已经读过我那封要交给俊哥的信了吧。那封信不见了的时候,我对姐姐真真是抱恨万分哪。(请原谅,光这件事,我就真不知该怎么道歉才好。)

所以那天晚上，在我听来，姐姐亲切的话语简直是带了刺的嘲讽。我生气了，连个像样的回答都没好好给。当然，这件事你也许没忘却吧。可是两三天之后，姐姐的亲事就匆匆忙忙地定了。当时，为了这件事，我真想以一死来向姐姐请罪。姐姐也是喜欢俊哥的。（你不要隐瞒，我是再清楚不过了。）要不是为了照顾我，姐姐一定和俊哥结合在一起了。可姐姐却屡次三番地对我说自己没有考虑过俊哥云云，最后匆匆接受了这桩违心的婚事。我尊敬的姐姐，今天我抱了一只鸡来，我要鸡向即将赴大阪的姐姐陈词致意，你注意到了吗？我是想让自己喂的鸡也来和我一同向姐姐表示歉意，并请姐姐原谅呀。这么一来，连什么都蒙在鼓里的母亲都哭起来了呢。

姐姐，明天你已经在大阪了吧。可我恳求你，无论何时都不要撇下你的照子不管呀。

照子每天早晨一边喂鸡，一边就想着姐姐而偷偷流泪呢……

每当信子念起这封带有少女风度的信，必然热泪盈眶。特别是一想起在自己要上火车从市中心车站出发的当儿，照子暗地里将这封信塞给自己时的神态，信子就感到有一种难言的感动。然而，果真如妹妹所想象的那样，信子的婚姻是一种纯粹的牺牲吗？流过眼泪后，这个疑问经常使信子的心里蔓延着一股抑郁的情绪。为了排除这种沉闷忧郁，信子一直沉浸在快意的感伤中间。她眺望着洒遍室外松树林的阳光，看着阳光在昏黄的暮色中渐渐改变着颜色。

二

  结婚之后的三个月，像所有的新婚夫妻一样，他俩也过得很幸福。

  丈夫是个寡言的人，性格有点像女性。他每天从公司下班回家，晚饭后的那几个小时就一定和信子在一起。信子一边打着毛线一边讲讲近来轰动一时的小说和剧本。谈论中，有时还交织进信子的基督教情趣的人生观，那是女子大学熏陶的结果。丈夫晚饭时喝点酒，便红起双颊，把正在看的晚报放在膝上，很稀奇似的洗耳恭听，但他从不插一句自己的意见和看法之类的话。

  他俩几乎每个星期天都到大阪或近郊的游览区去消遣。每次乘上火车、电车，信子对那些不问什么场合总是肆无忌惮吃喝的关西人感到很是讨厌。所以丈夫那温文尔雅的风度就显出他是个有教养的上等人，信子为此而感到欣喜。事实上，穿着讲究的丈夫一混在这些人中，从帽子、西装到黄皮靴，都好像散发出一种香皂般的清新气味。特别是夏天休假期间到舞子①去的时候，丈夫的同事恰巧也来到那里的茶馆，和这些同事一比，信子越发没法不感到丈夫是鹤立鸡群的了。可是，丈夫对那些低劣的同事们却似乎抱着出人意料的亲

---

① 日本兵库县的海滨胜地。

切感。

　　不久，信子想起长时间被束之高阁的创作了。于是，每当丈夫不在家的时候，信子便用上一两个小时，开始零敲碎打地伏案写作了。丈夫一知道此事，就说："真是要当个女作家了呢。"典雅的嘴角上挂着一丝讪笑。可是信子即便坐在写字桌面前，也出乎意料地写不下去。她两手托腮在发呆，从此时常发现自己不由自主地被暑天松树林里的蝉鸣声所吸引。

　　在残暑将要过去、节令正要进入初秋的时候，有一天，丈夫要上公司去，却发现西服的领带沾了汗渍，脏了，就想换一条，可是不巧得很，领带一条不剩全部交给洗衣铺去洗了。丈夫平时爱干净，所以显出了不高兴的样子。于是他一面结西装裤的背带，一面一反常态说起了挖苦话："光知道写小说，真没办法。"信子默默无言，眼睛朝下掸了掸上衣的灰尘。

　　两三天之后的一个晚上，由于晚报上登载了有关粮食的事，丈夫就说起每个月的开销能不能再稍稍节约一点，他甚至说出这样的话来："你总不至于永远是个女学生吧。"信子一面爱理不理地搭着腔，一面在给丈夫的领带刺绣。这时丈夫的固执劲上来了，说："自己绣这样的领带，不如买一条反而来得便宜。"仍旧是另有所指的腔调。信子更加不知说什么好了。最后，丈夫也一脸扫兴的样子，没趣地只顾埋头读起贸易方面的杂志来。卧室里的电灯熄了之后，信子背朝着丈夫喃喃说道："小说什么的，我不写了。"对此，丈夫还是一声不吭。过了一会儿，信子以比先前更轻微的声音复述了这句话，接着就哭出声来了。丈夫申斥了她一两句，信子的啜泣声依然断不了。不过,不知不觉间,信子紧紧地依偎在丈夫身旁了……

第二天,他俩又和好如初,依旧是很和睦的夫妻。

然而,后来有一次过了午夜零点,丈夫依然没从公司回家。好容易总算回来了,却是满嘴的酒臭,醉得连雨衣都脱不了。信子锁着双眉,动作利落地给丈夫换了衣服。即使到这种地步,丈夫还在用欠灵活的舌头说着奚落人的话:"今天晚上我没回家,所以小说的进展很大吧。"这样的话,已经好多次地从他那女人似的喉咙里发出来。信子那天晚上一上床,眼泪就止不住簌簌向下掉,她想,照子要是看到这种情况,不知要陪我怎么流泪呢。照子啊照子,我唯一感到可依赖的,只有你一个人了——信子一次又一次地在心里这么呼唤妹妹,一边却被已经熟睡的丈夫所发出的充满酒臭的呼吸所折磨,她辗转反侧,几乎一夜没合眼。

不过,到了第二天,他俩又很自然地亲密无间了。

这种情况反复发生过好几次,而秋天也就渐渐进入了尾声。信子不知不觉地便和写字桌疏远了,她很少动笔写东西。现在,丈夫也不像从前那样来听她的文学评论,他已经不稀罕了。每天晚上,他俩隔着长火盆,在一些琐碎的家庭开支的事情上消磨时间。而且,看来这种话题,至少是饭饱酒足之后的丈夫最感兴趣的了。尽管如此,信子还得时常怪可怜地看丈夫的脸色行事。可是丈夫却什么也感觉不到,他一边咬着不久前从嘴边长出来的胡子,一边若有所思地说着这一类的话:"要能有个孩子的话……"他说这话时的情绪比平时快活得多。

这以后，信子经常在每个月发行的杂志上看到表兄的名字。信子结婚后，仿佛忘却了似的和俊吉断了信件往来。俊吉的情况——从大学文科毕业的事也罢，开始办起同人杂志的事也罢，信子只是从妹妹的信里才获悉的。而且，信子也提不起兴趣再去多知道一些有关俊吉的事。可是一看到他的小说在杂志上发表，她的怀念之情就和从前一样了。信子翻着杂志，不止一次地独自微笑起来。俊吉在小说中也不忘使用冷笑和诙谐这两件武器，就像宫本武藏使用自己的武器一样。可是，也许是信子神经过敏，她总觉得在表兄那轻松的揶揄后面，潜伏着某种凄凉寂寞的自暴自弃的调子，这是表兄从前所没有的。与此同时，这种想法又使信子不能不产生一种内疚的心情。

滋生了这种心情以后，信子对丈夫更加温柔体贴了。天寒夜长，丈夫隔着长火盆瞅着妻子，信子爽朗的脸上，总是莞尔含笑，注意打扮的她面容比从前更显得年轻。信子一边摊开针线活，一边谈些他俩在东京举行婚礼时的旧话。她连细节都记得很清楚，这使丈夫既感到意外，又感到喜悦。"你对那种事竟然记得这么清楚啊。"丈夫开玩笑地说。这时，信子准是闷声不响，只一味报以媚眼。不过，为什么如此忘怀不了呢？信子自己也一而再地在心里嘀咕过，真是不可思议。

过了没多久，母亲给信子来了信，信上说，妹妹照子已经订婚。还补充说，俊吉为了迎娶照子，在东京职员阶层集中的高岗地区的郊外某处设了新居。信子立刻给母亲和妹妹写了一封长长的祝贺信。"无奈我这里没有人，虽有违我的心愿，但婚礼怕是不能出席了……"——信子写到这些话时（尽管她自己也不明白是什么缘故），总是难以往下落笔。于是她必定抬眼远眺窗外的松树林，松树在初冬的天空下翻腾着黑魆魆的苍黛色。

那天晚上，照子结婚的事就成了信子和丈夫的话题。丈夫脸上浮现出他惯有的淡淡的笑容，听着信子模拟妹妹的口气说话，觉得颇有趣。可信子总感到自己有一种情绪：她好像要把照子的事说给自己听。"嗳，还不睡吗？"两三个小时之后，丈夫抚着柔软的胡须，懒洋洋地从长火盆前走开了。信子一时还决定不了该送妹妹什么礼物以志祝贺才好，就用火钳在炭灰上画起字来，突然，她抬起头来说："不过，一想到自己也有一个妹夫了，我就感到奇怪得很。""那不是天经地义的事吗？因为你有一个妹妹嘛。"听丈夫这么说，信子没搭腔，眼睛里露出若有所思的神色。

照子和俊吉是在十二月中旬举行婚礼的。这天，从接近中午时分开始，白雪霏霏。信子独自吃完了午饭，过了好久，午饭的鱼腥味还留在口腔里总是散不去。"东京大概也在下雪了吧。"——信子脑子里转着这个念头，身子一直就着饭厅里的长火盆，光线已经黯淡不清了。雪越来越大，可是信子嘴里的腥味还很顽固，消失不了……

三

　　第二年的秋天，信子和出差的丈夫一起来到久别的东京。不过，丈夫必须在短短的期限内解决许多应办的事，所以他除了到信子的母亲那儿匆匆露一下面之外，几乎找不到一天有机会带信子外出。因此，信子去拜访妹妹、妹夫在郊外的新居时，也是独自一人从那像是新开辟的街市的电车终点站，坐上晃荡晃荡的人力车到的。

　　新居靠近葱地附近的一排房子，可左近都是出租房屋似的新建筑物，屋檐栉比鳞次，狭窄局促，带檐的院门、扇骨木的篱笆、晾在竹竿上的衣服——哪一所房子都是如此，完全雷同。这种平凡的住房，多多少少让信子感到有点失望。

　　可是当信子叫门的时候，意外得很，应声而出的竟然是表兄。俊吉一看到信子这位稀客，和从前一样，马上快活地叫了声："啊。"信子看到，不知什么时候起，他已不留平头了。"久违了。""来吧，请进。不巧得很，就我一个人在家。""照子呢？不在家？""有点事要她出去办一下。女仆也出去了。"奇怪得很，信子竟感到有点不好意思，与此同时，她脱下了附有漂亮夹里的大衣，并悄悄地放在门厅的一个角落里。

　　俊吉请信子进了一间八铺席的屋子，让她坐了下来，这里是书房兼客厅。房间里无处不堆积着书，杂乱无章，特别是在一只紫檀木做的小茶几周围，茶几放在正对午后西晒太阳的纸拉窗旁，报纸、杂志和稿纸散乱不堪，简直无法收拾。房间里唯一可以说明这里住有年轻女主人的东西，是挂在壁龛墙上的一把崭新的筝。信子稀奇地望着周围这些东西，两眼转过来扫过去看了好一会儿。

"你要来的事，虽然已经从信里知道了，可没想到今天就来啦，"俊吉点上一支香烟，毕竟露出了萦怀的眼神，"你还好吗？大阪的生活怎么样？""倒是俊哥的情况怎么样啊？幸福吗？"信子在三言两语的谈吐中，也意识到从前那种亲切依恋之情现在又复苏了。她觉得，两年多来，连信也不曾好好通过一封的令人发窘的记忆，并不像想象的那样叫人忧心和烦恼。

他们俩就着一盆火，一边烤着手，一边谈论起各种事情来。俊吉的小说啦，两个人都认识的旧交的轶闻啦，东京和大阪的比较啦，无论怎么不停地谈，话题还是多得无穷无尽。不过，两人像是商量好似的，怎么也不去碰触生活过得如何的问题，这就更使信子强烈地感到自己是在和表兄谈话。

沉默不时来到两人之间，每逢这种情况，信子便含着微笑，瞅着火盆里的炭灰，抱着朦朦胧胧总在等待什么似的心情。然而，也不知是故意还是偶然，俊吉总是立即找到话题，破坏了信子的等待情绪。信子终于忍不住窥视了一下表兄的面容，而俊吉正在漫不经心地抽着香烟，看不出他有什么特别要借以掩饰的不自然的表情。

一会儿，照子回来了。她一见姐姐，高兴得差点儿拉起手来。信子嘴角浮着笑容，不知不觉已热泪盈眶。两个人暂时连俊吉也忘了，互相询问起对方去年以来的生活情况。尤其是照子，面色红润，生气勃勃，她甚至没有忘记告诉姐姐至今家里还喂养着鸡呢。俊吉衔着香烟，十分满意似的看着她们两人，依然是笑嘻嘻的样子。

这时，女仆也回来了。俊吉从女仆手中接过好几张明信片，立刻坐到边上的写字桌前，一个劲地挥动起笔杆来。对于女仆也不在家这件事，照子显出了意外的神色。"那么，姐姐来的时候，谁也不在家吗？""嗯，只有俊哥在。"信子作此回答时，感到自己是在强作镇静。而俊吉只是自顾自地朝向一边说："感谢主人吧，这茶还是我来泡的哪。"照子和姐姐打了个照面，有点恶作剧似的噗嗤一笑，对丈夫却像是故意似的不搭腔。

过了一会儿，信子和妹妹、妹夫一起，围着桌子吃晚饭。通过照子的说明，知道端上桌来的鸡蛋都是家中的鸡生的。俊吉一边向信子敬葡萄酒，一边唠叨着什么社会主义式的道理："人的生活是建立在掠夺上的，小的方面从这只鸡蛋来看……"可是，在三个人当中，最爱吃鸡蛋的，却是俊吉自己。照子说："这可真滑稽好笑。"并发出了孩子般的笑声。这饭桌上的气氛，不禁使信子联想起黄昏降临时分，远处松树林中的那间寂寥的客厅。

饭后端上来的水果已经胡乱吃光，但要谈的话还是多得没完没了。俊吉带着微微的醉意，盘腿坐在长夜的电灯下，大肆搬弄他特有的诡辩口才。俊吉的谈笑风生，使信子再一次回到了青春时代，她流露出温暖的眼神，说道："我也有心写本小说，不知成不成。"表兄抛出了古尔蒙[①]的名言代以作

[①] 古尔蒙（1858—1925），法国作家、文艺批评家。

答:"因为缪斯们是女人,所以只有男人能够随心所欲地驾驭她们。"信子和照子却结成联盟,不承认古尔蒙的权威。"那么,不是女人就成不了音乐家啰?阿波罗不是男人吗?"照子甚至一本正经地反驳了。

闲聊之间,已经夜阑人静,信子终于得以在此过一宿了。

睡觉前,俊吉打开一扇挡雨板,穿着睡衣下到院子里,只听他叫道:"出来看呀,多美好的月亮啊。"却并没指名招呼谁。信子在门口放鞋的地方趿上院子里穿的木屐,一个人跟在表兄后面进入院子,由于没穿袜套,感觉到脚上有一丝夜露的寒意。

院子角落里种着一株瘦弱的扁柏,扁柏的树梢上挂着明月,表兄正站在树下,眺望着银灰色的夜空。"草生得很盛呢。"——信子似乎很害怕这院子的荒芜,战战兢兢地向表兄那儿靠拢过去。然而,俊吉依然眼望夜空,喃喃地说:"今儿个是十三晚上吧。"

继续沉默了一会儿之后,俊吉轻轻地转过脸来对信子说:"你不去鸡棚那儿看看吗?"信子默默地点了点头。鸡棚正好在院子的另一个角落里,和扁柏遥遥相对。两个人肩并着肩,慢慢地踱向鸡棚。朦朦胧胧的月光和物影下,一股鸡的气味钻进人的鼻腔。俊吉探视了一下鸡棚,几乎是自言自语地对信子耳语道:"正睡着呢。""这是被人夺取了蛋的鸡啊。"信子伫立在乱草间,禁不住有此感慨……

两个人从院子里回到屋里,这时,照子正坐在丈夫的写字桌前,出神地瞅着电灯发呆,看着一只绿色的浮尘子在灯罩上爬行。

四

　　第二天早晨，俊吉穿上唯一的一件漂亮西装，吃过东西后就急匆匆地要外出，他走到门厅，说着什么一定要去为一个故友逝世一周年扫墓。"你一定得待在这里，我中午之前肯定赶回来。"俊吉一边披上大衣，一边这样叮嘱信子。而信子只是默默地报以微笑，娇嫩的手里还拿着俊吉的礼帽。

　　照子将丈夫送出门之后，招呼姐姐坐到长火盆跟前，恭敬地请她进茶。她向姐姐谈说着隔壁女主人的事、采访记者的事，还有曾和俊吉一起去观看某外国歌剧团演出的事——除此之外，她似乎还有着各种各样应该是很愉快的话题。可是信子的情绪却很消沉，她忽然注意到，自己总是心不在焉，只是在敷衍了事地应酬着妹妹的话。最后，照子终于注意到了这种情况，她关心地看着信子的面容，询问道："你怎么了？"可是信子自己也说不清楚到底是怎么了。

　　挂钟敲了十下，这时，信子抬起慵倦的双眼说："俊哥好像一时还回不来呢。"照子随着姐姐的话，仰头望了一下时钟，然后以一种意想不到的冷淡，只应了一声："还……"信子觉得，照子的吐词中，蕴含着一颗新娘子的心，这是对丈夫的爱情感到心满意足的心。这么一想，信子的情绪便禁不住越发抑郁不欢了。

　　"照妹很幸福哪。"信子说着低下头，把下颚埋进领子里，但她无论如何没法掩饰由衷地产生的实在羡慕的情绪,但照子依然天真无邪,生气勃勃地一面微笑着一面斜睨着姐姐说:"你啊,可小心着,"接着又立刻撒娇似的加上了一句,"姐姐,你自己不也是很幸福吗?"这话给了信子当头一棒。

信子稍稍抬了抬眼眶,反问道:"你是那么想的吗?"话才说出口,又感到后悔了。一刹那间,照子露出奇怪的神色,眼光和姐姐交叉到一起了。照子的脸上,也浮现出难以掩饰的后悔神色。信子勉强笑了笑,说:"能使妹妹这么认为,我也该是幸福的了。"

沉默笼罩在姐妹俩之间。挂钟在滴答滴答响着,她们坐在钟下,有意无意地听着长火盆上的铁壶里开水沸腾的声响。

"那么,姐夫不温柔吗?"过了一会儿,照子惶恐地小声询问道,这话音里,分明蕴含着怜悯的余音。可是,信子其时只想不顾一切地拒绝别人的怜悯,她拿起报纸放在膝上,两眼望着报纸,故意什么都不回答。报纸上登载的内容和大阪的一样,也是关于米价的事。

过一会儿,静静的客厅里响起了低声哭泣的声音。信子从报纸上抬起眼来,看见妹妹照子以袖遮脸坐在长火盆的那一边。"用不着哭呀。"信子虽然这么劝慰妹妹,但照子还是不易止住哭泣。信子产生了一种残忍的喜悦心情,一面默默无言地注视着妹妹颤抖的双肩,望了好一会儿。然后,信子把脸凑向照子,仿佛是怕女仆听见似的低声对妹妹说:"你要是不愉快,那可是我的过错了。我觉得,只要照妹幸福,就是上上大吉的好事。真的,只要俊哥爱照妹……"说着说着,信子被自己的言语所感动,声音也逐渐感伤起来了。却见照子突然撂下袖子，抬起头来，脸上泪痕阑干，湿漉漉的。出人意料的是，照子的眼里既没有悲切，也没有愤恨，只有一种难以抑制的妒忌在她的双眸中蒸蒸欲燃。"那么，姐姐——昨天夜里姐姐为什么……"照子还没有把话讲完，就又将脸埋在袖子里，忽然发出一阵激烈的啼哭声来……

两三个小时之后，信子坐在带篷人力车上，摇摇晃晃地兼程往电车终点站赶去。在她眼前展现的外部世界，只有面前这个镶着赛璐珞的方形窗子，那是割去遮盖篷开出来的。郊外偏僻地区才有的那种房子和变黄了的杂树树梢在缓慢而不间断地从窗口向后流去。只有那飘浮着轻云、带着寒意的秋空，始终一动不动地留在窗框里。

信子的心情是平静的。而支配这平静的，不外乎是认命了的寂寞。照子啼哭了一阵子，姐妹俩一点不费事地又和好如初了，和解伴着新流出的眼泪重新来到姐妹俩心中。不过，事实毕竟是事实，事到如今，它已经没法离开信子的心灵了。信子不等表兄归来而腾身上车时，她感到自己和妹妹的关系永远变成了陌生人，不言而喻，这种心情使信子的胸中结起一层寒冰……

不经意间，信子抬起眼来，此时，赛璐珞的窗中显出了表兄的形影，他拄着手杖，从满是尘土的街市上走过来。信子的心动摇了。是停车呢，还是就这样失之交臂呢？信子压抑着心跳和激动，好一会儿只是在车篷下徒然地犹豫再犹豫。而俊吉和她之间的距离，眼看越来越靠近了。俊吉沐浴在微弱的阳光下，慢慢地在净是水洼子的路上走着。

信子眼看就要脱口而出地大喊"俊哥"。事实上，信子所

140

熟悉的俊哥的身影，其时正出现在信子的车子近旁。但信子又踌躇不决了。就在这当儿，什么也不知道的俊吉终于和带篷人力车交臂而过。混沌的天空、稀疏的房屋、高树上发黄的树梢——偏僻的郊区市街，路上行人依然很少。

"秋天……"

信子在带着轻轻寒意的车篷底下，浑身都感到寂寞凄凉，她不禁深有感触地想到这秋天了。

杜子春

一

春天的某日傍晚。

在唐朝都城洛阳的西城门下，有一个年轻人出神地仰望着天空。

他叫杜子春，原是富家子弟，如今荡尽家财，可怜一文不名，简直无法度日。

当时，洛阳称得上是盛极天下、独一无二的都城，路上车水马龙，摩肩接踵。油亮的夕阳光沐浴着整座城门，老人的纱帽、土耳其女子的金耳环，以及与白马相得益彰的彩色缰绳，在阳光下熙来攘往，这图景如画，美不胜收。

然而杜子春照旧凭倚着门墙，出神地眺望着天空。空中有一弯明月，在晴岚摇曳的暮霭中，宛如指甲痕似的浮现出淡淡的白色。

"夕阳西下，腹中空空，况且世上已没有我可以下榻的地方。看来，与其这样烦神地活着，索性投水一死了之来得痛快。"

杜子春先前就在惦掇着这种茫然不知就里的事。

这时，有个坏了只眼睛的老人突然在他的面前站定，也不知是从哪儿走来的。老人站在夕阳光下，在城门上投下巨大的身影。他凝视着杜子春的脸，傲慢地发问了："你在想什么呀？"

"我吗？我今晚没处可住，正在琢磨怎么办才好。"

老人是突然发问的，杜子春不由得垂下眼，老老实实地这么回答了。

"原来是这么回事呀。真是可怜哪。"

老人思量了一会儿，随即指着照在路上的夕阳光，又说道："唔，我就告诉你一件好事吧。你去站在这夕阳光下，地上会映出你的身影，半夜里，你可以在你脑袋的投影处挖掘，会有满满一车的黄金埋着的。"

"真的？"

杜子春吃惊不小，抬起了垂着的眼睛。不料出现了更奇怪的事情：老人不知上哪儿去了，周围根本不见老人的任何影踪；唯见空中的月色比刚才亮得多，两三只蝙蝠已经迫不及待，飘飘然地在来来往往的行人头顶上飞舞着。

二

不到一天的时间，杜子春已成了洛阳城里最有钱的人。因为他遵照那个老人的吩咐，在夕阳光下投下身影，半夜后悄悄地掘开自己脑袋的投影处，发现埋着一大堆黄金，多得足够装一大车还有余。

成了大阔人后，杜子春立刻买了房子，过起不让于玄宗皇帝的奢侈生活。他要喝兰陵的名酒，要吃桂州的桂圆肉，要在庭园里种上一天之内会四度改变颜色的牡丹花；他饲养的白孔雀有好几只；他还四处搜罗宝石；他要的是绫罗锦缎、瑞香奇木的车子以及特制的象牙质地的座椅……反正不胜枚举，否则会使故事长得讲不完。

闻悉此事后，从前那些在路上相遇也不打招呼的朋友们纷纷登门叙旧。而且，来客与日俱增，半年的时间里，京城洛阳的有名才子和知名佳人，几乎都到过杜子春的家。杜子春天天到场，设宴招待。宴席内外的盛况，更是难以言状，这里姑且择其一二：那杜子春把西洋葡萄酒斟到金杯里，兴味盎然地欣赏天竺的魔法师进行吞刀表演，而周围的二十名女子，个个戴着发饰，十名用翡翠质地的莲花饰，十名用玛瑙质地的牡丹花饰，在那里抚丝弄竹，笛声和琴声十分动听。

然而，大富翁也难免坐吃山空，所以不到两年，挥金如土的杜子春也渐渐贫困起来。于是，人情薄如纸，迄今为止天天登门的朋友们，现今从门前走过也不致意了。到了第三年的春天，杜子春又像以往那样一贫如洗，偌大的都城洛阳竟没有他的下榻之地了。不，还不光是无处可借宿，眼下是到了没人会给他一杯水的境地。

于是，他在某日傍晚，又来到那洛阳西门的门下，站在那里出神地眺望着天空，感到山穷水尽了。这时，也像上次一样，那个坏了只眼睛的老人出现在他的眼前，也不知是从哪儿走来的。他又听到老人的发问："你在想什么呀？"

杜子春看到老人的面影，不胜羞惭地低下头，一时答不上话来。但是老人这天又亲切地重复了一遍先前的那番话。杜子春也同先前那次一样，惶恐不安地回答道："我今晚没处可住，正在琢磨怎么办才好。"

"原来是这么回事呀。真是可怜哪。唔，我就告诉你一件好事吧。你去站在这夕阳光下，地上会映出你的身影，半夜里，你可以在你胸膛的投影处挖掘，会有满满一车的黄金埋着的。"

老人说完，立即又像突然消失似的，隐没在人群中了。

第二天，杜子春一下子恢复成天下第一的阔人，同时照旧挥金如土地过起奢侈的日子。庭园里开着牡丹花，花间睡有白孔雀，还有表演吞刀绝技的天竺来的魔法师……一切悉如当日。

所以，三年没到，那一大车如山似的黄金又花了个精光。

三

"你在想什么呀?"

坏了只眼睛的老人第三次来到杜子春的眼前,又这么发问了。当然,杜子春这时也是伫立在洛阳西门的门下,出神地眺望着一弯新月透过暮霭送来的光亮。

"我吗?我今晚没处可住,正在琢磨怎么办才好。"

"原来是这么回事呀。真是可怜哪。唔,我就告诉你一件好事吧。你去站在这夕阳光下,地上会映出你的身影,半夜里,你可以在你腹部的投影处挖掘,会有满满一车的——"

听老人说到这儿时,杜子春突然举起手,打断对方的话:"不,我不想要钱。"

"不想要钱?嚧嚧,看来你对奢侈的生活终于感到腻啦。"老人带着些疑惑的眼神,盯着杜子春的脸。

"哦,并不是我对奢侈的生活感到腻了,而是觉得人实在可恶。"杜子春不无刻薄地说着,脸上带着愤慨的神情。

"这倒是很有意思哪。你怎么会感到人是可恶的呢?"

"人都是薄情的。我有钱时,又恭维又谄媚;可我一穷,嘿,竟然看不到一张好一点儿的脸色。由此看来,即使再当一次大阔人,还不是等于零!"

老人听了杜子春的这番话,禁不住笑出声来:"原来是这么回事呀。哦,你可不像个年轻人,倒是极明事理的呢。那么,今后再贫困,你也会安贫乐道的啰?"

杜子春显得有些犹豫,但是旋即抬起下了决心的眼神,央求地看着老人说道:"眼下的我,还达不到这种境界。所以我想拜您为师,学习仙术。您是瞒不了我的,您是位得道高仙,否则不可能一夜之间让我成为天下第一的富豪。请务必收我为徒,把奇妙的仙术教给我吧。"

老人蹙着眉,大概默默思考了一些什么之后,又笑嘻嘻地说道:"我确实是仙人,叫铁冠子,住在峨眉山。第一次看到你时,我感到你是个明事理的人,遂两次让你成为巨富,而你恣意要成仙,我就成全你,收你为徒吧。"

老人欣然应允了。杜子春万分高兴,没等老人说完,就以额触地,频频磕头致谢。

"哟,请不要这样。即使成了我的徒弟,也保证不了你一定得道成仙。硕果如何,全凭你自己。唔,反正先随我到峨眉山中去试试看吧。哦,地上恰好丢着一根竹杖,我们现在就骑上它,立刻由空中飞去吧。"

铁冠子拾起一根青竹,口中念念有词,同杜子春一起,犹如骑马似的跨上青竹。说来也真怪,这竹杖顿时像龙一样舞向空中,在春日的薄暮时分,穿过无云的苍穹,飞向峨眉山。

杜子春吓坏了,提心吊胆地俯视身下,却见群山青青,伏在残照的脚下,而那都城洛阳的西门(大概被霞光所掩),竟遍寻不得。铁冠子的雪白鬓发迎风飘拂,他在引吭高歌:

朝游北海暮苍梧，
袖里青蛇胆气粗；
三入岳阳人不识，
朗吟飞过洞庭湖。

四

青竹载着两人，不一会儿就降落在峨眉山的一块又大又宽的岩石上。岩石面临深谷，但又位于极高的地方，光闪闪悬在中天的北极星竟有碗盏那么大。山上本无人踪，四周当然寂静异常，耳鼓总算有所闻的，唯有身后绝壁上的一棵枝干虬曲的松树在夜风中飒飒作响。

两人到了岩石上，铁冠子命杜子春坐在绝壁下，说道："现在，我要上天去拜见西王母，你最好坐在这儿，等我回来。我一走，会有各种妖魔跑来迷惑你，但是在任何情况下，你也别吱声。只要开口说一个字，你就无法成仙。这一点要牢牢记住，明白啦？天崩地裂也别吭声哪。"

"没有问题。我绝对不吱声，哪怕舍了这条命，我也不会开口的。"

"是吗？听你这么说，我也放心了。那我走啦。"

老人辞别了杜子春，又跨上那根竹杖，笔直地消失在夜幕下依然清晰可见的群山如割的空中。

杜子春独自坐在岩上，静静地望着星星。过了半个时辰，当深山中凉飕飕的夜气透过薄衣而使他微感寒意时，空中突然传来了声音：

"是谁在那里！"

这是一种呵喝。但是杜子春遵循仙人的嘱咐，一声不吭。

过了一会儿，还是这个嗓音在叫：

"要是不答话，立刻要你的命！你得放明白点！"这次是吓人的威胁了。

杜子春当然是依旧一声不吭。

这时，也不知是从哪儿上来的，只见一只老虎突然跃上岩石，眼睛里闪烁着凶光，盯着杜子春，发出一声虎啸。与此同时，随着头顶上那棵松枝的激烈晃动，从身后的绝壁顶上游下来一条有酒桶那么粗的白蟒，口中吐着火焰状的长舌。

杜子春还是不动声色地坐着，连眉头也没有皱一下。

虎和蟒大概是都想得到这个猎物而互相觊觎的缘故吧，对峙了好一会儿，接着，又几乎是不分先后地窜向杜子春。眼见杜子春不是被虎牙撕碎就是被蟒蛇吞噬的时候，忽然间虎和蟒却竟像烟雾一样，在晚风中消散不见了，唯闻绝壁上的松树发出阵阵松籁，仿佛什么也没有发生过。杜子春舒了口气，静待接下来会出现的新的事态。

果然，一阵风凌空而起，乌黑的云层笼罩了四周，浅紫色闪电顿时划破夜空，雷声大作，与此同时，大雨如注，像瀑布似的飞落下来。面对天象的这种异变，杜子春毫无惧色地坐着。风声呼啸，雨滴飞溅，闪电不绝，仿佛连峨眉山也会在顷刻之间崩塌似的。猝然之间，一声震耳欲聋的雷响后，一条鲜红的火柱冲破空中翻滚着的乌云，往杜子春的头顶落下来。

杜子春不禁以手掩耳，趴在岩石上，但立即睁开眼来，却见天空没有一丝云脚，好像什么也没有发生过；耸立在对面的群山上空，有如碗大的北极星还在闪烁着光亮。可见刚才的大雷雨也同虎和白蟒一样，无疑都是妖魔趁铁冠子不在而搞的把戏。杜子春总算定心了，擦擦额上的冷汗，重新在岩石上坐好。

不料，没等杜子春缓过气来，又有一个身高三丈、威风凛凛的金刚，披挂着金甲，出现在杜子春的面前。金刚拿着三叉戟，突然之间把戟尖指向杜子春的胸膛，怒眼瞋目地喝道："呔，你这家伙究竟是什么东西？自有天地以来，这峨眉山就是我住的地方。如今竟敢斗胆闯入我的领域，难道是奇人不成？我说，你要是不想死，就速速回话！"

然而杜子春遵循老人的吩咐，噤口不言。

"你不搭腔吗？哼，那就等着瞧吧。我手下的天兵会把你剁成肉酱的！"

金刚高举三叉戟，向对山的空中示意，只见夜幕顿时裂开，竟有无数的天兵像云层一样地遮住了天空，手上的刀枪闪烁着光亮，一齐杀了过来。

杜子春见此景象，禁不住想叫出来，但立即想起了铁冠子的吩咐，努力控制着自己保持缄默。金刚见杜子春并不害怕，越发怒不可遏。

"这个顽固分子！你执意不搭腔的话，我可是说话算数的，拿命来吧！"

金刚这么大声嚷着，挥舞着亮闪闪的三叉戟，一戟下去，捅死了杜子春。于是，一阵震撼峨眉山的狂笑声响起，金刚随之消失得无影无踪。不用说，这时那无数的天兵也随同夜幕中刮过的风声，一起像梦一样地消失了。

北极星照到了这块宽而大的岩石上,依旧冷光闪闪。绝壁处的松树一如先前,传来一阵阵细语声。而杜子春早已咽气,仰脸躺倒了。

五

杜子春的身子仰倒在岩石上,他的灵魂却轻轻地游离身体,沉往地狱的深处。

人间同地狱之间有一条通路,叫暗穴道。这条通路终年漆黑,冰冷的阴风呼呼不停。杜子春因风而起,随即如树叶似的飘悠悠通过暗空,不一会儿落在一座挂有"森罗殿"大匾的雄伟宝殿面前。

宝殿前的众小鬼看到杜子春来了,立即团团围定,又推又搡地迫使杜子春跌坐在台阶前。台上有一个大王,黑袍金冠,威风凛凛地扫视着四周。这无疑就是以前一直听人说起的阎罗王了。杜子春有点不知所措,惶恐地跪下。

"呔,你这家伙为什么到峨眉山来落座?"

阎罗王的声音从台阶上传来,响如雷鸣。杜子春差点儿就要脱口而出地搭腔了,忽然想起铁冠子吩咐的"绝不能开口",于是垂着头,像哑了似的不吭声。阎罗王见状,举起手中的铁笏,胡须倒竖,专横跋扈地吼道:

"你这个家伙可知道这儿是什么地方吗?我看你还是快点回答为好,否则,立刻让你尝尝地狱的味道。"

杜子春仍然闭口不响。于是,阎罗王立即向小鬼们简要地交待了一些什么。众小鬼奉命后,立即架起杜子春,向森罗殿上空飞去。

大家都知道，地狱中除了有剑山和血池外，在漆黑的天空下还摆开着所谓焦热地狱的焰谷和所谓极寒地狱的冰海。小鬼们把杜子春轮番地抛进这些地狱。杜子春受尽折磨，胸部被剑捅穿，脸被火焰焚烧，舌头被拔，皮肤被剥，身子被铁杵舂，被油锅煎，被毒蛇吮脑髓，被角鹰啄眼珠……杜子春尝遍了一切苦难，可以说无法用数量来计算了。但是杜子春顽强地坚持着，咬紧牙关，一言不发。

见状，大概众小鬼也一筹莫展了吧，又从漆黑的空中飞回森罗殿前，把杜子春仍旧拽到阶下，众口一词地禀告居于宝殿上的阎罗王："看来，这个罪人根本不打算开口。"

阎罗王紧蹙眉头，绞尽脑汁思考对策，后来，总算想到了什么，吩咐小鬼道："此人的父母当是发落在畜牲道吃苦的，马上给我牵到这儿来。"

小鬼立即驾着风，飞向地狱的上空，随即又快如流星似的赶着两头动物降落在森罗殿前。看到这动物，杜子春简直惊呆了。因为这两头动物的外形如同羸弱的瘦马，脸相却与梦中也忘不了的去世的父母完全一样。

"呔，你这个家伙究竟为什么坐在峨眉山上？若不速速招出来，马上叫你的父母尝尝厉害！"

杜子春不理睬这种威吓，还是不搭腔。

"不孝的东西！竟然只顾自己，连父母受苦也不放在心上！"阎罗王接着又用一种简直会使森罗殿崩塌的厉声嚷道，"众小鬼，用力打！把这两头畜牲打得粉身碎骨！"

"是！"众小鬼齐声应道，立刻取了铁鞭，站起来，把两匹马团团围住，用足气力，劈头盖脸地痛打起来。只听得鞭子咻咻作响,像雨点一样落下去,两匹马顿时遍体鳞伤。只见它们,也就是成了畜牲的父母,痛苦得折腾着身子,眼中泛着血泪,发出了令人惨不忍闻的嘶喊。

"怎么样?你这个家伙还是不招吗?"

阎罗王命众小鬼暂时停下手中的鞭子,再次敦促杜子春招供。这时候,那两匹马已经被打得肉绽骨碎,奄奄一息地趴在阶前。

杜子春拼命回忆着铁冠子的吩咐,紧闭双眼不响。这时,他听到耳边响起了极细极弱的声音:

"别多虑。只要你能幸福,别的都算不了什么,把我们怎么处置都没关系的。你不愿说出来的事千万别说,阎罗王怎么说也不必理会。"

这是母亲亲切的嗓音,肯定没有错。杜子春不禁睁开眼来,看到一匹马奄奄一息地倒在地上,十分可怜地凝视着自己。母亲在这样的大苦大难中,还在为儿子着想;她面对众小鬼的无情鞭打,却没有流露出怨恨的样子。想想世上的那些人们,当自己是阔人时,便来献媚;自己一旦变成穷人,就睬也不睬。相比之下,母亲的情意是多么可贵啊!母亲的决心又是多么坚毅啊!于是,杜子春忘却了老人的嘱咐,踉跄着奔近母亲,双手抱住半死不活的马的头颈,泪珠滴滴答答地掉下来,叫了一声:"妈妈!"

六

觉察到这一叫声后一看,杜子春是依然沐浴着夕阳,出神地站在洛阳城的西门下。暮霭中的天空,明亮的新月,行人车流不断——一切与去峨眉山之前一模一样。

"怎么样,当了我的徒弟,毕竟还是成不了仙吧?"那个坏了只眼睛的老人含着微笑,这么说道。

"成不了仙,成不了。不过,我倒觉得没成仙反而快活。"杜子春不由得握住老人的手,眼眶里还浮现着泪水,"即使能成仙,当我看到父母在那地狱的森罗殿前遭鞭打,也无法保持沉默哪。"

"要是你保持沉默的话——"铁冠子的神情突然变严峻了,两眼盯着杜子春。

"要是你保持沉默的话,我就想当场要你的命。哦,你大概不再怀有成仙的愿望了吧。你对当大阔人的事,当然早就腻了。那么,你今后打算做什么呢?"

"不管做什么,我希望过正直的人的生活。"杜子春的声音中充满着从未有过的愉快情绪。

"别忘了你说的这些话哪。好啦,从今以后,我们不会再见面了。"

铁冠子说着起步走了,但又驻足,回过头来不胜愉快地向杜子春补充了几句话:"哦,差一点忘了,我在泰山的南麓有一所房子。我把那所房子连同田地一起送给你。你最好早点儿去住,现在那一带正是桃花盛开的时候呢。"

弃 儿

"在浅草的永住町，有一座名叫信行寺的庙宇——说是庙宇，却并不大。也许只是因为寺庙里供奉有日朗①上人木像的缘故吧，与之相应，寺庙也就成了有来历的伽蓝了。明治二十二年②秋天，有人将一个男婴舍弃在这座寺庙门前。在孩子身上找不到写有姓名的附条，当然，孩子的出生日期就更不得而知了——孩子被舍弃时，身上裹着件旧的黄地褐纹绸的婴儿服，头下枕着一只断了趾襻儿的女式草屐。

"其时，信行寺的住持和尚是一位名叫田村日铮的老人，那天，他正在念早经。这时，一个门房跑了进来，他也是上了年纪的老人。据说就是这个门房把发现弃儿的事情对和尚说了。和尚在佛像前面佛而坐，他几乎没有动，也没回望一下门房，就若无其事地回答说：'是吗？那么可以抱到这里来。'当门房诚惶诚恐地将男婴抱来时，和尚立即亲自接取，一边还轻松愉快地逗哄起孩子来：'哦，这可是个逗人喜爱的孩子。别哭，别哭。从今天起，我来抚养你吧。'后来，那个伺候和尚的门房在卖檀香枝和线香时，得暇便将这一段情况告诉那些前来参拜佛庙的信徒。也许你早已知道，日铮和尚这个人，原来是深川③的泥瓦匠，他十九岁的时候，从脚手

---

① 日朗（1243—1320），日本镰仓时代的和尚。日莲宗开山鼻祖门下的六老僧之一。
② 即公元 1889 年。
③ 地名，位于东京台东区。

架上跌下来，一度失去了知觉。之后，他的慧心一下子就顿悟了。他就是这样一个倜傥豪爽的怪人。

"自那以后，和尚给弃儿起了个名字——勇之助，并像亲生孩子一般养育起勇之助来。可是，明治维新之后，寺庙里一个女人也没有了，所以喂哺一个婴儿并不容易。从看管一直到伺候孩子喝牛奶，都由和尚利用诵经的余暇，亲自给予照料。据说，勇之助有一次患了感冒之类的病，事有凑巧，那天渔行的大施主西辰家正好有法事，日铮和尚便将发高烧的孩子裹在法衣里，抱在胸前，一只手数着水晶佛珠，与平时一样，若无其事地念完了经。

"和尚为人豪侠而且容易动感情，他的心里总有一件心事未了，要是有机缘，他希望让弃儿和其生身父母团圆。每当他登台说教——即使现在前去观看，你也可以看到，信行寺的门柱上挂着一块陈旧的牌子，牌子上写着'每月十六日说教'的字样。和尚经常引用中国和日本的一些故事，恳切规诫大家：不忘记父母和子女的情分恩爱，这就是报答我佛的大恩大德了。可是，说教的日子一次又一次地轮转到来，就是没有谁前来承认自己是弃儿的父母。——哦，不，在勇之助三岁那年，发生过一起，也只有这么一起寻找弃儿的事。有一个常搽香粉因而脸部已失去自然色泽的女人前来寻子，她自称是弃儿的母亲。可是，她大概是企图把弃儿作为本钱来干什么坏事吧，仔细一盘问，无处不生疑窦，脾气暴躁的日铮和尚当即把她骂了个狗血喷头，并把这个女人撵了出去，就差没饱以老拳。

"于是到了明治二十七年的冬天，正是日清战争的谣传在人间蜚短流长、一时甚嚣尘上的时候。有一天，也是在那个登台说教日的十六日，和尚刚回到方丈室，就有一位有教养的妇人，三十四五岁的样子，娴静稳重地跟了进来。方丈室里生着火炉，炉上架有锅子，勇之助正在炉边剥蜜橘。一见勇之助的身影，说时迟那时快，妇人就地在和尚面前跪下，两手扶席，压抑着颤抖的声音断然说道：'我是这孩子的母亲。'这可叫日铮和尚瞠目结舌了。他愣了好一会儿，连应酬话都忘了说。但妇人对此并不介意，她两眼直盯着铺席，口里似乎在背诵着什么，可以看出心情已经非常激动了。对和尚迄今为止的养育之恩，她恭恭敬敬地、郑重其事地道出了自己的感激之情。

"就这样过了一阵之后，和尚举起红骨的折扇拦住了妇人的道谢，好似催促她先说一说舍弃这孩子的原因。于是，妇人开始讲起下面这段经历。她的眼睛依然落在铺席上——

"现在算来，正好是五年之前的事了。妇人的丈夫在浅草田原町开有一爿米店，因为涉足股票投机，最终倾家荡产，于是他们决定黉夜出逃，到横滨去落脚。但是，这么一来，刚生下不久的男孩就碍手碍脚了，事不凑巧，妇人又偏偏一点乳汁都没有，所以在离开东京的那天晚上，夫妇俩终于哭哭啼啼地将婴儿舍弃在信行寺的门前了。

"然后，夫妇俩凭着仅有的一点线索，火车也没有乘，出奔横滨。男人在一家运输行干活，妇人在一家丝绸铺当女仆，夫妇俩就那样拼死拼活地干了两年左右。又过了一段时间，也许是交上好运了吧，在第三年夏天，运输行的老板看中了男人干活认真，便让他在当时刚刚开拓的本牧边的街中心开了一个小的分店。至于妇人，那就毋庸赘言，她马上辞去了女仆的差使，和丈夫一起经营起这个分店来。

"分店的生意相当兴隆。又过了一年，这次夫妇俩又添了个结实的男孩子，可是对那个悲惨的弃儿，夫妇俩至今记忆犹新，不用说，那件事一定盘踞在夫妇俩的心坎上。据说，每逢妇人把自己少得可怜的乳汁往婴儿口中喂时，她的脑海里便特别清楚地浮现出离开东京时的那个夜晚。不过，现在夫妇俩的情况是：店里生意兴隆，孩子一天大似一天，银行里也多多少少有了些存款。相隔这么多年，夫妇俩总算又能过上幸福的家庭生活了。

"然而，这种好运没能持续多久。正当他们在庆幸欢乐的生活总算到来的时候，男人在明治二十七年春天，一下子得了伤寒症，卧床不满一个星期就一撒手死去了。如若仅此不幸，妇人也许尚能认命，可男人的百日祭祀还没到，好不容易才生得的孩子忽然染上了痢疾，旋即一命呜呼。这真叫妇人呼天抢地，怎么也想不开了。当时她就不分白天黑夜，像发了疯一般没完没了地啼哭。哦，不，岂止当时，自那以后，大约有半年左右的时间，妇人简直是失魂落魄地将日子一天天地熬了过来。

"当悲痛略有好转的时候，首先涌上妇人心头的事，便是去和舍弃的长子会面。'如果那弃儿还在人间，那么纵然千辛万苦，我也得设法把孩子认领回自己身边来抚养。'这么一想，妇人大概再也控制不住自己了，于是立即乘上火车，奔赴怀念已久的东京。一到东京，她马不停蹄地赶到日思夜想的信行寺门前，时间刚巧是十六日的上午，依照成例，这天恰好是寺里的说教日子。

"妇人想立即到方丈室去向谁探听一下弃儿的音信,但说教未完,当然没法与和尚相见,所以尽管焦急万分,也只得混在济济一堂的众善男信女中间,心不在焉地听日铮和尚说教——说是听说教,实际上,妇人只不过是在等候说教完毕而已。

"且说和尚那天又在引用莲华夫人同五百个孩子不期而遇的故事,他亲切地告诉人们,父母和子女的恩情是诚可珍贵的。莲华夫人产了五百只蛋,这些蛋随着流逝的河川,为邻国的国王所孵育,从蛋里钻出来的五百个大力士并不认识自己的生身母亲。有一天,他们前来攻打莲华夫人所在的城市,莲华夫人闻此消息,遂登上城楼。'我是你们这五百个人的生身母亲,倘若不信,请看此证。'她说着,便露出了乳房,同时用自己美丽的手指挤给他们看。只见乳汁像五百条喷泉,从城楼上的莲华夫人胸前直奔五百个大力士的口中,一个也不漏。——妇人并不想听和尚说教,但这个天竺寓言在妇人心中泛起了波澜,使她异常感动。正因为如此,说教一完毕,妇人便饱含着眼泪,沿着走廊急匆匆地从大厅直奔方丈室。

"日铮和尚听完了妇人的详细自述,便招呼炉边的勇之助过来,让他与阔别五年的母亲会面。迄今为止,勇之助从来不知道母亲是什么模样。和尚自然相信妇人的话不是谎言。当妇人抱起勇之助,暂时止住了哭泣的时候,豪侠豁达的和尚微微含笑,他的眼泪不知不觉间已在眼睫毛下闪闪发亮。

"接下去的事情,我即使不说,大体上也推察得出了吧。勇之助跟着母亲回到横滨家中去了。妇人在丈夫和孩子死后,听从了仁慈厚道的运输行老板夫妇的规劝，招收学徒，传授自己最为得意的女红手艺，就这样过起简单朴实但也并不困苦拮据的日子来。"

来客讲完了这个长长的故事，用手拿起放在膝前的茶杯，可是他并没有把杯子送到嘴唇上，而是将眼光转向我，瞅着我的脸，平心静气地补上了一句："那个弃儿就是我自己。"

我点了点头，没有作声，往小茶壶里添灌了些冷开水。我和客人是初次见面，但我早就在揣测：这可怜的弃儿的故事怕是客人松原勇之助自己幼年时期的经历。

继续沉默了一会儿之后，我对客人说："伯母现在身体可还好？"

回答是出人意料的。

"不，已在前年过世了。不过——我方才讲到的那个妇人并不是我的母亲。"

客人见我不胜惊讶，便用眼睛朝我轻轻一扫，脸上含着微笑。

"男人在浅草田原町开米店啦，不辞辛苦到横滨去啦，这些事当然不是胡扯。不过关于抛掉弃儿这件事，我后来才知道，那是妇人编造出来的。正好是在母亲去世的前一年，为了店里的商务——想必你已经知道，我们的店是做丝棉生意的，我在新潟一带绕过来转过去。当时我和一位开盒子袋子店的老板坐同一列火车，这老板住在田原町我母亲家隔壁。我并没询问过什么，而他在随意的闲聊中，对我谈起母亲当时生过一个女儿，但这孩子好像是在米店未歇业之前就死了。后来我回横滨，瞒着母亲立即去查阅户口档案，果然如那个老板所说，当时在田原町出生的孩子，确实是个女婴。而且在出生后的第三个月，婴儿就死了。母亲为了抚养我这个并非亲生的弃儿，她编造了一个抛弃孩子的谎言。母亲究竟是出于何种考虑呢？而且，自从领养我之后，二十多年来，她为了我，废寝忘食，呕尽了心血。

"出于何种考虑？——这是我至今百思不得其解的。但是在事实未得到确证之前，我以为最能解释得通的理由，当是日铮和尚的说教，在丈夫和孩子先于自己死去的情况下，说教使母亲心里产生了非同小可的感触。母亲在听和尚的那一段说教时，也许心里就在考虑担起做我不曾见过面的母亲的重任。至于我是寺庙里拾得的这件事，母亲大概是从当时来听说教的信徒们那里获悉的，也可能是寺庙的门房告诉她的。"

客人稍微停了一阵，现出一味沉思的眼神，像是回忆起什么似的呷着茶。

"那么，你不是这妇人的亲生子这件事——你已经知道自己不是她的亲生子这件事，你是不是告诉过你母亲呢？"我止不住询问了。

"不，那可没对她讲。因为从我的口里讲出这种话来，对母亲未免过分残酷了。这件事，一直到她去世，母亲也没向我吐露过一个字。就是说，她大概也觉得，向我谈及这件事对我也未免太残酷了。实际上，当我知道自己不是她的亲生子之后，我对母亲的感情曾经有过一个转化，这却是事实。"

"你这话究竟是什么意思？"我直盯着客人的眼睛。

"比起从前来，我更觉得母亲和蔼可亲，因为知道秘密之后，对我这个弃儿来说，母亲是一个超过生身母亲的人了。"

客人沉静恳切地作了回答。他仿佛不曾觉察，他自己也是一个超过人子的人呢。

母

一

　　房间角落里的穿衣镜一清二楚地映照出旅馆二楼的一部分，这是上海特有的那种西洋式房子——粉刷过的墙壁，地上还铺有日本式的席子。首先映入眼帘的是天蓝色的墙，接着是几张崭新的铺席，最后是一个烫发的女子，她背对着镜子。这一切像是被压缩得透不过气来似的清清晰晰映现在镜子的冷光中。女子好像早就坐在那里做着什么针线活。

　　她穿着丝绸和服外褂，背对着镜子，蓬松的额发下略微露出苍白的侧脸。模糊不清的光线从薄薄的耳郭上透过，微长的鬓毛在耳根处显出缕缕光晕。

　　在这间放有穿衣镜的房间里，除了邻室婴儿的啼哭声外，什么响动都没有，窗外的雨还在下个不停，雨声给室内的沉寂更增添了单调的气氛。

　　"嗳！"几分钟的沉默之后，女子一面干着手里的活计一面突然惴惴不安地招呼谁道。

　　房间里除了女子之外还有一个男子，他身上罩着一件便衣，伸展着身子趴在远处的铺席上，面前有一张打开的英文报纸。也许男子没有听见女子的招呼声吧，他把香烟灰弹入手边的一只烟灰缸，眼睛没有离开过报纸。

　　"嗳！"女子又招呼了一声，不过她自己的眼睛也没有离开过缝衣针。

173

"什么事？"男子有点不耐烦似的抬起头来。他长着滚圆的脑袋，胡子短短的，像是一个很活跃的人物。

"这房间……咱们换一个房间住怎么样？"女子说。

"换房间？可咱们是昨天晚上好不容易才搬进来的呀。"男子显出诧异的神色。

"虽说是刚搬过来，但原先住的房子大概还空着吧。"

一刹那间，男子眼前浮现出三层楼上一间晒不到阳光的房间，他们大概在那房间里度过了两个星期颇感拘束的日子——房间里挂着印花布做的窗帘，它一直垂到变了色的铺席上，窗边墙壁的油漆都剥落了；窗台上光秃秃的天竺葵蒙上了一层薄薄的尘埃，也不知道有多久没有浇水了；朝窗外望去，小巷永远是那么邋里邋遢，戴着麦秆草帽的中国车夫在无精打采地徘徊……

"不过，住那种房间时，你不老是嚷嚷'讨厌讨厌'吗？"男子问。

"嗯，可是来到这里我又马上讨厌这里的房间啦。"

女子停住了拿针的手，忧郁地抬起头来。她眉头紧蹙，眼角修长，显得很敏感。然而只要看看她晕黑的眼圈，你就不难想象她在勉强自己过分地操劳，她的静脉在两鬓的太阳穴处暴出，简直是一种病态。

"唔？同意吗？……不行？"女子问道。

"不过，这房间比先前那一间要大，要舒服，你应该感到满意了。你心里总还有什么不愉快的事吧？"

女子稍事踌躇，没有作进一步的回答，但她为了强调刚才说过的话，又重复问了一遍："不行？一定不行吗？"

这一次男子不置可否，只是抽着香烟并将嘴里的烟往报纸上吐。

房间里又是一片沉寂，只听得室外的雨声依然不止。

"春雨绵绵……"过了一会儿，男子一骨碌翻了个身仰脸朝上，然后自言自语似的说道，"要是住到芜湖去，作诗就以它发句。"

女子没有搭腔，双手在缝衣服。

"芜湖并非那么不好。第一，公司职员的住房面积大，院子也相当宽敞，这就具备栽种花草这一类园艺的条件。据说那里原来是叫什么雍家花园……"

男子突然不往下说了，静悄悄的房间里好像有人在轻轻啜泣。

"喂。"男子招呼女子。

哭声一下子消失了，但马上又时断时续地响起抽搭声。

"嗳，敏子，"男子说着抬起上身，一只胳膊支着铺席，脸上露出了困惑不解的神色，"你不是和我讲好了吗，以后不再叽里咕噜发牢骚，不再眼泪汪汪了……"

男子抬了抬眼皮又说："除了那件事以外，你也许还有其他的伤心事吧？是想回日本去？或者是留在中国但不愿意去乡下？……"

"不……不！绝不是那么回事嘛。"女子不停地往下掉泪水，同时斩钉截铁地予以否定，口气之坚决有点出人意料，"无论你去哪里，我都准备去。可是……"

敏子两眼朝下，一直紧咬着薄薄的下唇，她像在努力抑制泪水夺眶而出。一眼望过去，好像有什么肉眼看不见的东西在她那苍白的脸颊下燃烧,犹如火焰迫在眉睫。男子注视着妻子颤抖的双肩和湿漉漉的眼睫毛,他好像从眼前的气氛中游离了出来,猝然之间感受到了妻子的美貌。

"可是……我讨厌这房间。"女子说。

"所以我刚才不是讲过了吗,只要你把讨厌这房间的原因讲讲清楚……"

说到这里,男子发现敏子一直在瞅着自己。她的眼睛里满是泪水,眼底深处闪烁着凄伤的光亮,简直会被人误解成复仇的火焰。为什么讨厌这屋子呢?——这不只是男子的疑问,它也是敏子在沉默中向男子提出的反问。男子和敏子相对而视,他说不下去了。

不过话只中断了几秒钟,男子的脸上立即又浮现出有所悟的神色。

"是因为那个吗?"男子像是为了掩饰自己的感触,声音冷淡得有点异常地说,"我也注意到那件事了。"

被男子这么一说,敏子的眼泪扑簌扑簌直向膝上掉。

暮色在不知不觉间降临,窗外更显得一片烟雨蒙蒙。这时,婴儿不停的啼哭声从天蓝色墙壁的那一边传来,这哭声似乎要驱逐窗外的潇潇暮雨声。

二

鲜艳的朝阳射到突出墙外的窗子上，窗对面耸立着一幢背阴的三层楼房子，房子的红色泥砖上生有一些青苔。站在房子的幽暗走廊里看过去，那突出墙外的窗子像是一帧以房子为背景的巨幅绘画，坚实的橡木窗框就像是一只镜框，框里嵌着画，画的正中央有一个女子，她侧着脸正在织小袜套。

女子似乎比敏子要年轻些。她穿着鲜艳的大岛绸[①]和服外褂，雨后朝阳如洗，金光晒在她丰润的双肩上。女子的脸稍稍低俯，阳光反射到她那气色很好的脸颊上，甚至可以看见她微厚的嘴唇上面长着淡淡的汗毛。

上午十点钟到十一点钟，也就是旅馆中一天里最安静的时刻，在旅馆下榻的商人和游客大都外出了，寄宿在旅馆的职员阶层的人不到下午当然不会回来，唯有女仆穿着拖鞋时不时在长长的走廊上响起一阵脚步声。

此时脚步声正由远而近渐渐向这边传来，一个四十岁模样的女仆端着红茶茶具像剪影画似的从走廊上通过，走廊面对突出墙外的窗户。女仆如果不是被女子叫住，也许根本不曾注意到那个女子，就这么走过去了。然而女子一看见女仆便亲热地招呼起来："阿清。"

[①] 产于鹿儿岛县大岛的绸子。

女仆微微致意之后,走近那个窗户,说:"哟,你真勤快呀……少爷好吗?"

"我家的宝宝?他还没睡醒呢。"女子停住编织衣物的棒针,像孩子似的微笑了,接着又说,"哦,对了,阿清——"

"什么事呀?你这么一本正经的样子。"女仆也沐浴在窗前的阳光中,围裙特别显眼,她那浅黑色的眼睛在微笑。

"隔壁的野村——那位太太姓野村吧?"女子问。

"是的,叫野村敏子。"

"敏子?这么说来是和我同名啰。她已经搬走了吗?"

"不,好像还得待五天,然后,说是去芜湖呢……"

"可是我刚才从那里路过,隔壁一个人也没有哪。"

"不错,因为昨天突然换到三楼上去住了……"

"哦,"女子若有所思地侧着圆圆的脸蛋又问道,"来到此地的当天就死了孩子的,就是她吗?"

"是的,真可怜啊,尽管立刻送了医院。"

"那么孩子是死在医院里的啰?怪不得什么都不知道。"

女子的前额微露忧愁,额前的头发分向两边。但她马上又像原来一样快活地微笑起来,眼神显得很调皮地说:"我要问的已经问完了,现在得请你走啦。"

"啊,你这个人真坏呀,"女仆不禁笑了起来,说道,"你要是这么刻薄,往后莺家打电话来我可就偷偷地告诉先生去了哪。"

"行,行,你快点走开吧,当心红茶可别全冷了。"

女仆离开窗户后,女子又拿起编织的东西,一边还哼起歌来。

上午十点钟到十一点钟,也就是旅馆中一天里最安静的时刻,这期间,女仆就到每个房间里去把花瓶里枯萎的插花取出来丢掉。男仆大概也是在这期间去擦二楼和三楼的黄铜栏杆的。寂静的气氛向周围蔓延,只有街上的喧闹声随着阳光从打开着玻璃窗的窗口进入室内。

这时,毛线团突然从女子的膝上滚落下来。线团咚咚跳了跳便拖曳着一根红色毛线咕噜咕噜往走廊上滚去。恰好有一个女人走过这里,她不吭声地拾起毛线团。

"太谢谢了。"女子腼腆地打着招呼,同时离开藤椅站了起来。原来拾毛线团的就是隔壁那位瘦瘦的太太,女子方才还和女仆谈到过她。

"不用客气。"

毛线团由纤细的手指移到雪白滋润的缠着毛线的手上。

"这里很暖和呀。"敏子走到窗前,有点目眩似的微微眯着眼。

"嗯,这么坐着,瞌睡都要上来了。"

两个母亲站在那里相对而笑,显得很幸福。

"哦,多逗人喜爱的小袜套呀。"敏子漫不经心地说。

可是女子听了这句话后,不禁把眼光偷偷地避开了。她说:"已经两年没有拿织针了,因为闲得无聊又拿起来试试。"

"像我这样的人,哪怕再无聊也还是游手好闲的。"

女子把手上编结的东西丢到藤椅上,无可奈何似的微笑了。敏子的话虽然是无心说的,但它却又一次拨动了女子的心弦。

"府上的少爷——是少爷吧,是什么时候生的?"敏子用手拢了拢头发看着女子问。

敏子昨天对隔壁婴儿的啼哭声不堪忍受,但现在再没有比这婴儿更能引起敏子的兴趣了。而且敏子也十分清楚,兴趣一旦得到满足,痛苦反而要加剧。这好比小动物在眼镜蛇面前不会动弹似的,敏子的心在不知不觉间被痛苦本身催眠了;又好比负了伤的士兵故意打开伤口自虐以寻求一时的刺激似的,那是一种必须承受更大苦痛的病态心理。

"今年正月生的,"女子回答后神色有点尴尬,但旋即抬起眼来颇表同情似的补充说道,"府上可真是飞来横祸啊。"

敏子濡湿的眼眶里勉强露出了微笑,便说:"唉,因为得了肺炎……真好像做了一场大梦。"

女子说:"而且初来乍到的,我真不知道怎么安慰你才好,"她不知不觉间泪光闪闪了,"要是我遭到这种不幸,唉,该怎么办才好呢?"

"一时非常悲痛,但随后也就自认命苦罢了。"

两个母亲伫立着,颇感寂寞地看着早晨的阳光。

"此地流行着恶性感冒呢。"女子深有所思似的继续中断了的话茬儿。

"日本要好得多哪,气候也不像此地这么不正常……"

"来此地没多久,所以也说不上什么,不过雨水真是多得出奇呀。"

"今年尤其……哟,孩子哭了,"女子侧着耳朵,脸上浮起了微笑,同先前判若两人,她对敏子说,"对不起,失陪了。"

话还没说完,先前那个女仆已经吧嗒吧嗒跂着拖鞋把大声啼哭的婴儿抱来了。婴儿被裹在美丽的薄毛呢和服里,锁着双眉，胖得连下巴上的肉都叠在一起了，显得很健康。敏子心里是不愿意看到这样的婴儿的。

"我去擦窗子，宝宝就醒过来了。"女仆说。

"谢谢。"女子把婴儿轻轻抱到胸前，手势还欠熟练。

"喔，多么可爱的孩子，"敏子伸过头去，闻到了刺鼻的乳香，"哟，哟，真胖啊。"

女子脸上有点发热，她始终没有停止过微笑。女子对敏子的情绪当然深表同情，可是……可是从乳房下面，从丰满的乳房下面有一股扬扬得意的心情直往上涌，这情绪是女子压抑不了的。

三

雍家花园的槐树和柳树在午后的和风里摇曳，日光和树影洒在院子里的草和土上。不，岂止是草和土，挂在槐树上的一张和院子颇不协调的淡蓝色吊床上也有；仰卧在吊床上的有点发胖的男子身上也有，他下身是一条夏天穿的裤子，上身只穿了一件背心。

男子手里燃着雪茄烟，眼睛望着吊在槐树下的一只中国式鸟笼，笼里的鸟大概是文鸟之类的小鸟吧，它也在斑斑日影中从栖木的这头走到那头，又从那头走到这头。这鸟儿还不时看看笼下的男子，好像感到很奇怪。每逢这种情形，男子或是微笑着把雪茄烟送到嘴里，或是像与人谈话似的同鸟儿打招呼："喂！干什么呢？"

树木在院子里摇曳，周围是氤氲的草香。远处传来过一次轮船的汽笛声响，这时又寂静无声了。那轮船大概早已开远，也许正在长江浑浊的水面上拉出一条条炫目的波纹向东或向西航去了；江边的码头上有一个几乎赤身裸体的乞丐在啃西瓜皮；也许还有些小猪群集在母猪肚子上争夺乳房，母猪懒洋洋地横躺在地上。——男子看厌了文鸟，便沉湎在这种幻觉里不知不觉昏昏欲睡了。

"喂。"

男子睁开眼来。原来是敏子站在吊床边，她的脸色比住在上海旅馆时略有好转,脸上没有搽粉,头发、腰带、齐膝的浴衣,都沐浴在斑斑日影中。男子看看妻子的脸,无拘无束地张大口打了个呵欠,然后很费劲似的从吊床上抬起身子来。

"给你信,喏。"敏子的双眼嬉笑着,一面把几封信递给男子。

与此同时,敏子又从浴衣的胸前抽出放在粉红色信封里的小小信笺说:"今天我也收到信了。"

男子坐在吊床上咬咬烧短了的雪茄烟,开始漫不经心地读信。敏子也伫立在原处,两眼直瞅着和信封一样颜色的粉红色信笺。

雍家花园的槐树和柳树在午后的微风中摇曳,斑斓的日影洒在他俩身上,显得融和而宁静。文鸟几乎一声不鸣,一只小飞虫不知在嗡嗡什么,舞落到男子肩上,旋即又飞走了。

周围沉默了一会儿,敏子眼都没抬,突然轻声叫起来:"啊呀,隔壁的那个婴儿死了……"

"隔壁?"男子竖起耳朵,注意力有点集中了,问道,"你说的隔壁是指哪里?"

"隔壁嘛,喏,就是上海的那个××旅馆的……"

"啊,是那个孩子?真可怜。"

"这么结实的婴儿……"

"生什么病死的?"

"说是感冒。信里说,起先以为是睡觉时着了凉……"敏子好像稍显兴奋,她吐词很快地继续往下读信,"'送到医院,还是嫌迟了……'喂!不是一模一样吗?'打针,接氧气,虽然用尽了各种办法……'下面是什么字呀？哦，是'哭声'。'哭声一点一点弱下去，终于在当天夜里十一点零五分断了气，我当时的悲痛，想必阿姐一定可以体察……'"

"真是可怜。"男子又轻轻地动了动身子，在吊床上仰脸躺下，一面反复着这句话。

在男子脑海里的什么地方还存留着婴儿行将死亡时的低弱的喘息声。这声音不知怎么一来，立刻变为哭泣声，它从壮健的婴儿身上发出来，透过雨脚的间隙挤进来——男子就在这种幻觉中静听妻子读信："'想必阿姐一定可以体察……这不禁使我回想起当初和阿姐相见的事，那时阿姐一定也……'啊，世事浮云，人生真是如梦哪。"

敏子抬起忧郁的双眼，旋即神经质地皱起浓眉。可是瞬间的沉默过去后，敏子的视线落到笼里的文鸟身上，她马上快活地拍打着美丽的双手说："啊，我有办法了，可以把这只文鸟放掉呀。"

"放掉它？放掉你的宝贝？"

"嗯、嗯，鸟儿再宝贝我也不在乎，替隔壁的婴儿祈福嘛，喂，不是有放鸟祈福的说法吗？给婴儿放文鸟吧，我想文鸟也一定会高兴的。我大概够不到吧？要是拿不到，请你帮我取一下。"

敏子走近槐树，踮起软底拖鞋，尽量伸长手臂，可是要使手指够上挂鸟笼的树枝又是谈何容易！文鸟像发疯似的吧嗒吧嗒击着翅膀，这么一来，鸟盂里的黍粒散落到鸟笼外了。而男子光是瞅着敏子，像是感到很有趣——妻子仰起头，挺着胸，浑身的重量都支在脚尖上。

"大概够不到了？是拿不到呀，"敏子踮着脚尖，一个旋转对着丈夫说，"你替我拿呀。"

"怎么拿得到？有垫脚的话也许能行，可你即使想放鸟又何必非限时限刻呢？"

"可我要马上放嘛。给我拿呀。否则我要不客气啦，怎么样？我要解吊床了……"

敏子瞪着男子，但眼睛里、嘴唇上却充满着笑容。而且这是一种几乎难以平静、幸福之极的微笑。男子甚至感到妻子这种微笑中有着某种刻薄的成分，它颇像一种可怕的势力隐蔽在阳光下的草木深处，时不时监视着人们。

"你别胡来……"男子丢了雪茄烟蒂，开玩笑似的责骂妻子，"别的先不说，你这个样子不是有点对不起隔壁那位太太吗？她那里死了孩子，可你这里却又笑又闹……"

也不知是什么原因，女子听后突然脸色苍白，而且像个倔强的孩子似的低垂着长睫毛下的双眼，二话没说便将粉红色的信扯了。男子有点尴尬，不过，也许是为了解除窘状吧，他立即又用快活的语调说下去："当然，话得说回来，能有如此结果还总算是幸福的呢。住在上海的时候可真是受够了。住医院吧，只会焦躁不安；不住吧，又不放心……"

男子忽然缄口不言了。敏子低头看着脚下，留有阳光阴影的脸上不知不觉间泪光闪闪。男子似乎有点困惑不解，他扯扯短须，再也不对此事谈论半句了。

"喂。"一阵令人窒息的沉默之后，敏子依然板着脸背对丈夫没好气地说。

"什么呀？"男子问。

185

"我，是我可恶吗？那婴儿之死……"敏子猛地转过身来注视着丈夫，眼睛发出的热有点异样，"我为婴儿的死去感到高兴，尽管我感到那是很可怜悯的事，但我还是感到高兴，感到高兴不应该吗？喂，不应该吗？"

敏子的声音空前的粗犷有力。男子什么也不回答，炫目的阳光替衬衫的肩头和背心涂上一片金色，俨然有一种非人力所能企及的东西耸立在面前挡住了去路。

三件宝

一

　　森林中。三个小偷在争抢宝物。什么宝物呢？一步能飞千里的长筒靴、穿上能隐形的披风、削铁如泥的剑。不过，一眼望去，三件宝物都同旧货没什么差别。

　　小偷之一："把那披风递过来！"

　　小偷之二："别说废话。倒是那把剑，给我递过来！——哟，别偷我的长筒靴呀。"

　　小偷之三："这长筒靴不是我的吗？你才是小偷，偷我的东西！"

　　小偷之一："好了，好了，那么，这披风就归我啦。"

　　小偷之二："岂有此理！怎么能给你这坏蛋呢！"

　　小偷之一："别老是打人呀。——啊呀，还想偷我的剑吗？"

　　小偷之三："干什么！你这偷披风的小贼！"

　　三个小偷争吵得很厉害。这时有一位王子骑着马，从林中道路经过。

　　王子："喂，喂，你们这是干什么呀？"［王子下马］

　　小偷之一："喏，这家伙太坏，偷了我的剑，还要叫人把披风给他——"

　　小偷之三："不，是他太坏。披风本是我的，被他偷去了。"

小偷之二:"不,不,这两个家伙都是贼,那本是我的东西——"

小偷之一:"胡说八道!"

小偷之二:"你这个吹牛大王!"

三个小偷又争吵起来。

王子:"别吵,别吵。无非是旧披风和有破洞的长筒靴而已,归谁都可以嘛,对吗?"

小偷之二:"不,那可不行。这是一件穿上就能隐身不见的披风。"

小偷之一:"无论什么铁甲钢盔,用这剑一削就断裂。"

小偷之三:"这长筒靴呀,穿上就能一飞千里。"

王子:"原来如此呀。是这样的宝物,也难怪你们争吵不休了。唔,那样的话,都不要贪婪,每人一件地平分,不是很好吗?"

小偷之二:"照您这样一来,我的脑袋不知何时就会被此剑劈了呢。"

小偷之一:"哦,更不好办的是,穿上那披风,什么东西被偷都不知道呢。"

小偷之三:"哦,不行,偷了东西,不穿这长筒靴是不能随意逃走的。"

王子:"这倒也言之有理。那么,这么办行不行,把它们都卖给我,怎么样?那样一来,大家都不必担心啦。"

小偷之一:"你们看呢?卖给这位王子——"

小偷之三:"是啊,这也许是一个办法。"

小偷之二:"那就要看出价如何了。"

王子："价格嘛——这样吧,我用这件红披风来换那件披风。这披风是镶有绣花边的呢。至于那长筒靴嘛,我用这镶宝石的鞋来换。而这镂金雕饰宝剑,我想,用它来换那把剑,你们不至于吃亏的吧。怎么样?以这样的代价——"

小偷之二："我放弃这披风,换取你那件披风吧。"

小偷之一和小偷之三："我们也没有什么意见。"

王子："是吗?那么,交换吧。"

王子换取了披风、剑和长筒靴之后,翻身上马,由林中道上路。

王子："由此往前,有没有旅店?"

小偷之一："一出森林,就有一家'金笛'旅店。唔,一路平安。"

王子："是吗,唔,再见了。"[骑马而去]

小偷之三："真是好买卖呀。想不到那长筒靴换得了这双鞋。你们看,鞋襻还镶有金刚石呢。"

小偷之二："看我这披风,不也是件高级货吗?我这么一披,一定宛如王子啦。"

小偷之一："这把剑也是一宝呢,剑柄剑鞘都是金的呀。不过,那王子也真是个大傻瓜,竟然会如此轻易受骗。"

小偷之二："嘘,隔墙有耳,酒壶有口哪。好了,到哪里去喝一杯吧。"

三个小偷在嘲笑声中与王子背道而行。

二

"金笛"旅店的酒吧。王子在酒吧的一角吃面包。除王子之外,酒吧里还有七八名来客,好像都是村里的农夫。

店主:"公主的结婚典礼就在眼前了呢。"

农夫之一:"是啊。不过,好像说新郎是那个黑大王哪。"

农夫之二:"据说公主非常讨厌那个黑大王。"

农夫之一:"讨厌的话,取消婚事就可以了嘛——"

店主:"可是那黑大王有三件宝。一是能飞千里的长筒靴,二是削铁如泥的宝剑,三是能隐身的披风。听说黑大王把宝物都献出来,所以那贪婪的王侯答应把公主给他。"

农夫之二:"只有公主最可怜哪。"

农夫之一:"难道就没人搭救公主吗?"

店主:"哦,在各位王侯的王子中,并非没有这样的人。但看来都不是黑大王的对手,所以只能咭指垂涎。"

农夫之二:"听说贪婪的王侯还安排了龙做看守,以防公主被偷走。"

店主:"哦,不是龙,好像是卫兵吧。"

农夫之一:"我如果懂点儿魔法,就一马当先去搭救公主——"

店主:"废话。懂魔法的话,我也不会落你之后的——"

[众人同笑]

王子：［突然窜到众人面前］"嘿，别担心！我一定设法去救。"

众人：［颇为吃惊地］"你是……"

王子："是呀，黑大王之流嘛，来多少都不在乎。［抱着胳膊扫视众人］我当一一收拾。"

店主："可那大王有三件宝呢。第一件是能飞千里的长筒靴，第二件是——"

王子："削铁之剑，对吧？那样的东西，我也有呀。请看这长筒靴，请看这剑，请看这件旧披风。都是一点儿不比黑大王差的宝物。"

众人：［再度吃惊地］"这双长筒靴？！这把剑？！这件披风？！"

店主：［不无怀疑地］"可是，这长筒靴上不是有着破洞吗？"

王子："是开着洞。但有破洞仍能一飞千里的。"

店主："真的吗？"

王子：［不无同情地］"也许你认为我在吹牛。好吧，既然如此，我飞给你们看看。请把进口处的门打开。请看好，我一跳就会不见的！"

店主："可不可以先付了账，再——"

王子："哟，马上就回来的。我还要带礼物来呢。是要意大利石榴？西班牙香瓜？还是更远方的阿拉伯无花果呀？"

店主："礼物嘛，什么都行，无所谓的。唔，请飞飞看。"

王子："那么，我这就飞啦。一，二，三！"

王子摆好姿势跃起，没及门口，就一屁股着地，跌倒了。众人顿时大笑。

店主："我料到就是这一结果的。"

农夫之一:"别说千里,连三五米都跳不到呀。"

农夫之二:"哦,是飞了千里呢。先飞出千里,再回飞千里,所以返回原地了吧。"

农夫之一:"别开玩笑,难道真有这样的蠢事!"

众人大笑。王子神情沮丧地站起来,朝酒吧外走去。

店主:"喂,喂,请付了账再走呀。"

王子默默无言,把钱掷下。

农夫之二:"礼物呢?"

王子:[手按剑柄]"你说什么?"

农夫之二:[退缩着]"哦,不,我什么也没说。[自言自语地]这剑倒是可以不费力地削取脑袋的吧。"

店主:[劝慰地]"我说呀,你还年轻呢,还是先回自己的父王那儿去吧。不论你怎样嚷嚷,实在不是黑大王的对手。为人者,凡事谨慎而不要忘乎所以,才是聪明人。"

众人:"是啊,是啊,说的是正经话。"

王子:"我觉得自己——觉得自己是无所不能的……[突然泪下]却在你们面前丢脸。[无地自容地]哦,真想就此消失不见才好。"

农夫之一:"把那披风穿了试试,也许能隐身不见的。"

王子:"混账![顿足捶胸]好吧,怎么笑话都行。瞧着吧,我一定要从黑大王手中把可怜的公主救出来。长筒靴虽不能飞千里,我还有剑,还有披风——[竭力地]哦,不,即使空有两手也要设法搭救。到时候别感到后悔!"[发疯似的奔出酒吧]

店主:"真是个难缠的人。不要死在黑大王手里才好……"

三

　　王城的庭园。喷泉在蔷薇花丛中飞溅。起先一个人影也不见，稍后，出现了身着披风的王子。

　　王子："看来这披风还是……披上它，立即隐身不见了吧。我进城门之后，既遇到过卫兵，也遇到过女仆，但是谁也没来盘问我。只要穿上这披风，也许就能像吹拂蔷薇花的风那样，进入公主的房间吧——咦，那儿走过来的，不就是大家谈到的那位公主吗？暂且躲一躲再说——哦，没此必要。我站在这里，公主也不会看见的。"

　　公主来到喷水池畔，发出悲伤的叹息。

　　公主："我真是不幸啊。一个星期之内，那可恶的黑大王就要把我带往非洲去啦，那又有狮子又有鳄鱼的非洲——〔在草地上坐下〕我真想永远留在这城里，听蔷薇花丛中的喷泉声——"

　　王子："多么美丽的公主呀。哪怕丢掉性命，我也要设法救出公主。"

　　公主：〔吃惊地看着王子〕"谁呀？你是谁？"

　　王子：〔自言自语地〕"糟糕！我不该出声呀！"

　　公主："不该出声？你疯了吗？脸倒长得英俊可爱——"

　　王子："脸？你看得见我的脸啰？"

　　公主："看见了呀。哟，你好像对什么事感到诧异吧。"

王子："这披风也能看见吗？"

公主："嗯。一件很旧的披风，不是吗？"

王子：[泄了气似的]"应该看不到我的身影才对呀。"

公主：[吃惊地]"为什么呢？"

王子："这是件穿上就能隐身不见的披风。"

公主："那黑大王的披风才是这样的呀。"

王子："不，这披风也该如此的。"

公主："可是，你不是没能隐身吗？"

王子："遇到卫兵和女仆时，确确实实是能隐身的呀。他们遇到我，谁也没来盘问过，可见——"

公主：[笑了]"那是当然的呀。穿着这样旧的披风，都会以为你是个打杂的仆人。"

王子："打杂的仆人！[灰心丧气地坐下]还是同这长筒靴一码事呀。"

公主："那长筒靴又怎么啦？"

王子："这也是能飞千里的长筒靴。"

公主："像黑大王的长筒靴那样的——"

王子："嗯。——但是日前试飞过，三五米也飞不到。你看，还有这把剑。这是可以截铁的——"

公主："不妨削什么试试看，怎么样？"

王子："不，在断取黑大王的脑袋之前，我不打算断削任何东西。"

公主："哟，你是想同黑大王较量呀？"

王子："不，我不是为较量而来的，我是来搭救你的。"

公主："真的吗？"

王子："真的。"

公主："啊，我太高兴了！"

突然，黑大王出现在眼前，王子和公主吓了一跳。

黑大王："你好呀。我刚才由非洲一蹦，飞来了。没话说的吧，我这长筒靴的魔力——"

公主：[冷淡地]"那就请你再蹦回非洲去吧。"

黑大王："哦，不，我今天想同你在一起，好好谈谈。[看见王子]这打杂的是谁呀？"

王子："打杂的？[生气地站起来]我是王子，是来搭救公主的王子。只要我在这里，你别想用手指头碰一碰公主。"

黑大王：[有意颇客气地]"我有三件宝，你知道吗？"

王子："是剑、长筒靴和披风吗？不错，我的长筒靴飞不了百米远。但是，与公主在一起的话，穿上这长筒靴，飞个一两千里是没问题的。还有这披风，你看见了吧。都以为我是个打杂的仆人，以致能够使我来到公主的面前，不全靠这披风吗？而且，连我这王子的模样都能隐蔽掉，不是吗？"

黑大王：[发出嘲笑]"狂妄之徒！最好看看我这披风的魔力吧。"[穿上披风，顿时消失不见]

公主：[拍手]"啊，看不见啦。这人不在眼前，我真是喜不可言呀。"

王子："那披风真叫人感到方便，似乎正是为了我们而问世的呀。"

黑大王：[又突然地出现了，恶狠狠地]"是啊，好像是为了你们而问世的。于我嘛，一点儿好处也没有。[丢弃披风]但是，我有宝剑。[旋即瞪视着王子]你夺取了我的幸福。唔，

197

我们光明正大地决斗吧。我这把剑可以截铁，对付你那脑袋，根本不在话下。"［拔剑］

公主：［跳起身庇护王子］"剑能截铁的话，也能刺入我的胸膛啰。好，请刺刺看。"

黑大王：［畏缩着］"不，不能刺你。"

公主：［嘲笑地］"哟，这胸膛也刺不进吗？竟然夸口可以截铁呢！"

王子："且慢。［制止着公主］大王说得有理。大王的敌人是我，我该光明正大地应战。［向着黑大王］好吧，立即看剑吧。"［拔剑］

黑大王："年纪轻轻，倒很有种啊，佩服。好了吗？碰上我这剑，你就没命了哟。"

王子与黑大王举剑交锋。于是，只见黑大王的剑像截断什么木杖似的，刹那之间把王子的剑斩断。

黑大王："怎么样？"

王子："没错，剑是被你斩断了。但是，我仍是我。你看，我正在你面前笑呢。"

黑大王："那么，你是打算继续打下去啰？"

王子："那是当然啰。唔，来吧。"

黑大王："我看，不必再较量了。［顿时丢掉宝剑］你赢了。我这剑嘛，起不了任何作用。"

王子：［诧异地看着黑大王］"为什么呀？"

黑大王："为什么？我杀了你的话，公主只有更加恨我。这一点，你不明白吗？"

王子："哦，不，我是很明白的。我只是觉得你怎么会连这样的事都不明白……"

黑大王：[沉思着]"我本以为有了三件宝，就能获得公主。但是，这想法看来是错了。"

王子：[以手搭在黑大王的肩上]"我也本以为有了三件宝，就能搭救公主。但是，这想法看来也错了。"

黑大王："是啊。我们两人都错了。[拉着王子的手]行了，我们彻底和好吧。先前失礼得很，请多包涵。"

王子："我也失礼得很，也请你多加包涵。如此看来，很难说是我赢了还是你赢了呢。"

黑大王："哦，是你赢了我。我呢，战胜了我自己。[向着公主]我回非洲去，你请安心。王子的剑不截铁，却刺中了我这比铁更坚的心。为祝贺你们的婚事，让我把这剑、长筒靴以及那件披风——这三件宝送给你们吧。有此三件宝在，我想，世界上没有敌人敢欺侮你们了。如果还有什么坏家伙来，请通知我，我随时会带领百万黑骑兵，从非洲来讨伐你们的敌人。[不无悲伤地]为了欢迎你们，我要在非洲都城的中央建造一座大理石的宫殿，宫殿的周围莲花盛开。[向着王子]请你穿上这长筒靴，经常光临。"

王子："一定承情，到你那儿去做客。"

公主：[把蔷薇花插到黑大王的胸前]"我对你做了使我感到很抱歉的事。我做梦也没想到你竟是如此亲切善良的人。请你务必宽恕才好。我对自己的行为感到非常惭愧。"[倚在黑大王胸前，哭得像个孩子]

黑大王：[抚着公主的头发]"谢谢。你能这样看待我，我已不是恶魔。同恶魔一样的黑大王，只是故事里的人物了。

〔向着王子〕你说是吗？"

王子："你说得很对。〔向观众〕诸位，我们三人是醒悟了。如同恶魔样的黑大王，持有三件宝的王子，只是故事里的事了。既然我们已经醒悟，当然不能住在故事中的王国里。在我们面前，一个更广阔的世界已从浓雾深处浮现出来。让我们一起从这蔷薇和喷泉的世界走向那个世界吧。那是一个更广阔的世界！一个更丑、更美——也更大的童话世界！在那个世界上，等待着我们的是苦还是乐，我们一无所知，但是有一点很清楚：我们在朝那个世界前进，像一队勇敢的士兵那样……"

台　车

良平八岁那年，小田原①和热海②之间开始铺设小火车轨道。他每天都去村边观看这项工程。说是工程，其实只是用台车装运沙土——不过良平正是对此颇感兴趣而跑去观看的。

装好了土的台车上站着两个工人。台车走的是下坡路，不用人推它自己就会飞跑起来。台车摇晃着车的底座在前进，工人们那工作服的下摆随风飘荡，细长的路轨弯弯曲曲——瞅着这幅情景，良平很想去当个沙土工人。他还想和那些工人一起乘一下台车，哪怕一次也是好的。台车开到村边的平地上以后，就在那里自然而然地停下了。与此同时，工人们很轻巧地从台车上跳下来，转眼间，就把车斗里的土全部倾倒在轨道的尽头处了。接下来，工人们便一步步推着台车，开始朝来时的路登坡上山。此时良平心想，即使乘不了台车，只要能推推它也是好的呀。

有一天黄昏——那是二月上旬的时候，良平领着比自己小两岁的弟弟，以及一个和弟弟同岁的邻居家的小孩，一起到停着台车的村边去。台车沾满了泥巴并排列在斜日余晖之中。可是，除此之外，哪里也看不见工人的影子。三个孩子诚惶诚恐地去推最边上的一辆台车。三个人一齐使劲一推，台车突然咕隆一晃，车轮转动起来了。这一声响吓得良平顿

---

① 地名，位于神奈川县西南部的城市。
② 地名，位于静冈县伊豆半岛的东北角上的城市，面临相模湾。

时汗毛直竖。但车轮第二次发出声响时，良平已经不再惊骇了。咕隆、咕隆……三个人的手一起推着台车，台车也随着这声响徐徐地沿着轨道往上爬。

没一会儿，台车走出了一二十米远，这时，轨道的坡度变陡了。三个人怎么使劲推，台车也纹丝不动，甚至动辄有随着台车一起被推回原处的可能。良平觉得已经可以了，于是就向比自己还小两岁的两个小孩打信号。

"来，上吧！"

他们同时松开了手，跳上台车。起初，台车只是徐徐而动，接着，势头眼看着越来越猛，一口气从轨道上溜了下去。路上所向披靡，风景扑面而来，好像一下子一劈为二似的向两侧分开，并在眼前迅速展开。薄暮微风拂面，足下台车跳动——良平仿佛羽化登仙了。

不过，两三分钟之后，台车回到了终点，在原处停下了。

"来，再推一次。"

良平和这两个比自己小的孩子一起，打算再一次往坡上推台车。车轮还没启动，他们忽然听到背后有人的脚步声。不仅如此，他们刚听得脚步声传过来，这声音马上就变成了叫骂声。

"他妈的！是和谁打过招呼来动台车的？！"

一个高个子工人站在那儿，他身穿一件旧工作服，头上戴着一顶不合时宜的麦秸草帽。

看到这种态势时，良平已经和两个小孩一起逃出十来米远了。——自那以后，良平有事外出归来时，即使看到台车停在一个人影也不见的工地上，也不想第二次再乘乘看了。

而那个工人叫骂时的姿态，一直到现在还清晰地铭刻在良平心上，在良平的脑海里留下了深刻的记忆。一顶小小的黄色麦秸草帽浮现在薄暮的微明之中——不过，就连这样的记忆似乎也一年比一年模糊了。

又过了十几天，良平一个人来到工地，他站在那里看着台车往上爬，这时正午已过。除了装土的台车之外，良平看到有一辆台车载着枕木从铺设干线用的粗轨上往坡上爬。推这辆台车的是两个年轻人。良平一见他俩，就感到他们身上有一种平易可亲的气氛。

"这样的人是不会训斥我的。"良平这样想着，就向台车奔去。

"叔叔，我也来帮你们推好吗？"

其中有一个人——穿着条纹衬衣正埋头推台车的男工，果然不出良平所料，头也没抬一下，立即爽快地答了话。

"哦，来推吧。"

良平钻进两个男工之间，开始拼命地推起来。

"你这小鬼很有点劲啊。"

另一个男工——他耳朵上夹着一支香烟，也这么称赞着良平。

推了一会儿之后，轨道的坡度逐渐变得平缓起来。"已经不用再推了。"他们会不会马上就要说这话了呢？良平心里七上八下地嘀咕着。可是那两个年轻的工人还是闷声不响地继续推他们的台车，只是腰板比刚才挺得更直了。良平终于忍耐不住，战战兢兢地试探道："一直照这样推下去，好吗？"

"当然好啰。"两个男工同时回答。

良平心想:"真是和蔼可亲的人。"

再往前推了五六百米远,轨道又一次碰上了陡坡。这里,两侧是蜜橘园,不少橙黄色的果实沐浴在阳光下。

"还是上坡好,这样,他们就可以一直让我推下去啦。"良平心里这么想着,一边使出全身的劲来推台车。

从蜜橘园中间往上推到最高处,轨道一下子急转直下。身穿条纹衬衣的男工对良平喊了声"喂,上来",良平立即跃上台车。在三个人附着车身乘上来的同时,台车已扇动着蜜橘园里的香气,在轨道上一个劲儿飞快地滑动起来。"乘台车比推台车要美得多呢。"良平让自己的外衣鼓着野风,想着这毋庸置疑的道理,"推着台车前进的路程越长,回来时乘台车的机会也越多。"良平还这么想过。

台车一来到竹丛区,慢慢地停止了飞驰。三个人又像方才那样,开始推起这辆沉重的台车来。不知从什么时候起,竹丛已经不见了,代之而来的是杂树林。这里,上坡的路途上,到处都是落叶,连锈得发红的铁轨都几乎全被淹没了。沿着这条路,台车好容易才登上坡顶。这时,只见蓝霞辽海展开在悬崖峭壁的那一边,海面上寒意轻笼。与此同时,良平马上清清楚楚地意识到,已经走到过分远的地方来了。

三个人又乘上台车,台车沿着海的左边滑行,同时从杂树林的枝叶下钻过。不过,良平此时的感觉已不像方才那样兴致勃勃了。"台车马上回去就好了。"良平暗暗地祷念起来。当然,他自己也很清楚,不到达目的地,台车也好,人也好,都还不能往回返。

接下来,台车停在一个茶馆前,茶馆背靠开凿过的山岳,屋顶是用茅草葺的。两个工人一走进店里，就和背着乳儿的老板娘搭着腔，一边悠闲自得地又是喝茶又是吃点心。良平独自一人在台车周围转着，心里焦躁不安。台车底座坚实牢固，一路上飞溅在底板上的泥巴这时已经干了。

过了一会儿，他们从茶馆出来，临出来的时候，那个耳朵上夹着香烟的男工（此时已经不见香烟夹在耳朵上），递给站在台车旁的良平一包用报纸包着的粗点心，良平冷冰冰地说了声："谢谢。"但他马上又感到，这么冷淡有点对不起那位男工。良平像是为了掩饰自己的冷淡，就拿起一块点心放进嘴里。大概是因为用报纸包的缘故吧，点心沾染上了一股油墨味。

三个人一边推着台车一边沿着平缓的斜坡往上爬。良平虽然手扶台车，但是心不在焉，他在想着别的事。

沿这道山坡一直往前下到坡脚，又有一个茶馆，和前面的那一个差不多。两个工人进入茶馆以后，良平坐在台车上，一心记挂着回去的事。茶馆前的梅花已开放，照射在梅花上的夕阳在一点点地消失。"太阳就要下山了。"良平这么一想，就觉得不能再这么稀里糊涂地坐下去了。他时而踢踢台车的车轮，尽管明明知道自己一个人没法动一下台车，但还是哼哼唧唧地不时试着推一下车子，希望借此来排遣烦忧。

可是两个工人一出来，就把手搭在台车的枕木上，一边漫不经心地对良平这样说："你可以回去了。我们今天得在对面住一宿。"

"回家太晚的话，你家里也许要不放心了呢。"

良平刹那间瞠目结舌地怔住了。天色快黑下来了，虽说去年岁暮时分，自己和母亲一起赶路去过岩村，可是今天的路程有去年的三四倍远，而且现在必须自己一个人走回家去——良平一下子明白过来是这么回事了。他几乎要哭出来，然而哭又何济于事呢？良平觉得现在不是哭的时候。他向这两个年轻的工人很不自然地鞠了个躬告辞之后，就拼命地顺着轨道跑步前进。

良平不顾一切地沿着轨道的一侧不停地奔跑着，过了一会儿，他发觉兜里的那包点心变得碍手碍脚起来，就把点心抛到路旁不要了，接着又把脚上的木底草履也脱下丢弃了。于是，小石子直接侵入到薄薄的布袜子里，不过脚倒是轻得多了。良平凭感觉跑上了大海右边的陡坡。有时眼泪要往上涌，脸就自然而然地歪扭了——即使勉强忍住了泪，可鼻子总不停地抽搭作响。

良平从竹丛边穿过时，日金山[①]天际的晚霞已经开始消敛。良平越发焦虑不安起来。也许是去和来情况有所不同的缘故吧，景色的不同也令人担心和不安。这时，良平感到衣服都已经被汗水浸透，但他还得像刚才那样继续拼命赶路，于是他就把和服外褂脱下丢在路边了。

来到蜜橘园的时候，周围越来越暗了。"只要能保住性命——"良平一边这样想着，一边连滑带跌地继续赶路。

终于，在远处的暮霭中显现出了村边工地的影子。这时，良平咬着牙想哭，他哭丧着脸，但终于没有哭出来，又继续向前奔跑起来。

[①] 山名，位于静冈县东部、热海市西北方。

进入自己的村子一看,左右两侧的人家,电灯都已经亮了。在电灯光下,良平自己也很清楚地看到,他汗涔涔的头上直冒热气。正在井边汲水的妇女们,以及正从田里归来的男人们,看到良平气喘吁吁地跑来,都向着良平发问:"嗳,怎么回事啊?"然而良平却默默无言地从杂货店、理发店这些灯火通明的房屋前奔了过去。

良平一跑进自己家门,终于止不住扯着嗓子哇地哭出了声音。这一声哭喊,一下子就使父母亲聚集到良平身边来了。尤其是母亲,她一面说着些什么一面抱起良平来。可是良平拳打脚踢地折腾着,一边还在继续不停地啜泣。大概是因为良平的哭声太厉害了,住在邻近的三四个妇女也聚集到良平家昏暗的大门口来了。父母亲当然是不消说了,连门口的这些人也都异口同声地询问起良平哭泣的原因来。可是无论问什么,良平只是一个劲儿地大声哭泣。打那么远的地方一鼓作气地跑回来,只要一回想起刚才路上的凄凉光景,良平就觉得,无论自己怎么放开嗓子不停地啼哭,还是总有一种没法得到满足的情绪在向自己袭来……

良平在二十六岁那年,带着妻子儿女一起来到东京。此时的他正在一家杂志社的二楼,手拿红笔做着校对工作。可是,不知怎么一来,而且毫无缘由地,良平有时会回忆起自己小时候的那件事情。毫无理由可循吗?——尘世的操劳使良平疲于奔命,他眼前浮现出一条道路,它和从前的那条一样,路上,竹林昏暗微明,坡道陡峭起伏,是一条细细长长、断断续续的道路……

仙　人

诸位，我现在是在大阪，所以说一说大阪的事吧。

从前，有一个人到大阪来做工，不知姓甚名谁，只知是来帮人烧饭的，遂称之为权助①。

且说权助低头跨进中介店，向口衔烟管的店主致意，恳求介绍工作。

"老板，我想成仙。请您介绍我到那样的地方去。"

店主顿时目瞪口呆，一时讲不出话来。

"老板，您听见了吗？我想成仙，请您介绍我到那样的地方去。"

"抱歉得很——"

店主总算恢复原样，像平时那样吧嗒吧嗒地抽起烟来。

"本店从来没有经手过成仙之类的中介，请你走吧。"

听了此话，身穿黄绿色紧腿裤的权助移膝向前，不服地说出这样的理由："这就有点不对头了吧。贵店的布帘招牌上写着什么，您该明白的吧。不是写着万事可荐吗？万事也就是一切可荐的意思。要不，贵店是在布帘上胡说八道啰？"

原来如此。这样说来，权助生气也不无道理。

"哦，不，并不是存心在布帘招牌上胡说。要是你一定要寻找可以成仙的做工处，请明天再来一次。今天，当尽力留心探问——"

---

① 权助是江户对男仆的称呼，京都地方则称之为久三。

店主想先逃过眼前这一关再说，接下了权助的要求。但是，到哪儿去做工才能学得成仙的本事呢？不言而喻，当然不可能知道。所以，打发权助离开后，店主便来到位于附近的一位医师处。店主在说了权助的事之后，不安地问道："医生，你看怎么样？要学得成仙的本领，到哪儿去当学徒才是捷径呢？"

看来，医师对此事也束手无策，他抱着胳膊发呆，光是望着庭园里的松树。

然而，医师的老婆——绰号叫老狐狸的狡猾家伙，听了店主的话后，立即从一旁插嘴了："那可以到我们这儿来呀。在此做三年，一定使他成仙。"

"是吗？真是好消息。那么，多多拜托啦。仙人与医师确实有些情理相近的地方呢。"

不知底细的店主频频躬身致谢，心中大喜地告辞而归。

医师愁眉苦脸地送走店主后，埋怨老婆道："你在说什么蠢话呀！要是那乡下人日后抱怨我们几年来根本没教他仙术的话，你打算怎么办呢？"

然而，医师老婆不但不认错，反而露出狡猾的笑容，揶揄医师道："我说，你就闭上嘴吧。在这个艰难时世中，像你那样迂腐老实，连饭也吃不上呢。"

第二天，乡下佬权助同店主一起，如约到来。这天，大概权助也觉得是首次拜见东家的关系吧，穿着印有家徽的和服外褂。不过，看上去仍是一副与农民没有任何不同的腔调。大概这颇出乎意料吧，医师简直像看到印度来的麝香动物似的，凝目注视着权助的脸，不无诧异地问："听说你想成仙，不知你的这种愿望究竟从何而来呀？"

权助回答说："其实也没有什么特别的缘由。只是在看到大阪城时，想到伟如太阁老爷①，也难免何时一死。可见生而为人，不论如何富贵荣华，终归是虚幻无常的。"

"那么，只要能成仙，你是什么事都肯干的啰？"狡猾的医师老婆，不失时机地插嘴了。

"是的。只要能成仙，干什么事都可以。"

"那么，从今天起，就在我这里做工二十年。到第二十个年头，一定教给你成仙之术。"

"是吗？那可太好啦。"

"不过，在这二十年里，是一分工钱也没有的呀。"

"好，好，明白了。"

于是，权助在那医师家里被使唤了二十年。汲水、劈柴、煮饭、打扫，医师出诊时，还要背着药箱随行；而且别指望得到一个铜子的工钱——如此难得的雇工，走遍全日本也找不到的吧。

第二十一年终于到来。权助像第一次来此地时那样，又穿上印有家徽的和服外褂，来到东家夫妇前，就二十年来蒙受了照应，很有礼貌地表示谢意。

"今天，我想恳请东家按早先的约定，教给我能够不老不死的仙人之术。"

听权助这么一说，医师无言以对：一分工钱也不付，使

---

① 当指丰臣秀吉（1536—1598），他在1590年统一全日本，1591年把摄政权力让给养子丰臣秀次，自称太阁。

用了人家二十年之后，现在却来说并不知成仙术，无论如何是情理难容的。

于是，医师冷冷地侧过身子，无奈何地说："懂成仙之术的，是我老婆，你请她教授吧。"

然而，医师老婆毫不介意。

"好吧，我来教你成仙之术。不过，无论多么难办的事，你也得按我所说去做。要不，成不了仙且不说，还会立即受罚而没命的呀。除非再不拿工钱地做二十年，才能免罚。"

"是，不论怎么难，我一定完成给您看。"

权助喜不自禁，等候着医师老婆的吩咐。

"那么，你爬到那棵庭松上去。"

医师老婆这样吩咐道。不言而喻，她不可能知道什么成仙之术，所以想吩咐权助去做不能做到的难事，如果权助做不到，那么接下来又有二十年可以不出钱地使唤他了。但是权助听得吩咐后，立即爬上庭松。

"再高些，再一直向上！"

医师老婆伫立在廊檐处，抬眼望着松树上的权助。权助身上那印有家徽的和服外褂已经在这棵大庭松顶端的树梢上闪动。

"现在松开右手。"

权助用左手紧紧地按住粗松枝，慢慢地松开了右手。

"接下来，把左手也松开。"

"喂，喂，左手也松开的话，这乡下人要掉下来啦。一旦掉下来，树下有石块，那肯定没命啦。"

医师也终于向廊檐探出脑袋，脸露不安。

"没让你出场！喏，由我来处置就是了。——对，现在把左手也松开呀！"

权助没等这话说完，毅然松开左手。不用说，爬到树顶上，就那样地松开双手，当然非掉下来不可。眨眼之间，只见权助的身体，权助身上那印有家徽的和服外褂，都脱离了松树梢。可是，脱离后，没随即往下掉，竟然不可思议地像线牵木偶那样，安稳地停在午间时分的晴空中啦！

"多谢啦！托你们的福，我也成为真正的仙人了。"

权助殷勤致意，然后轻踩着青空，渐渐向高处的云中腾去。至于医师夫妇的下文嘛，谁也不清楚。只有医师的那棵大庭树，后来一直在世。据说，淀屋辰五郎① 为欣赏此松的雪景，特意命人将这棵粗至四人以上才可合抱的大树，移植到庭园前。

---

① 生卒年不详，日本元禄时代的大阪富商。

庭 园

上

中村家是个豪门世家，他家经营的旅邸中有个庭园，这里从前曾是高官显宦外出巡游时下榻的地方。

明治维新之后的十年间，庭园总算还保存着原来的面貌，葫芦瓢形状的池塘依然清澈晶莹，假山上的松枝还是低垂多姿。栖鹤轩、洗心亭——这些亭台楼阁也故态依然。池塘尽头是庭园的后山，一帘银色的瀑布从山崖上挂下来。当年，和宫①殿下下巡时在这里题过字的石头灯笼，现在也还站在棠棣花丛中。棠棣花与年俱增，一年一年地向四周蔓延扩展。然而在庭园里的什么地方，有一种无法隐蔽的荒凉感。特别是初春季节，当庭园内外的各种树梢上同时绽出一片嫩绿的新芽时，这种感觉尤其明显。在这明媚的人工雕琢的美景背后，有一种引人不安的粗暴力量在咄咄逼人。

中村家的老头子，是个倜傥豪爽的人，现在隐居在家颐养天年。他在面向庭园的正屋里拥炉而坐，和头上生着疥疮的老太婆下下棋，斗斗牌，清静无为地消磨着日子。不过，老太婆有时连赢了五六盘之后，老头常常会认起真来，大发脾气。承继家业的长子和表妹新婚不久，他们住在紧接走廊的一所孤立的下房里，房间很狭小。老大表字文室，是个脾

---

① 和宫（1846—1877），仁孝天皇的第八女，孝明天皇的妹妹。

气暴躁的人。且不必说身上有病的妻子和诸兄弟昆仲，就连老头也怕他几分。唯有当时寄居在这旅邸里的云游师傅①井月，时常到他房里来闲逛。说来也奇怪，只有对井月，老大又是敬酒又是求他挥毫作书，一脸喜气。"山间淑气拂花馨，杜鹃飞过遗好音。井月""物华冉冉是处有，濛濛飞泉看不真。文室"——这样的唱和之作当时还保留着。老大还有两个兄弟，老二做了一位开米店的姻亲的养子，老三在一个离镇五六里处的大型酿酒作坊做事。他们俩像是商量好似的，一点也不想朝老家靠拢。老三除了住得比较远之外，还有个因素，就是原来就和当家的大哥合不来。老二是因为放荡不羁，弄得身败名裂，所以连养父养母家也几乎不去。

两三年里，庭园荒芜得越来越明显，池塘里开始浮起绿藻，树丛里也混杂着枯枝了。而且，老头又在一个苦旱不雨的酷暑，突然因脑溢血而暴卒。就在老头死去之前的四五天，他正喝着烧酒，看见一个白色装束的古代朝臣好几次出入池塘那一边的洗心亭。至少可以说，老头是在光天化日之下看到了这种幻象。第二年的暮春时节，老二攫夺了养家的金钱，带着一个女招待私奔了。就在这一年的秋天，老大的妻子生下了一个不足月的男孩。

老大在父亲死后，就和母亲分住在正屋里。继老大之后，有一位本地的小学校长租借了那所独立的下房。这位校长信奉福泽谕吉的功利主义学说，所以不知在何时，他说服了老大，使庭园里也栽上了果树。从此，一到春天，庭园里杂英

---

① 原文作乞食宗匠，指走街串巷教人俳句，以此挣几个钱糊口的穷书生。

斑驳，有桃花、杏花、李花，它们夹杂在平时已看熟了的松树和柳树之间怒放。校长时常和老大在这个新的果树园里溜达，他还边走边发表议论："这样一来，我们现在还能尽情地赏花，一举两得呀。"可是，正因为如此，和以前相比，假山、池塘、亭台楼阁就更显出难以久留人世的光景来了。也就是说，除了大自然带来的荒芜感之外，现在又加上了人为的摧残，庭园就更荒芜了。

那年秋天，庭园的后山又发生了一起近年来少见的山林火灾。这一来，后山的那帘直奔水池的瀑布，顿时绝了水源而从此消匿不见了。一波未平一波又起，在雪花初降时节，这一次是当家的老大自己病了。经医生诊断，患的是以前叫做痨病而现在叫做肺病的征候。老大躺躺坐坐，脾气一天比一天暴躁。第二年的正月初一，他和来家里拜年的老三发生了激烈的口角，最后老大甚至将手炉都扔了过去。老三从此一去不复返，直到大哥死去也不曾来见一面。老大自那以后还活了一年多，后来是在妻子的彻夜护理下，躺在蚊帐里咽了气。"耳闻青蛙鸣叫声，井月啊，你在何处？"这是老大留下的辞世之句。可是井月也许对这里的风景早就腻烦了吧，连讨饭化缘都不来这里，他已经很久不来了。

老大的周年忌一过，老三与东家的小女儿结了婚，幸逢租借下房的小学校长转任他所，老三就和新娘子住了进来。下房里搬进了油漆得乌黑的衣橱，装饰了红白锦缎①。然而就

---

① 日本风俗，遇丧事时，用黑白两色表示哀悼；遇喜事时，用红白两色表示庆贺。

在这期间，老大的妻子在正屋里患病了。病症和丈夫一个样。老大撇下的独生子廉一，自从母亲吐血后，每晚便和祖母同床。祖母上床之前，一定得用手巾把自己的脑袋盖上。即使如此，由于头上疥疮臭气熏人，夜半时分，老鼠就趸上前来。当然，因为忘了盖手巾而被老鼠咬了脑袋的事也发生过。这一年的年底，老大的妻子像一盏耗尽了油的灯，一命呜呼了。出丧下葬的第二天，由于大雪压顶，假山背后的栖鹤轩坍塌了。

春天再度回到庭园来的时候，只有位于浑浊污秽的池塘畔的杂树林还有所变化：在残留着洗心亭茅草屋顶的杂树间，新芽正从树枝上萌发出来。

中

  一个雪压冬云的黄昏，老二回到父亲的老家，此时距他私奔出走已有十年之久了。所谓父亲的家，事实上只是老三的家而已。老三没有特别不高兴的神色，也没有特别喜悦的样子，就是说，老三是以平平常常、若无其事的态度迎接了这位浪荡公子。

  老二来后，一直守着被炉，横躺在正屋的佛堂里——他染有一身杨梅大疮。佛堂里设有一个大佛坛，上面并排供奉着父兄的灵位。老二为了看不到灵位，将佛坛的纸门紧紧关闭。而且，除了三顿饭之外，他和母亲、兄弟、弟妇几乎不见面。唯有孤儿廉一常常到他的起居室来玩。老二就在廉一的纸制石板①上画山啦船啦什么的给廉一看。"向岛花儿正在盛开，茶馆里的姐儿哟，请你出来一会儿。"——老二偶尔还会潦潦草草写上从前的小调。

  转眼间春天又来临了。庭园里草木在滋长，羸弱稀疏的桃树和杏树混在草木丛里开起花来，池塘里的水色苍茫昏暗，但依旧映照出洗心亭的倒影。老二照旧不离佛堂一步，一个人闭门独居，大白天也总是似睡非睡地打不起精神来。有一

---

① 纸制石板是在厚纸上涂上金刚砂和浮石粉末等混合物制成的石板代用品。

天，老二的耳朵里传来了隐隐约约的三味线的琴音，与此同时，也开始听见时断时续的歌声。"这次诹访①之战，吉江前往沙场，他是松本的亲信，去增强炮阵的力量……"老二横躺着，稍稍抬起头来。没错，歌声和琴音都是母亲从饭厅里发出来的。"那天甲胄整饬，鳞光闪烁，壮士兮吉江，侠义豪气，勇赴疆场。赫兮烜兮，仪表堂堂……"也许母亲是想唱给儿孙们听吧，她继续往下唱着这填入新词的大津画小调②。不过，这是二三十年以前的流行歌曲，还是举止偶傥的老头子从某地的一个老娼妓那里学来的。"吉江身饮敌弹，捐躯丰桥，可怜宝贵的生命，竟与草露一起殒消。然英雄美名，百世流芳……"老二那张好久不曾修刮过的脸上，不知不觉间显出了一种绝妙的眼光，双目生辉，炯炯有神。

两三天之后，老三发现哥哥在款冬草滋蔓的假山背阴处掘土，气喘吁吁地挥动着不听使唤的铁锹，那姿态总使人感到有点滑稽，但是又使人感到他很认真。"哥哥，你在干什么呀？"老三口里衔着烟卷，从背后向阿哥打着招呼。"我？"老二眯缝起眼睛，好像有点晃眼似的瞅着兄弟，"想在这儿挖出一条小溪。""挖小溪干什么？""想把这庭园修葺成原先的模样。"——老三只是嘻嘻地笑笑，再也没有询问下去。

老二每天拿着锹，继续满腔热情地开挖小溪，可是，他病魔缠身，病体衰弱，所以光这点活儿已经叫他很难应付了。

---

① 城市名，位于长野县中部。
② 原文作大津绘，系大津绘节的简称。大津画是元禄年间在近江国大津出售的一种以佛教故事为题材的画，根据这种画编成的俗曲就叫大津画小调。

首先是容易疲乏,加之他不习惯于做这种事,所以有时手上磨出老茧,有时指甲断裂,总是不顺利。他常常把锹一丢,就地横躺下来,像死了一样一动不动。周围老是那个样:白日高照庭园,红英绿茵参差其间,唯见翠烟花云弄晴。可是静静地躺了几分钟后,他又踉踉跄跄地站起来,立刻顽强地挥动起铁锹。

然而,几天过去了,不见庭园有多大的变化。池塘里依然水草繁密,植林地带的杂树还伸着旁枝。尤其当果树上的花儿撒落后,庭园就使人感到似乎比从前更荒芜凄凉。更有甚者,阖家老小,没有哪一个人对老二的事业抱有同情。喜欢投机冒险的老三,一心一意埋头于米行市和蚕丝投机。老三的妻子对老二的恶疾,具有女人特有的厌恶感,母亲也——鉴于老二的身体情况,母亲也担忧、害怕他过分摆弄泥土会弄坏身体。尽管如此,老二却颇为倔强,他毫不理会人们和自然的无情,依然故我,一点一点地改造着庭园。

有一天早晨,雨霁不久,老二才踏入庭园,只见廉一在款冬草低垂的小溪旁垒着石头。"阿叔,"廉一快活地抬起头来看着老二,"从今天开始,让我来给您做个帮手吧。""行,那就来帮我一下忙吧。"老二笑逐颜开,他已经好久不曾有过这种笑容了。从此以后,为了做叔父的帮手,廉一哪儿也不去,专心致志地埋头苦干着。为了慰劳侄儿,当叔侄俩在树荫下歇口气的时候,老二也就给廉一讲一些海啦、东京啦、铁路啦之类,都是侄儿前所未闻的新鲜事情。廉一咬着青梅,简直像中了催眠术似的,竖起两耳听得入了迷。

黄梅季节来临,可这一年是个无雨的干黄梅。他们——

身患残疾、一年老似一年的老二和稚子廉一，面临长夏烈日和繁草蒸炎的酷暑，叔侄俩毫不畏缩，他们掘土挖池，伐木砍树，工程渐渐有所起色。外界来的障碍好歹算是闯过来了，唯有内在的阻碍却是奈何不得。老二对这个庭园从前的布局，脑袋里存在着一个幻影似的轮廓，可是一碰上具体的细节，比如树木的配置情况，或者是小道幽径安置的方位等，老二的记忆就不真切了。他常常会在战斗正酣的时候，突然停下来，拄着铁锹环视着四周发愣。"怎么啦？"——这时廉一一定会抬起不安的眼光瞅着叔父的脸发问。

"本来这里是什么样儿的呢？"汗流浃背的老二转回来走过去，嘴里一直喃喃自语着，"这株枫树好像不是在此地的。"这时，廉一只好去用沾满泥巴的手杀蚂蚁。

内在因素的阻碍并不就此而止。随着长夏一天盛似一天，也许是由于连续不断的过分疲劳吧，老二的脑袋时常发生混乱现象。他会将一度挖好的水池又用土填上，会在拔去松树的原趾重又去种上松树——这种事已经屡见不鲜。有一次，为了打池桩，他竟将水边的一株柳树伐了，这可叫廉一感到特别冒火："这株柳树是最近才种上的呀。"廉一对叔父瞪起了眼睛。"是吗？我已经什么都不记得了。"老二含着忧悒的眼神，看着烈日下的水池。

但不管怎么说，秋天来临时，一座庭园终于在草丛繁木中朦朦胧胧地浮现出来了。当然，和以前相比，现在既没有栖鹤轩，也看不到瀑布飞泉。从前，这个庭园是由著名的园艺师设计的，具有优美的园林风韵，现在，这种风趣已不复存在。可是庭园还在旧处，池塘里的一泓清水再度澄澈见底，倒映着假山的圆形倩影,松树又在洗心亭前从容悠闲地舒展着枝叶。可是,就在庭园获得中兴的同时,老二卧床不起了。他的热度总是降不下来,全身的关节也疼痛难挨。"这是过分劳累,勉强过度了呀。"母亲坐在儿子的枕边,一再重复着这样的怨言。但是老二却感到很幸福。当然,庭园里还有好几个地方是老二尚想修葺而未来得及着手的,这已经无法可想了。但反正没有白辛苦一场,工程是有成果的——因此老二感到满足了。十年来的辛苦辗转使他学会了达观,达观也拯救了他。

当年深秋时分,老二在谁也没有注意的情况下,也不知什么时候默默地离开了人世。发现他死去的是廉一。廉一大声喊叫着,向那所紧接走廊的独立的下房奔去。全家立刻纷纷赶往死者身旁,一张张感到惊愕和意外的人脸聚到一起来了。"你看,哥哥好像笑着哪。"老三回望着母亲说。"哎呀,今天佛像前的纸门是打开着的呢。"老三的妻子没有看死者,她在注意大佛坛。

老二的送葬殡仪过去之后,廉一经常一个人在洗心亭独坐。他总像是不知所措似的,瞅着深秋时节的水和树……

下

在曾经是豪门望族的中村家里,这个从前接待过达官显宦的庭园,一度获得了中兴。又过了十年不到的时间,这一次庭园却是连房子一起遭到了破坏。在破坏后的遗迹上修起了一个火车站,车站前还盖了一个小饭馆。

其时,中村的老家已经一个人都没有了。不用说,母亲很久以前就进入了死者的行列,老三在事业上失败后,听说是到大阪去了。

每天,火车时而开进车站,时而从车站开出。车站里有一个年轻的站长,他坐在一张大写字台前。他的事务闲散多暇,空闲时,他要么和青翠的群山相对,要么和本地的站务员闲聊。可是,在他们的话题中,并没有中村家的轶闻。至于他们现在的所在地曾经有过假山和亭台楼阁,那就更不用说,谁也不曾想到过。

不过,这期间,在东京赤坂的一个西洋画研究所里,廉一正站在油画架前作画。透过天窗射进来的亮光,油画颜料的馨香,盘着裂桃髻①的女模特儿——研究所的气氛和故乡老家没有丝毫共同之处;可是当廉一挥动起画笔时,他心里

---

① 原文作桃割,日本十六七岁少女的一种发式,流行于明治与大正年间。

便常常会浮现出一个孤寂的老人的面容。这老人一定是脸带微笑，对在连续不断的创作中已经累得筋疲力尽的廉一说："当你还是个孩子的时候，就已经帮助我做事了，现在，就让我来帮你一点忙吧。"

廉一至今还是生活贫困，天天不停地画油画。至于老三的消息，就没有人知晓了。

六宫的公主

一

　　六宫公主的父亲是旧时皇女所生,但是生来固执迂腐,落伍于时势,所以官至兵部次官,没再升过。公主与这样的父母一起住在六宫附近的一所高树森蔚的公馆里。六宫公主这一称呼,当是由地名而来的。

　　父母颇宠爱公主,但旧习多在,不愿物色嫁女的人家,一心等候有人上门。公主也听从父母教诲,谨慎有序地迎晨送夕。生活是不知有悲,却也不知有喜。而不见世面的公主也没感到有什么不满。"只要父母都硬朗健康就好。"——公主是这么想的。

　　古池畔的垂樱,每年绽出花蕾,公主也在不知不觉中长大,显出成熟的美。不料赖以依托的父亲,由于长年以来嗜酒过分,突然撒手而去。祸不单行,母亲在悲哀不减之后,半年之内也追随亡父走了。公主呢,且不谈可悲,而是陷于日暮途穷的境地。实际上,在娇生惯养的公主身边,除了奶妈之外,别无任何依靠。

　　为了公主,奶妈不顾一切地操劳。但是家传的镶螺钿手匣啦,银香炉啦,都在不知不觉中一一失去。与此同时,男女仆人也接踵告辞而走。渐渐地,公主也清楚地懂得了生活的艰辛。然而,公主是无论如何努力也是无济于事的。她仍在凄寂的公馆配殿里,一如既往地弹琴咏诗,重复着这些单调的娱乐。

秋天到了，某天黄昏，奶妈来到公主面前，斟酌再三，说道：

"做法师的外甥来请托，说丹波①的前国司②某大人，希望能同您相见。这位国司大人相貌英俊，心地善良。其父也官为受领③，是最近的一位上达部④的公子。您是否考虑见一见呢？比起现在这种靠不住的日子来，我想多少要强些吧……"

公主轻声饮泣起来。为了摆脱不如意的日子而委身国司，当无异于卖身。不用说，公主也知道世上并不少见这种事。但是面对现状，别有一股可悲滋味。公主面对奶妈，在葛藤葛叶披靡的劲风中，不住地以袖拂脸……

---

① 旧邦国名，今京都府中部和兵库县中东部一带。
② 掌管旧邦国政务的地方官。
③ 国司中的高位者。
④ 位在三品以上的高级贵族。

二

不知何时起,公主每夜与国司相会了。国司也一如奶妈所言,是个亲切善良的人,相貌也无愧于风雅之流。而且很显然,公主的美丽使他忘掉了一切。当然,公主也不讨厌国司,有时还感到此身有靠。然而,在画有鸟蝶的屏风背后,对着晃眼的烛光,与国司亲密相守时,公主没有感到过喜悦,一夜也不曾有过。

在此期间,公馆是逐渐地融入了华丽的气氛,黑漆梳妆台架和门帘之类焕然一新,仆人也增加了。不用说,奶妈安排起生活来也比以前心情舒畅了。然而,公主感到这些变化也只显得凄寂。

一个阵雨哗哗的秋夜。国司与公主对酌时,讲了一则发生在丹波的怕人故事——

某旅行者在前往出云①的途中,投宿于大江山麓的旅店。旅店的女主人正巧在那天晚上平安地产下一女婴。而旅行者看到一个形迹蹊跷的大汉,急匆匆地从产房奔出来。大汉口中冒出一句"八岁命不保",随即消失不见了。第九年上,旅行者赴京城时,途中仍在此旅店投宿。那女婴确实在八岁那年死于非命——竟然从树上掉下来,咽喉被镰刀刺

---

① 旧邦国名,今岛根县东部一带。

中……

故事大致如此。公主听了,颇感人受宿命左右,无能为力,而与那女婴相比,自己依靠这位国司过日子,无疑还是幸运的。

"今后悉依此人,别无他路。"公主这样想着,脸上倒也有了活泼的微笑。

公馆屋檐处的松树,几度被大雪压断过松枝。白天,公主一如既往,弹琴、玩双六①;夜晚则与国司同枕共衾,倾听水鸟下池的声音。这朝朝夕夕,虽无甚悲可言,却也无甚乐可言。不过,公主还是照旧,在这种慵懒无虑中寻得虚幻的满足。

然而,这无虑的尽头也来得出人意料的快。在姗姗来迟的春夜,国司见无旁人在场后,有点难以启齿似的开口了:"同你相会,到今宵为止了。"接着,国司唉声叹气地道出原委:国司的父亲在这次除目②中,奉命出任陆奥③之长。国司也不得不因此一同前往冰天雪地的内地。当然,与公主离别,国司也感到无限悲伤。但是,与公主结为夫妻一事,乃是瞒着其父的,事至如今,更难以明告。

"不过,五年后任期告终。到时可望重叙旧情。等着吧。"

公主已泣不成声。即使说不上有什么恋情,而与指望依

---

① 室内娱乐之一。盘上置有黑白各十五个子,据摇出的点数进子,先入敌阵者胜。
② 除目,平安时代起,任命大臣之外官员的仪式,每年两次,春季任命地方官,秋季任命京城官。
③ 旧邦国名,今青森县与岩手县一带。

靠的国司离别，也是悲不可言的。国司抚摩着公主的背脊，又是安慰又是勉励，但没说两句，便呜咽泪下了。

　　一无所知的奶妈，与年轻妇女一起，拿来了酒壶和高脚盘，一面说着什么古池畔的垂樱也含苞待放了……

三

　　第六年的春天归来人间。但是到内地去的国司没有归返京城。这些年来，仆人已一个不剩地东走西散。公主所住的东侧配殿也在某年的大风中倒塌。此后，公主就与奶妈一起居于殿下的廊庑。这里虽说可以起居，但又狭窄又破旧，只是免于雨打露淋而已。奶妈在移住廊庑的当时，面对公主可怜的身影，止不住潸然泪下。但有的时候，她又会莫名其妙地大发雷霆。

　　生活之艰难，已无须多言。大橱是早就易为米和青菜了。眼下，公主的上衣下裙，除身上所穿之外，别无可余。缺柴少薪时，奶妈就到破烂的大殿里剥取木板。然而，公主仍一如以往，在琴声和诗声中寻求排遣，同时一直等待着国司。

　　在这年秋季的一个月明之夜，奶妈来到公主面前，斟酌再三，说道："看来，国司大人是不会回来啦。您也把大人的事忘了才好呀。唔，最近有位宫内医务次官一再催促着，想同您见面……"

　　公主听得此话，勾起了六年前的回忆。六年以前，真是泣不胜泣。而现在，身心于此都已疲惫不堪。"唯愿安静地老朽而去。"——舍此之外，公主已别无所思。

　　公主听完奶妈所说，眼望皎皎明月，憔悴的面容左右摇了摇。

"我已经什么也不需要了。生也好,死也好,是一回事啦……"

※ ※ ※

与此同一时刻,国司正在远方的常陆国①公馆里,与新妻酌酒共饮。新妻是颇得国司之父赏识的该国长官的千金。

"那是什么声音呀?"

国司忽然受惊似的,抬眼望着皎皎月光下的屋檐。其时,也不知为什么,公主的身影在国司的心上清晰地浮现出来。

"好像是栗子的落地声。"

常陆的新妻回答着,有欠灵活地拿起酒壶敬酒。

---

① 旧邦国名,今茨城县东北一带。

四

　　国司回归京城，正是第九年的暮秋时节。国司与常陆的妻族一起启程。他们在赴京城的途中，为在日子上择吉避凶，于粟津①驻足三四天。而在入京城时，又为了不要在白天显眼于人，特意选在日暮进城②。国司在僻地时，曾两三度托人把思念之情带给京城的妻子。但是，有的人去而不归，有幸盼得归来的，却说不明公主的公馆所在，所以，没有得到过任何回音。正因为如此，国司一入京城，思恋便越发强烈。国司送妻子安抵岳父的公馆后，不及洗尘便直奔六宫而来。

　　赶到六宫一看，从前那瓦顶亭状四脚门也好，柏皮屋顶的大殿和配殿也好，已悉无影踪。唯一可见的，是殿外那瓦顶泥护墙坍成的断垣残壁。国司伫立草中，茫然地环视这庭园遗迹。只见一半已成填埋状的池塘里，植有少许水葱。水葱沐浴在新月的朦胧光泽下，葱叶簇拥，寂寥无声。

　　国司发现，在原来官衙所在处，有一倾侧的板屋。走近板屋，里面似乎有人影。国司透过夜幕，轻声地向那人影打招呼。于是，月光下有人踉跄而出，是一位不胜眼熟的佛门老媪。

---

① 旅驿，在滋贺县大津市东南的琵琶湖一带。由东海道入京者，多在此整装休憩。
② 当时，旅行者有等待日暮入京城的习惯。

老媪听国司自报姓名后，什么话也没有，不住地哭泣。然后，她一边抽噎着，总算讲出了公主的境遇。

　　"大人也许想不起来了吧。老身的女儿曾在此亲戚家当女仆。大人离开此地后，女儿前后还做了五年。后来，女儿决定随丈夫同赴但马①，所以老身其时也告假，同女儿一起走了。然而近来老惦念公主，放心不下，遂独自一人上京。来此一看，大人您也看到了，公馆啦什么的，全没有了，不是吗？公主又到哪儿去了呢……其实，老身方才也是不知如何才好呀。大人您也许不知道吧，女儿还在此帮佣时，公主的生活已经是不胜艰难可悲啦……"

　　国司听完这一段究竟后，脱下一件内袍，递给这驼了腰的老媪，然后垂着脑袋，默默地走出草丛而去。

---

① 旧邦国名，今兵库县东北一带。

五

从第二天起,国司走遍京城,寻找公主,但是到哪儿去找,如何找,又谈何容易。

在几天后的一个黄昏时分,国司为避时雨,站在朱雀门前西曲殿的廊檐下。除国司之外,另有一位化缘模样的法师,也在此不耐烦地等雨停。雨一直在涂丹朱门的上空发出凄寂之音。国司为排遣自己的急躁不安,便在石板地上信步来去,一面用眼角觑视着法师。这时,两耳忽然感到阴暗的窗棂里有人的动静,遂心不在焉地朝窗棂里瞥视了一下。

窗棂内,有一信婆身裹破席,照料着一个有病女子。在黄昏时分的微弱光线下,枯瘦不堪的女子显得不胜可怕。然而,一目了然,女子就是公主。国司刚想招呼,但面对公主这副凄惨相,一时竟出不了声。公主根本不知道国司在此,在破席上翻了个身,悲苦地吟出诗来——

"枕边漏风虽多寒,此身已惯不自哀。"

国司听得此声,禁不住喊出了公主的名字。公主竟然抬头离枕。但是,未及看到国司,微弱地叫了声什么,又立即倒伏在席上。那信婆——忠实的奶妈,与奔进来的国司一起,慌忙抱扶起公主。但一看怀中那公主的脸色,别说奶妈,连国司也越发惊慌不堪。

奶妈简直像发疯似的奔到化缘法师身旁,恳求法师为临终的公主诵经超度。法师答应了奶妈的恳求,到公主的枕畔坐下,但没有诵经,而是代之以这样的话:"超度往生是没法借助人手的。唯有自己诚心不怠,诵念阿弥陀佛。"

公主在国司的怀里,有气无力地念起阿弥陀佛。但是,随即惶恐地凝视着门上的天花板。

"啊呀,火车在那儿燃烧……"

"别害怕那东西。只要诵念我佛,都会好的。"

法师略加勉励。而没一会儿,公主意识朦胧地又喃喃而语:

"金色的莲花来了。像天盖一样硕大的莲花……"

法师刚想说些什么,但这次是公主开口在前,她断断续续地说:"莲花已经不见了。留下一片黑暗,只有风在其中呼刮。"

"你要一心一意诵念我佛。为什么不专心诵念呢?"

法师已近于指责了。但公主仿佛行将咽气,反复说着同样的话:"一切——一切都看不见了。黑暗中只有风——只有阴冷的风在呼刮。"

国司和奶妈吞着眼泪,口中不停地诵念阿弥陀佛。法师当然也是两手合十,在助公主念佛。雨声夹杂着诵念声,公主躺在破席上,面容渐露尸色……

六

在几天后的一个月明之夜，勉励过公主念佛的法师，身着破衣，又在朱雀门前的曲殿抱膝驻足。这时，有一个武士，悠然地唱着什么，沿着月光下的大路走来。武士一见法师的身影，便停住穿着草鞋的两脚，漫不经心地开口了："听说，最近这朱雀门一带有女子的哭泣声……"

法师蹲在石板地上不动，只答了一句：

"你听！"

武士侧耳倾听。但闻虫声玲玲，别无任何声响。周围只有松树的清香在夜霭中飘荡。武士刚想开口而未及说出话来时，忽然听得什么地方传来了隐隐约约的女子叹息声。

武士立即手按腰间长刀。但那叹息声在曲殿上空拖曳了一缕长长的尾音后，又渐渐地消匿而去。

"为她念阿弥陀佛吧——"

法师抬头望着月光。

"那是一条懦弱无为的女魂，既不知极乐世界也不知地狱。为她念阿弥陀佛吧。"

但是，武士没有任何回音，注视着法师的脸。顿时，他惊愕地向前，两手支地："您是内记[①]上人吧？怎么到这地方

---

① 内记，官职名，从事诏书、敕旨的起草等文史事务。

来了……"

上人出家为僧前,俗名庆滋保胤①,世称内记上人,乃是因为其在空也上人②的弟子中,是一位德高不凡的沙门。

---

① 庆滋保胤(?—1002),平安中期文人,工诗文。晚年出家为僧,人称内记入道。
② 空也上人(903—972),平安中期高僧,世称阿弥陀圣。

猴蟹之战

猴夺取了蟹的饭团，遂与蟹结下大仇。蟹伙同臼、蜂、蛋，杀死了仇敌猴。——今天且不谈这个故事，只是有必要说一说收拾了猴之后，蟹与同伙遭到了什么命运。因为原来的童话故事丝毫没提到这方面的情况。哦，不，岂止是没有提到，竟然还煞有其事地安排出蟹在洞中，臼在厨房的角落，蜂在檐前的蜂箱里，蛋在糠皮盒内，无不平安无事地生活着。

然而，这是不存在的事。其实，他们报了仇之后，都被警察逮捕，捆送监狱了。而且，几度开庭后的结果是：主犯蟹被判处死刑，从犯臼、蜂、蛋被判处无期徒刑。他们的命运，也许使得只知童话故事内容的读者不胜惊讶。但是，这是事实，是无可怀疑的事实。

据蟹自述，他是用饭团去换取柿子的。但是猴不给熟柿而光给青柿，更有甚者，那青柿是狠命地掷来的，几乎要打伤蟹。可是，蟹与猴之间并没有任何契约证书。好吧，这一点姑且置之不问，但用饭团换柿子的事，也没有说定非熟柿不可。最后，掷青柿这一点，也很难断定猴是否怀有恶意。所以，连那位替蟹担任辩护并以雄辩著称的大律师，似乎亦想不出别的好办法，只有恳请法官予以同情。这位律师不胜同情地为蟹揩拭着口中白沫，说道："你就认账吧。"当然，这里的"你就认账吧"是指被宣判死刑的认账呢，还是指付出了可观的辩护费用的认账，那就不得而知了。而且，报刊舆论几乎没有对蟹寄予同情的，多指责蟹的不是，说：蟹杀猴，无疑是泄私愤的结果；而且，蟹完全是出于这种私愤，加上由自己之无知和轻率而让猴占尽利益的耿耿于怀；在优胜劣汰的社会中，这种泄私愤者，可说非愚即狂。现为商业议团议长的某男爵在表示了上面那类看法的同时，断然指出，蟹之杀猴也多少说明已受流行的危险思想所污染。也许有鉴于此吧，据说蟹复仇之后，这位男爵又在彪形大汉之外，饲养了十条猛犬。

蟹的复仇，在所谓的有识之士中间亦无好评可言。身为大学教授的某博士，从伦理学角度出发，认为蟹之杀猴是出于报复意图的复仇，碍难称善。一位某社会主义团体的首领表示：这是因为蟹首肯柿子呀饭团呀之类的私有财产，以致臼、蜂、蛋都带有反动思想造成的；看来，推波助澜的，也许是国粹会①。另有一位佛教某宗师说：蟹不懂佛的慈悲为怀。即使被掷以青柿，如能懂得佛的慈悲心肠，就不会怨恨猴的所作所为，而能代以怜悯之情；哦，如此看来，哪怕是一次，来听一听我的说教才好。还有人——就各个方面发表各种意见的众名流人士，几乎无不对蟹的复仇持反对看法。但其中有一人为蟹喝彩。这位酒豪兼诗人的某国会议员表示：蟹的复仇之举是与武士道精神一致的。但是，谁也不会听得进这种落后于时代的议论。更有甚者，报刊有杂谈文章说，几年前，该国会议员在参观动物园时，身上被猴尿湿过，遂怀恨在心。

只知道童话故事内容的读者，也许要为蟹的可悲命运一

---

① 指大日本国粹会，1919年组成的右翼国粹团体。

洒同情之泪吧。但蟹之死是理所当然的事。对此怀怜悯之类的感情，无非是妇女童幼的感伤主义而已。天下都认为蟹该死。死刑执行后的当晚，法官、检察官、律师、看守、死刑执行者、忏悔师等人大概酣睡了四十八小时，而且都在梦中看到了天国的大门。据他们所说，天国类似封建时代的皇城，与大百货商店相像。

蟹死之后，蟹的家庭又怎么样了呢？笔者想在这里略为提一提。蟹妻去当了卖笑的娼妇。不过动机是出于贫困还是出于她自身的性情呢？至今不能断论。蟹的长子在父死之后，套用一句报刊上的常用语来说，是"翻然悔悟"，现在好像在什么股票公司里任经理吧。这长子蟹为了以同类的肉果腹，把受伤的伙伴拖进自己的洞穴。克鲁泡特金①在《相互扶助论》里，作为"蟹亦怜恤同类"的实例加以引用的，正是这只长子蟹。次子蟹当了小说家。当然，小说家者，终日游荡，一无所事。不过，这次子蟹却以蟹父之一生为例，发表一些善乃恶之别名等旨意的文章，嘲讽得恰到好处。蟹老三是个笨蛋，所以除了身为蟹之外，一无所成。他横步而行，见地上落有一只饭团。饭团是他平生喜爱之物。于是蟹老三用自己硕大的蟹螯钳起饭团。这时，一只停在高高的柿子树梢上捉虱子的猴子——以下的事，似乎不必多说了吧。

总而言之，与猴之战的最后结果，蟹必受天下诛杀这一点，是确凿无疑的。寄语天下之读者——诸位亦多是蟹也。

---

① 克鲁泡特金（1842—1921），俄国社会主义思想家、地理学者。著有《相互扶助论——进化的要素之一》，其中第一章《动物的相互扶助》里写到蟹的事。

皇家宫偶

"出箱面容难忘　宫偶两对堪怜"——芜村 ①

这是一位老妪讲的故事。

……把皇家宫偶出让给横滨的某美国人 ②，是在十一月份达成交易的。我是纪伊国屋 ③ 的后代，祖上多代出任诸藩王的财政要职，特别是祖父紫竹公，乃当时精于声色冶游的通人之一，所以该皇家宫偶虽为我之玩物，却做得精致无比。唔，说得具体些——就其中的那对帝装后服偶来看，后偶的璎珞冠上珊瑚满饰，帝偶的绢制玉带上交叉地绣着家徽及副徽。

连宫偶这样的玩意儿也要拿去换钱，已经可以大致上推知我的父亲——第十二代纪伊国屋伊兵卫的生活是如何拮据了吧。当然，自德川家瓦解以来，能领得下拨津贴的，只有加州藩 ④。但该有三千两的津贴，只可到手一百两。至于因州藩 ⑤ 嘛，该有四百两的津贴，却只能到手一方赤间石砚 ⑥。情

---

① 与谢芜村（1716—1783），江户中期的诗人、画家。
② 德川幕府垮台后，浮世绘等美术品多流往海外，清楚地说明了时代在变迁，豪门在没落。
③ 以江户的豪商纪伊国屋文左卫门为祖的豪门。芥川借以隐指自己的叔祖父细木香以。
④ 即今石川县的加贺藩。
⑤ 即今鸟取县的因幡藩。
⑥ 用今山口县下关的赤间关出产的赤间石制作的砚台。

况可想而知。更有甚者，家中先后发生过两三次火灾，经营雨伞之类的事业又差错百出，当时重要的工具，已经大致上卖掉糊口了。

这时，古董商丸佐老板……唔，他是个秃头，现在也已去世了。他怂恿我父亲"把宫偶也卖了的话……"哦，说起丸佐老板的秃头，真是无比可笑——在头顶中央刺有墨纹，宛如贴了按摩膏药。据他本人说，这是年轻时为了掩饰一下秃头而刺的，不料后来头部全秃了，所以只在脑门中央留下了墨纹……唔，这事就不谈了吧。且说丸佐老板屡屡怂恿父亲把宫偶卖掉，而父亲大概考虑到这对我——一个十五岁的女孩子来说，未免太可怜，所以在出让宫偶这一点上，迟迟拿不定主意。

最终让父亲决心卖掉宫偶的人，是我的兄长英吉……英吉也已去世了，而当时才十八岁，性格暴烈。看来，英吉也是开化模式的青年吧，平时手不离英语读本①，对政治有浓厚的兴趣。谈到宫偶时，英吉就说偶人节陈列宫偶之类的活动是旧习弊俗啦，如此不实用的东西，失掉也没什么好说的啦，总而言之，是不屑一顾。为此，英吉与旧式思想的母亲不知口角过多少次呢。不过，出手卖掉宫偶的话，不言而喻，至少可以度过当年的年关。所以，面对一筹莫展的父亲，母亲也不能一味主张到底吧。前面已经说了，宫偶终于要在十一月中旬出让给横滨的美国人。哦，当时的我嘛，是个不听话

---

① 明治维新后的欧化政策提倡英语，所以英吉视宫偶为旧弊。旧式思想的母亲则爱好宫偶。宫偶与英语读本分别象征着江户的日本与明治的日本。母子的口角乃本文的基本结构。

的调皮孩子,所以免不了纠缠。不过,相对而言,我并不感到无比悲伤。因为父亲说了,卖掉宫偶,就替我买一条紫色绸缎的腰带……

定下交易后的第二天晚上,丸佐老板到横滨去过后回来,到我家来了。

我家在遭到第三次火灾后,可说一点儿没加以整修,只是把火烧后留下的仓库改为一家的居室。与此居室相连,搭了个简陋的铺子,算是店堂。不错,当时家里经营着一爿小本生意的药铺,所以,只有正德丸、安经汤、胎毒散之类的金字招牌还在药柜上并列着。店铺里还点着无尽灯①——光听我这么说,大概不会明白吧?所谓无尽灯,是一种旧式的火灯,不是用煤油,而是用菜籽油作燃料。说来可笑得很,我至今一闻到药材的气味——诸如陈皮啦、大黄啦,必定会联想起这无尽灯来。而那天晚上,无尽灯也在充满室内的药材味中微光闪闪。

秃头的丸佐老板与总算剪短了头发②的父亲,在无尽灯前坐了下来。

"唔,没错,先付一半……请点收。"

寒暄过一番之后,丸佐老板掏出纸包,里面是钱。看来,那天先付定金也是事先讲好的吧。父亲在火盆上烤着手,什么话也没说,点头表示谢意。正在这个时刻上,我奉母亲之

---

① 油皿里的油减少时,会自行注入油而使火不熄的灯台。
② 日本于1871年8月公布《断发脱刀令》后流行的男式发型。作者可能暗示"父亲"一贯守旧,迟迟不肯剪发,以衬托其眷恋宫偶之表现。

命，备茶敬客。当我端茶上去时，分明听得丸佐老板突然大声说道："这可不行，这是绝对不行的。"我不由得愣住了：难道是指茶不行吗？但朝丸佐老板面前看去，却见端端正正地放着一封纸包着的钱。

"只是这么一点儿，聊表心意……唔，聊表心意而已……"

"哦，不，好意我已拜领。这个嘛，请收回……"

"哎……别再让我丢脸啦。"

"这不是客气。倒是老爷您要我出丑呢。我们不是毫不相干的外人。老太爷在世时，丸佐家备蒙照应，我怎么可以做这样的事呢？好了，别说那种见外话，这是无论如何要请您收起来的……啊，千金小姐，晚安。哟，今天的蝴蝶形发髻真是梳得漂亮哪！"

我并不十分在意，听完他俩的对话，转身回到居室。

这原为仓库的居室，约可铺十二张地席，面积不算小。但放着橱橱柜柜和长火盆，还有放衣服、工具的长方形大箱以及置物的搁板木架——这样一来，室内当然显得又窄又小。在这许多家具用器中，最易引人注目的，乃是三十几只桐木箱①。无须多言，这些桐木箱就是全套的皇家宫偶收藏箱。桐木箱全部摆在窗下墙边，以便随时交付给买主。居室中光线朦胧，只点着纸灯。因为无尽灯拿到毗连的店铺去了。在这古式的纸灯光亮里，母亲正缝补着煎汤药的口袋，英吉在旧的小写字桌前查阅着那英语读本之类的书——这是惯见不变

---

① 桐木箱有分量轻兼可防虫蛀的优点。

260

的光景。我朝母亲瞥了一眼,见她手缝着口袋,低垂的眼睫毛间饱含着泪水。

做好端茶敬客的事之后,我满心喜悦地准备接受母亲的一番夸奖……至少有着这种期待。怎么冒出这眼泪来了呢?这时,与其说感到悲伤,倒不如说是不知所措。我尽量不去看母亲,而坐向英吉那一侧。于是,英吉顿时抬起眼来,诧异地看看母亲,又看看我,随即微妙地笑笑,又去读自己的横排外文书了。我感到,自诩开化的英吉,再没有比今天更令人可恶可恨了。我一心认定,英吉是在表示母亲傻不可言。我猝然而起,竭力朝英吉的脊背猛捶。

"干什么呀?"英吉瞪眼看着我。

"捶死你!捶死你!"

我哭喊着,再度要捶去。不知何时,我已把英吉的暴烈性格忘得一干二净。然而,在我举手未及落下时,英吉已向我的侧脸飞来一巴掌。

"太不懂事了!"

不用说,我大哭起来。与此同时,大概是戒尺也落到英吉头上了吧,只见英吉立即气势汹汹地扑向母亲。母亲见状,也不能容忍,用颤抖的低嗓音给以严责,与英吉吵了起来。

在这样的吵骂中,我是委屈地哭个没停——直到父亲送走丸佐老板,手拿无尽灯,从店铺踏进门来……哦,不光是我,那英吉看到父亲出现,也顿时止声不响了。那时候,别说是我,对英吉来说,也是没有比寡言的父亲更可惧的啦……

那天晚上已说定,本月底,在另一半的钱到手的同时,皇家宫偶也交付给横滨的那个美国人。哦，具体价格吗？现在来看，可谓不值分文——大概是三十日元吧。不过，按当时的物价来衡量，无疑是相当高的呢。

时间一天天过去，交付宫偶的日子也一天近似一天。我呢，正如先前所说，不觉得特别悲伤。但是约定的日子一天天近来，难免要同宫偶离别，心里也别有一股难受的滋味。不过，尽管是孩子，倒也没有要把讲好出让的宫偶抓住不放手的想法，只是想在交付他人之前，再次欣赏欣赏。想把组成皇家宫偶的帝装后服对偶、吹笛击鼓歌唱的五人偶、阶左的樱树、阶右的橘树、六角纸灯、屏风、泥金器具……悉数在这居室里陈饰一次，以了却夙愿。但是父亲生性顽固不化，尽管我再三再四地恳求，他在这一点上却是寸步不让，他说道："一旦收下定金，不论东西在哪儿，已属于别人所有。怎么可以随便摆弄人家的东西呢？"

时近月底，那天刮着大风。母亲不知是因为受了风寒，还是因为下唇又生出了粟粒肿疮，只说身体很不舒服，早饭也没吃。母亲同我一起拾掇好厨房里的事之后，以手支额，低着头，呆坐在长火盆前。但到正午时分，母亲忽然仰起脸来。只见那生出肿疮的下唇肿如红薯，而且，高烧致使眼色异样地生辉，一目了然。不用说，见此情景，我是多么惊慌失措啊。我不顾一切地拼命奔向父亲所在的店铺。

"爸爸呀爸爸！妈妈不得了啦！"

父亲，哦，在场的英吉也同父亲一起进来了。看来是被母亲那可怕的神色惊呆了吧，从来不惊慌的父亲，这时也茫然若失，好一会儿说不出话来。不过，母亲在这种情况下仍拼命努力挤出微笑，说道："哦，没什么大事，不要紧的。只不过用指甲挠了挠这肿疮罢了……我这就去烧饭。"

"不要勉强啦。烧饭之类的事，阿鹤也能做的。"

父亲带着埋怨的语气，打断了母亲的说话。

"英吉，你去请本间先生来一下！"

英吉没听完吩咐，已经一溜烟地窜出门，冲到店铺外的大风中去了。

本间先生是中医师。但英吉老是轻蔑地称他是庸医。看到母亲的样子，这位本间先生也感到为难地抱臂一旁。询问之下，知道母亲的肿疮叫面疔……本来，只要能手术，面疔大概不可怕。然而可悲的是，当时谈不到手术的事。只有服煎药以及用水蛭吸血，别无他法。父亲每天在枕旁煎本间先生开出的草药。英吉每天出去买一毛五分钱的水蛭。我呢，我瞒着英吉，不下百次地到附近的稻荷神社去过。——在这种情况下，皇家宫偶的事也丢到脑后去了。哦，不，包括我在内，谁也不去关注那摆在墙边的三十几只桐木箱了。

到了十一月二十九日——终于要同宫偶分手的前一天。我想到今天是同宫偶相依的最后一天，不禁异常迫切地想再次打开箱子。可是，任我百般恳求，父亲也不会点头的。那么，去求母亲说情吧——我马上冒出了这个想法。岂料母亲的病情比原先更不妙，除了喝点米汤外，什么东西也吃不下。尤其是这个时候，带有血丝的脓不断增多，仿佛在向口中拱似的。看到母亲这副模样，十五岁的女孩再不懂事，也实在鼓不起勇气为陈饰一下皇家宫偶这种事而特意开口。我一早就到母亲枕畔伺候和观察病情，直到吃点心的时候，还是欲言而止了。

不过，摞在金属网窗下的桐木宫偶箱倒是就在我眼前。今夜一过，这些宫偶箱终将前往远在横滨的外国人家中，弄不好，还可能前往美国呢。我这么一想，越发不能控制自己了。趁母亲睡着的机会，我悄悄地溜进店铺。店铺不朝阳，光线向来不好，但比起原为仓库的居室来，能够看到店铺前的路上有行人往来，至少有点儿活气。只见父亲在店铺里合账，英吉正忙活着用角落里的药辗子舂着甘草之类。

"我说呀，爸爸，我求求您，今生今世……求求您……"

我窥视着父亲的脸，说出了多次提过的请求。然而，父亲不但不允许，简直不予理睬。

"这事，我不是早就说过了吗？……喂，英吉，今天傍晚前，你到丸佐老板那儿走一趟。"

"到丸佐老板那儿？……走一趟吗？"

"唔，我向他要一盏洋油灯……你回来时顺便去拿一下吧。"

"可是……丸佐老板那儿没有洋油灯吧？"

父亲把我扔在一边，露出难得有的笑容，说道："这不是蜡烛台之类的玩意儿……所以，我托他买一盏，比我去买靠得住些……"

"这么说来，无尽灯可以不用了？"

"无尽灯是到退休的时候啦。"

"老古董该——退出舞台了。有了洋油灯，别的不说，母亲的心情也会舒畅些的。"

至此，父亲又一如先前那样拨弄起算盘珠来。但是，我的愿望却因不被理睬而越发强烈了。我又在父亲身后，摇着他的肩膀，恳求：“求求您，我说爸爸呀，求求您啦……”

"烦死人啦！"

父亲头也不回，大声地呵责我。还有英吉，也没好意地瞪着我。我完全绝望，垂头丧气地返回里面的居室。只见母亲已经抬起发着烧的眼睛，望着遮脸的手掌，看到我进来，竟出人意料地分明说道："你啊，为什么事挨骂了？"

我不知如何回答才好，玩弄着枕畔的绒头药签。

"又说了什么无理的话吧？……"母亲注视着我，接着有些凄苦地说道，"我已经这副样子了。一切由你父亲在支撑，所以你一定要听话才行。唔，那邻居小姑娘是经常去看戏的，我想……"

"我不想去看什么戏……"

"哦，不，不光是看戏。发簪呀，和服领饰呀，你想要的许许多多东西……"

听母亲这么说，我感到悲恨难以言状，泪水终于夺眶而出。

"我说呀，妈妈……我呢……我什么也不想要……只求在那套宫偶卖掉之前……"

"你是说宫偶？在宫偶卖掉之前？"

母亲越发睁大了眼睛，望着我的脸。

"在那宫偶卖掉之前……"

我一时语塞。在这当口，忽然感觉到有人进来，一看，英吉不知何时已站在我的背后。英吉俯视着我，无情如常地说："真是不懂事！又是宫偶的事吧？你忘了挨骂啦？"

"哟，行了行了。别这样没完没了好不好？"

母亲嫌烦地闭上眼。但是英吉像没有听见似的，继续责骂着："已经十五岁的人了，还这么一点儿不懂事理！充其量不过是玩偶而已，值得如此舍不得吗？"

"不用你多管！反正不是你的宫偶，不是吗？"

我也不甘示弱，回嘴了。接下来嘛，同以往没什么两样——争吵不了几句，英吉就揪住我脑后的头发，一下子把我拽倒在地。

"你这个死丫头！"

要是母亲不出面制止，这时我肯定又要受一番责打了。只见母亲从枕上半抬起头来，气喘吁吁地责骂英吉了："阿鹤什么事也没做，为什么要如此挨打挨骂？"

"这丫头呀，说什么也不听，太不听话了。"

"不对！你不是光怨恨阿鹤吧？你是……你是……"

母亲含着眼泪，不无委屈地几度欲说还休。

"你是怨恨我吧？否则，你不会见我有病在身，还要卖掉宫偶……还要欺侮什么错事也没做的阿鹤……对不对？你倒说说，为什么要怨恨我……"

"妈呀——"

英吉突然喊叫起来，冲到母亲枕畔，用手臂遮挡住脸。后来父母去世时也不曾落一滴泪水的英吉，直到长年为政治奔波而终于进了精神病院为止，从来没有示弱表现的英吉，却只在这时候呜咽着哭了起来。这使激动不能自持的母亲也感到意外了吧，只见母亲叹了口长气，不再说什么，又倒头在枕上了。

吵吵嚷嚷之后，大概过了一个小时吧。好久不见的熟菜店老板德藏到店铺来了。哦，不，不该说熟菜店老板了。他以前开过熟菜店，现在改行做了人力车夫。这个年轻人是我家的常客，身上也有许多可笑的事其中至今记忆犹新的，是姓氏①的事——德藏也是明治维新后才有姓氏的。当时他大概认为取姓氏的话，索性取个威风凛凛的吧，便想选用德川这个姓氏。一旦真向衙门申报这个姓氏，那就不是挨挨骂可以了事的。看当时衙门的气势，大概德藏一提这种申请就可能立即被处斩刑……就是这个德藏，他拉着那辆画有狮子戏牡丹②的人力车，信步来到店铺前。"他又来干什么啦？"——正在纳闷，却听德藏表示：今天恰好没有乘客，想请姑娘坐上人力车，一起从会津原③到砖瓦大街④逛逛……

"阿鹤，你看怎么样啊？"父亲望着已来到店铺外看人力车的我，故意很认真地说。现在，不会有孩子为乘人力车而感到什么喜悦的吧。然而在当时，我们会像被邀乘小汽车⑤似的，喜不自胜呢。可是，母亲在生病，特别是刚才吵吵嚷嚷了一通，还没完全平静下来，所以不好直言表示想乘。我

---

① 江户时代，一般庶民没有姓氏。明治维新后，旧身份制度的制约被废，允许庶民有姓。但从本文中"德藏"的事可以看到制约仍存在，因为不准民间取用"德川"这个姓氏。
② 人力车是明治维新后日本人发明的东西。发明者叫和泉要助。1871年公开营业而普及。当时车背部绘有花卉鸟兽或历史人物，后因俗恶而被禁。
③ 会津原位于现在的东京千代田区大手町一带。
④ 1872年的大火灾之后，在新桥与银座之间兴建了文明开化味的砖瓦建筑群，遂有此俗称。
⑤ 小汽车在日本的普及是在1903年之后。

有点气馁地小声答道："想乘。"

"好。去向你母亲说一声吧。德藏又是特意跑来的——"

母亲很懂我的心思，眼也没睁地微笑着说："好得很呢。"无情的英吉恰好不在场，他到丸佐老板处去了。我忘了眼泪未干，赶快跳上人力车——膝部盖上红色毛毯，耳听车轮哗啦哗啦一路响去。

彼时的路上情景之类，就不必多说了吧。只是德藏发牢骚的事至今仍为话柄。德藏拉着我，正要进入砖瓦大街时，与一辆乘着洋人太太的马车正面相撞。虽说幸好没出什么大事，德藏还是抱怨地咋咋舌，说道："不行啊，姑娘。你身子太轻，我这举足轻重的腿没法止住呀……我说姑娘，你二十岁之前最好别乘人力车，拉车的人怪可怜的哪。"

人力车从砖瓦大街弯进回家方向的小路时，忽然遇上了英吉。英吉手提一盏带有红褐色竹柄的洋油台灯，正急匆匆地走着。他看到我，举起了洋油台灯，意思是招呼我"等一下"。然而，没等招呼完毕，德藏已经把车辕转了个方向，先一步地靠近了英吉。

"阿德老板，辛苦啦。您这是到哪儿去呀？"

"唔，哦，今天啊，是姑娘游江户呀。"

英吉露出一丝苦笑，走到人力车旁。

"阿鹤，你先把这盏灯拿回去，我要到油铺子去一下。"

我想到刚才吵架的事还没完全过去呢，所以故意不搭腔，只是接下了洋油灯。英吉刚要迈步离去，却又转过身来，手扶人力车的挡泥板，开口了："阿鹤，你别再向父亲提宫偶那种事啦。"

我仍不搭腔。心里想，那样无情地欺侮了我，难道又要……但是英吉毫不在意地继续小声说道："父亲不允许开箱，不光是因为已收下定金的关系。父亲还顾虑到开箱看了之后，大家会恋恋不舍呀。对不对？你明白了吗？明白的话，就别再像刚才那样提出什么开箱看看之类的事啦。"

我感到英吉的话语中有着不曾有过的情意。不过，再没有比英吉更怪的人了。他刚刚亲切地表示过什么后，转眼又恢复原样，突然声色俱厉地说："唔，你一定要那么说，就说好了。可别忘了我会教训你！"

英吉一副凶相地掷下这几句话之后，也不向德藏辞别，就急步走了。

当晚，我们一家四人在居室中吃晚饭。当然，母亲只是在枕上仰起脸来而已，算不上是围桌而餐的一员。然而，那天晚饭的气氛充溢着以往不曾有过的欢愉。这就无须多言了。那晚，崭新的洋油灯熠熠生辉，替代了光线黯淡的无尽灯。英吉和我吃着饭，还不时望望洋油灯，望望这美不胜收的珍物——可以透见洋油的玻璃壶、使火焰纹丝不晃的护罩。

"真亮哪，像白天一样呢。"

父亲回眸看着母亲，也是颇感满意地这么表示。

"过分炫目了呢。"母亲这么说着，脸上显出近乎不安的神色。

"那是用惯了无尽灯的关系……一旦点上了洋油灯呀，就不再点无尽灯啦。"

"凡事开头多会炫目的啊。洋油灯也好，西洋的学问也好……"

英吉比谁都来得欢悦。

"不过，一旦习以为常，又都一样呢。要不了多久，这洋油灯光显得黯淡的一天也肯定会来的。"

"这倒不假……阿鹤，你母亲的米汤弄好了吗？"

"妈妈说今晚不想吃什么啦。"我漫不经心地照实回答。

"这倒为难了。一点食欲也没有吗？"

父亲这么一问，母亲无奈何地叹叹气，说道："嗯。我总感到这洋油的气味……可见我真是个守旧的人哪。"

至此，大家都不再说什么，光是动筷，继续吃饭。但是，母亲像是有所悟似的，不时夸奖洋油灯光明亮。说话时，她那发肿的上唇都好像浮现着微笑。

那晚，大家去睡觉时，已过了十一点钟。但我闭上眼也迟迟不能入睡。英吉命我勿再提宫偶的事。我呢，对开箱取出宫偶这不可能办到的请求，也感到绝望了。不过，我想开箱看看的愿望并没丝毫改变。这套皇家宫偶明天终将远游他乡——想到这一点，闭上的眼睛里也禁不住泪水饱含。我甚至想——索性趁大家入睡时，一个人悄悄地去开箱看看。我甚至还转过这样的念头——把其中的某一只宫偶藏到别的地方去。然而，想到一旦被发现的话……我不能不感到胆怯，一样也不敢做。我觉得自己从来没像这天夜晚那样，一味地转着各种各样可怕的念头——今晚再火烧一次就好了，这样的话，宫偶就会在移交别人之前，被烧得干干净净；要不，让那个美国人和秃头的丸佐老板都染上霍乱[1]，这样的话，宫

---

[1] 1877年至1879年，日本霍乱流行。

偶就不用到任何地方去,可以依旧珍藏于此——连这样一些空想也在我的脑海里浮现出来了。然而,不论怎么说,我毕竟还是个孩子,所以不到一个小时吧,我不知不觉地蒙眬入睡了。

也不知过了多长时间,我忽然醒来,听得点着纸灯的居室里隐隐传来有人没睡的响动声。是老鼠?是小偷?或者是已近黎明时分了?我判断不出究竟是什么,提心吊胆地微微睁开眼缝。只见身穿睡衣的父亲就坐在我枕畔。父亲他……而令我震惊的,岂止是父亲的身影!在父亲的面前,竟然陈列着我的宫偶——自三月三日偶人节以来没能再见的皇家宫偶。

那时候,我想,是在做梦吧?我几乎停止了呼吸,注视着这可怪的情景——在纸灯的朦胧光亮中,有着持象牙笏的帝装偶、冠垂璎珞的后装偶,有阶右之橘树、阶左之樱树,有扛着长柄阳伞的臣仆、捧高脚盘至齐眉的宫女,有泥金的小镜台和衣柜、镶各种贝壳的屏风,有碗皿食案、带画六角纸灯、五色绣球,还有父亲的侧脸……

简直在做梦……哦,这一点,前面已说到过了。然而,那晚出现的皇家宫偶是梦景吗?是因为我过分心切地一心想着宫偶,才在不知不觉中造成了这种幻觉吗?这究竟是怎么回事?我至今不明。是否确有其事?我自己都无法作出回答。

但是,那天夜阑人静时,我看到上了年纪的父亲独自望着宫偶出神。这一点是确实无疑的。所以,即使那是梦境,我也没什么可懊恼的。不管怎么说,我的眼前出现过一个与我没丝毫两样可言的父亲,一个女儿心肠……却威严外呈的父亲。

多年前着手写皇家宫偶的事而未果,现在了此夙愿,倒不完全是泷田①氏的怂恿所致。因为在四五天之前,我在横滨某英国人家的客厅里遇上一红发小女孩,她当时正把一只旧宫偶的脑袋当玩具。我想,这则故事里的宫偶,大概也与铅制士兵及橡皮制玩偶一起,被丢在同一只玩具箱内,遭受着同样的不幸。

---

① 泷田哲太郎(1882—1925),编辑。主编《中央公论》时,文艺栏目独具一格,成为文坛的登龙门之地。作者芥川在该刊发表的第一篇小说《手巾》(1916年10月),使其确立了新进作家的地位。

保吉的札记 ①

① 原文共分五节，这里选译了第一节。

汪！

冬天的一个黄昏，保吉在一家饭店的二楼嚼着烤面包，面包发出一股油腻味。这家饭店并不干净，面对保吉这张桌子的白色粉墙，已经发生龟裂现象。墙上还贴着一张细长的纸条，纸条上歪歪斜斜地写着："供应ホット① 夹心面包"。(保吉的一个同事把它读成"呵——② 热夹心面包"，并且一本正经地认为不可思议。)通往下面的楼梯就在字条的左方，玻璃窗紧靠在字条的右方。保吉一边咬着烤面包，一边时不时漫不经心地望着窗子外面。窗外的马路对面，有一家白铁皮屋顶的旧衣铺，店堂里吊挂着一些蓝色工作服和一些黄褐色的斗篷。

那天晚上，从六点半开始，学校里要召开英语演讲会，保吉有出席该会的义务。由于他不住在这个镇上，所以从放学后到六点半为止，即使心里很讨厌这家饭店，也无可奈何，只好待在这里。这确如土岐哀果③ 的诗歌所言——如果搞错，那就谨请包涵了——"远道而来此地，牛排味如嚼蜡，妻啊你可知晓，妻啊我的爱妻。"保吉每次来到这里，必定要想

---

① 英语 hot 的日语译音。
② 日语ホット一词有放心、叹气的含义。
③ 日本和歌诗人土岐善麿（1885—1980）的别号，土岐致力于新短歌的启蒙运动，著有随笔集和诗歌集多种。

275

起这首诗歌来。其实他还不曾娶妻。但是保吉眺望着旧衣铺，嚼着油腻的烤面包，一看到"ホット（热）夹心面包"这字条，嘴上便不禁要念起"妻啊你可知晓，妻啊我的爱妻"的诗句来。

这时，保吉注意到，有两个年轻的海军武官在自己身后的一张桌子上喝着啤酒。保吉认得其中的一个武官，他是保吉所在学校的司务长。不过，保吉平时和武官没什么交往，所以并不知道他的名字，不，不只是名字，甚至连他的军衔是少尉还是中尉都不知道。保吉所知的只有一条，就是每月去领月饷时，钱是经过这位武官之手领到的。另一个人则完全是陌路相逢了。保吉看到他俩每次要添啤酒时，口中总是叫喊："来酒！""喂！"即使这样，女招待依然毫无厌烦情绪，两手捧着杯盘在楼梯间跑上走下，忙得个不亦乐乎。可是要烦请她往保吉的桌子上来一杯红茶的话，就不是那么轻易了。此种现象，又何止这一家才有呢？在这个镇上，无论你到哪一家咖啡馆，哪一家饭店，都是这副样子。

他们两人边喝啤酒边大声谈论着什么。当然，保吉并不想偷听他们的话，但是，忽然间，有一句话引起了保吉的好奇："叫一声汪！"保吉是一个很不喜欢狗的人，他想到在不爱好狗的文学家中间可以举出歌德和斯特林堡的名字，就感到很愉快。所以当他听到这种声音时，马上就联想起常会在这种地方豢养的那种大洋狗来。同时，保吉还感到，好似有一条狗在自己身后转来转去，叫人感到害怕。

保吉暗中往后窥探了一下，感到颇庆幸，狗的影子都不见一个。只见那个司务长正嬉笑着看着窗外边。保吉估计，狗多半是在外面窗下吧，但又总感到气氛有些两样。这时，司务长又一次开口了："叫一声汪。喂，叫一声汪呀！"保吉稍稍扭转过身子朝对面窗下望去。首先映入他眼帘的是吊在屋檐下兼做什么正宗老牌广告的门灯，此时，灯还未点着。接着出现的是卷起来的遮日光的帘子。再接下来，是晒在啤酒桶做的太平水桶上忘了收的木屐罩。然后出现的是马路上的水洼子，接着……直到最后，不管是什么，哪儿也不见狗的影子。代之而出现的是一个十二三岁的讨饭乞丐，这乞丐站在那里望着二楼的窗口，一副饥寒交迫的样子。

"叫一声汪。你不叫一声汪吗？"

司务长又对乞丐呼叫起来。言语之中，似乎具有一种驾驭乞丐身心的力量。乞丐几乎就是得了梦游症，眼睛朝上面瞧着，向窗下靠近了一两步。保吉此时才总算弄清楚了这个心地不良的司务长的恶作剧。恶作剧？也许不是什么恶作剧。不是恶作剧，那便是实验，是一场关于人的实验：究竟到什么程度时一个人才会为了口腹之饥而牺牲自己的尊严？依保吉的想法，这个问题不必像现在这样来实验一番。以扫为了烤肉①放弃了长子的特权，保吉为了面包当了教师，只要看看这些事实就足矣。然而，对那个实验心理者来说，光凭这一些事实，他的研究心理是无论如何不会感到满足的吧。这就如今天教学生们的那句拉丁文："嗜癖无可理喻。"人各有志，仁者见仁，智者见智。想实验一下的话，悉听尊便——保吉就这样一面想着一面望着窗下的乞丐。

---

① 烤肉疑是红豆汤之误，事见《旧约·创世记》第25章。

司务长稍稍沉默了一阵。于是乞丐心神不宁起来，他环视了一下马路的前后左右。看来，乞丐一定觉得，即使对人去学狗样没有什么特别的异议，但周围人们的耳目毕竟是可畏的。乞丐还未定神，司务长已把酒后发红的脸伸出窗外，这一次，他手里还挥舞着什么东西。

"叫一声汪。叫一声汪的话，我就给你这个。"

一刹那间，乞丐的脸上燃起了强烈的求食欲。保吉对乞丐这种人物有时会产生一种浪漫主义的兴趣。不过，怜悯、同情之类的感情却是一次也没有发生过。要是有人说他自己有过这种感受的话，保吉相信，这个人准是傻瓜，或者是胡扯。然而在今天，保吉看到这个小乞丐仰着头两目生辉的样子，委实感到有点儿感动，这里所谓"有点儿"，当然是不折不扣的"有点儿"而已。与其说保吉是怜悯之情油然而生，倒还不如说这是因为保吉很欣赏乞丐那种林布兰式的艺术风度。

"不叫吗？喂，叫一声汪呀。"

乞丐皱紧着双眉。

"汪。"

声音实在太微弱。

"再大声点。"

"汪。汪。"

乞丐到底吠了两声。吠声还未消失尽，只见一只广柑向窗外落了下去。——底下，不用说大家也一定知道了。乞丐当然是向广柑来个饿虎扑食，司务长呢？当然是哈哈笑了。

大约一个星期之后，又到了发饷的日子，保吉到司务长办公室去领月饷。就是那个司务长,一副很忙的样子,一会儿打开那边的账本,一会儿摊开这边的文件。见保吉进来,他只说了一句:"领月饷啰?"保吉也只回答了一句:"是的。"司务长大概是因为太忙的缘故吧,总是不把月薪递过来。不仅如此,身着军装的司务长后来竟然背对着保吉,一遍又一遍不停地拨起算盘珠来。

保吉稍等了一会儿后,用央求的口气说:"司务长。"

司务长隔着肩膀朝保吉望了望,嘴唇上分明想要说出"马上就好"的话来。

然而保吉抢在他前面,把自己预先准备好的话从从容容地补上了:"司务长,要不要叫一声汪?嗯,司务长?"

保吉自信,说这话时,他的声音之柔和,就是天使也不能与之相媲美。

阿 白

一

　　某年春天的午后，一条名叫阿白的狗不时嗅嗅地土，沿着寂静的小路而行。狭窄的小路夹在两侧的树篱之间，树篱已萌出绿芽，其间还稀稀落落地点缀着樱花之类的花儿。阿白沿着树篱而行，不料树篱折向一条支路而去。阿白刚踏进拐角，立即驻足，简直吓坏了。

　　说来也难怪，只见在支路上十三四米远的地方，有一个穿着短褂工作服的屠狗夫正觊觎着一条黑狗，他把套索隐藏在身后。而那条黑狗还蒙在鼓里，正吃着屠狗夫抛出的面包之类的食物。尤其令阿白惶恐不安的是：这条黑狗若是素不相识的，且作别论，但眼下屠狗夫想猎取的这条黑狗乃是邻人饲养的阿黑，是自己最好的朋友，每天早晨见面，它俩总要互相亲鼻子。

　　阿白禁不住要大声喊出："阿黑，当心哪！"但是发现屠狗夫已先一步瞪眼望着自己，清清楚楚地带着威吓的眼神——"你敢报信试试！我就先让你尝尝套索的味道！"阿白简直吓昏了，不禁忘了吠叫。哦，岂止是忘了吠叫报信，它是害怕得光想赶快逃离。于是，阿白小心地提防着屠狗夫，开始一步一步地向后退，退到屠狗夫的身影又被树篱遮蔽住时，便撇下可怜的阿黑，不顾一切地逃走了。

　　与此同时，那套索也飞出去了吧，可以听得阿黑在不停地喊叫。但是阿白没有应声返回,而且连停都没停一下。它跳过泥泞地,踢飞石子儿,钻过拦路的绳子,撞翻垃圾箱,头也不回地只顾逃跑。它奔下坡路!差点儿没被汽车轧着!为了逃命,阿白简直像疯了一样,哦,不,那是因为阿黑的喊叫声像牛虻一样在它的耳底响个不停:

"汪呜,汪呜,救命呀!汪呜,汪呜,救命呀!"

二

阿白气喘吁吁地总算逃回了主人的家中。它钻过黑墙下的狗洞，绕过堆物的小屋，到了狗窝所在的后院，立即像风一样窜进后院的草地。逃到这里，可以不用担心可怕的套索了，况且小姐和少爷正好都在绿草如茵的草地上掷球玩。到了这样的环境里，阿白是喜不自胜了吧，只见它摇着尾巴，飞奔过去。

"小姐，少爷！我今天碰到屠狗夫啦！"阿白仰脸望着两位小主人，上气不接下气地说道。

（当然，小姐和少爷都不懂狗的语言，他们只听得狗在汪汪地叫。）

可是今天真有点儿怪，只见小姐和少爷都愣在那儿，也不抚摩一下它的脑袋。阿白感到不可思议，再次向两位小主人报告："小姐，你知道屠狗夫吗？那是非常可怕的家伙哪。少爷，我是捡得了性命，但隔壁的阿黑被捉走啦。"

然而，小姐和少爷只是你望着我，我望着你。过了一会儿，两人竟然说出十分可怪的话来。

"春夫，这狗是哪儿来的呀？"

"姐姐，这是哪儿来的狗呢？"

哪儿来的狗？这下轮到阿白愣住了。

（阿白是完全能听懂小姐和少爷的谈话的。我们听不懂狗的语言,便认为狗也听不懂我们的语言,实际上不是这么回事。狗能学会本领,就是因为懂得我们的语言。但是我们听不懂狗的语言,所以狗教我们的本领,比如透过黑暗看清目标,比如辨别微弱的气味,就一样也学不会。)

"哪儿来的狗?这是什么意思呀?我又不是别的狗,我是阿白呀!"

但是小姐依旧悻悻地看着阿白。

"是隔壁阿黑的兄弟吧?"

"也许是阿黑的兄弟哪。"少爷摆弄着球棒,也在转动脑筋地答道,"这家伙也是全身乌黑嘛。"

阿白顿时感到背上的毛都要倒竖起来了。乌黑?这不可能,因为阿白从小就是白得同牛奶一样。然而一看前腿,哦,不光是前腿,只见胸部、腹部、后腿以及苗条出色的尾巴,全像锅底一样乌黑乌黑的了。乌黑!乌黑!阿白像疯了似的,又是蹦又是跳,还拼命地吠叫起来。

"春夫,你瞧呀,这是怎么啦?这条狗准是条疯狗。"小姐简直像马上就要哭出来似的说道。

但是少爷很勇敢。阿白顿时觉得左肩挨球棒揍了,紧接着,那球棒又朝头上飞来。阿白赶紧低身躲过,立即朝着来路逃窜。不过,现在不用像方才那样一百米、两百米地奔逃。在草地尽头的棕榈树树荫下,有一个漆成奶油色的狗窝。阿白逃到狗窝前,回头望着小主人。

"小姐,少爷!我是阿白呀!尽管变得乌黑乌黑的,我还是阿白呀!"

阿白的声音在颤抖,含着无限的悲愤。但是小姐和少爷不可能领会阿白的这种心情。眼下，小姐不无憎恨地跺着脚，叫道："还在那里吠哪！真是条厚脸皮的野狗呀！"少爷也——少爷他捡起小路上的碎石子儿，用力朝阿白掷去。

"他妈的！还在啰嗦不清哪！要讨打是不是？要讨打是不是？"

碎石子儿不停地飞打过来，有的已打中阿白的耳根，鲜血渗了出来。阿白只好夹起尾巴，窜到黑围墙的外边。墙外春光明媚，一只银光闪闪的白蝴蝶在怡然自得地翩翩起舞。

"啊，现在成了丧家犬啦！"

阿白喟然长叹，在电线杆下面暂时驻足，茫然若失。

三

　　阿白被小姐和少爷撵走后，在东京的各处流浪，但是无时无刻不想及全身变成乌黑的样子。阿白害怕理发店里映着顾客面容的镜子，害怕路上映着雨后天空的水洼，害怕商品橱窗那反映着街树新绿的玻璃，连咖啡桌上斟满黑啤酒的杯子也害怕。哦，不知那玩意儿会有什么反应？喏，就是那辆汽车，那辆停在公园外的黑色大汽车。又黑又亮的汽车车身映出了正在走近的阿白的身影，可以说有如镜子那样清晰。像这辆等待接客的汽车那样可以映出阿白身影的东西，可以说是无处不有。阿白如果一一看到真相，恐怕要魂不附体了。喏，请看阿白的脸呀。阿白悲苦地呜咽后，随即奔进了公园。

　　微风在公园里新绿的洋梧桐树叶间游荡。阿白垂头丧气地在树木之间踯躅。谢天谢地，除了池水之外，这儿没有什么东西能映出阿白的身影；除了群集在白蔷薇花上的蜜蜂的声音之外，也听不到别的声音。阿白在公园和睦的气氛中，暂时忘掉了为变成难看的黑狗而一直不离身的悲伤。

　　但是，这种幸福恐怕连五分钟都没有享受到。阿白仿佛做梦似的，走向放着长凳的路边，这时，它听得路口拐角处的前面有狗在大声呼唤：

　　"汪，汪，救命！汪呜，汪呜，救命呀！"

　　阿白不由得颤抖了。这叫声使阿白的心中再次清晰地浮现出阿黑那可怖的最后情状。阿白想闭眼不顾一切地由来路逃跑，但刹那间改变了主意，大吼一声，敏捷地掉过头来。

"汪呜，汪呜，救命！汪呜，汪呜，救命呀！"

在阿白听来，现在这一呼唤声有如在说："汪呜，汪呜，别当胆小鬼！汪呜，别当胆小鬼哪！"

阿白把头一低，朝呼唤的方向奔去。

阿白奔近后，发现眼前不是什么屠狗夫之类的人，而是两三个穿西式服装的孩子，大概是在放学回家的路上吧，牵着一条头颈里套了绳子的褐色小狗，叫叫嚷嚷地闹得正起劲。小狗拼命抵抗着，为了不被牵走而竭力挣扎，不停地喊"救命哪"。但是孩子们根本不理小狗的叫唤，又笑又骂，还用脚踢小狗的肚子。

阿白毫不犹豫，盯着孩子们大声吠叫。孩子们万万没有料到半路上会杀出条大狗，顿时惊恐不已。实际上，阿白那双怒火燃烧的眼睛，那副锋利逼人的牙齿，都显示出立即会咬上前去的凶猛神态。孩子们见状，赶紧散开逃走，有一个孩子慌极了，一拔脚就窜进路边的花坛。阿白追了四五米后，迅速地回过头，面对小狗，带点责怪的语气说道："来呀，跟我一起，我送你回家。"

阿白一下子又奔进来时走过的树木间。褐色小狗也欢欢喜喜地钻过长凳，冲毁了蔷薇花，不甘落后地窜上前去，而头颈里还拖曳着那根长长的绳子。

两三个小时之后，阿白同褐色小狗已站在一家寒碜的咖啡馆前。大白天，那昏暗的咖啡馆也只好开灯，灯光发红；

留声机发出嘶哑的声音,正在播放浪花小调之类的乐曲。小狗得意地摇着尾巴,向阿白搭讪了:"我就住在这儿,住在这家'大正轩咖啡馆'里。不知阿叔您住在哪儿?"

"阿叔我吗?我住在很远的镇上。"阿白寂寞地叹叹气,"好了,阿叔我也该回家啦。"

"哦,请等等。阿叔您的主人爱吹毛求疵吗?"

"主人?你怎么会想到问这种问题呢?"

"如果您的主人不是那类人的话,您今晚就睡在我这儿好吗?我要让妈妈感谢您的救命之恩。我家有各种吃的可以招待您,有牛奶,有咖喱饭,有牛排。"

"谢谢,谢谢。可是阿叔我还有事,请我吃饭的事留到以后再说吧。好啦,请代我向你妈妈致意。"

阿白望了望天空后,在石板路上轻轻迈步了。天空中有一弯新月,从咖啡馆屋顶边缘探出头来,渐渐发亮。

"阿叔,阿叔您真是……"小狗发出了哭腔,"那么,至少留个名字下来吧。我的名字叫拿破仑,叫阿拿或者叫拿公,都可以的。阿叔的名字叫什么呀?"

"阿叔我的名字叫阿白。"

"阿白?这白字起得有点怪呢。阿叔不是全身乌黑的吗?"

阿白的心里一阵难受。

"不过,是起了这个白字做名字。"

"那么,就是阿白叔了。阿白叔,改天一定得来呀。"

"好了,拿公,再见啦。"

"您走好,阿白叔。再见,再见啦。"

四

阿白后来怎么样了呢？看来不必一一详说了，好多种报纸已有记载，大概无人不晓的吧——一条屡次救人脱险的勇敢的黑狗；那部名为《义犬》的影片也一时出足风头。而这条黑狗就是阿白。考虑到也许有人恰巧不知道那些报道，兹摘录几段报纸上登出来的文章，谨请读一读。

《东京日日新闻》 昨日（五月十八日）上午八时四十分，奥羽线的上行特快列车通过田端车站附近的道口时，因铁道员失职，致使田端一二三公司的职工柴山铁太郎之长子实彦（四岁）踏入列车要通过的轨道，生命危在旦夕。这时，只见一条大黑狗像闪电一样窜进道口，从迫在眉睫的列车车轮下，出色地救出了实彦。当人们为之骚动不已时，这条勇敢的黑狗已不知去向，以致无法表彰，当局十分为难。

《东京朝日新闻》 到轻井泽避暑的美国富翁爱德华·柏克莱的夫人极钟爱波斯猫。而最近，一条两米多长的蟒蛇来到富翁的别墅，要吞食正在阳台上的那只波斯猫。这时候，突然窜出一条陌生的黑狗，为救猫而同蟒蛇格斗了二十分钟，终于咬死了蟒蛇。但是事后，这条勇敢的狗不知去向，以致夫人悬赏五千元美金，求其所在。

《国民新闻》 在征服日本阿尔卑斯山脉时一度迷路失踪的第一高等学校的三名学生，于七日（八月）抵达上高地的温泉旅馆。他们是在穗高山和枪岳之间迷了路，加之前些日子的暴风雨夺走了所带的帐篷和食物，几乎失去了生还的希望。然而，不知从哪儿来了一条黑狗，出现在他们彷徨不得出的溪谷，仿佛是来带路似的在前面引路而行。他们便跟随着这条狗，走了一天以上，总算抵达上高地。但是这条狗看到温泉旅馆的屋顶出现在眼下时，便快活地吠了一声，跑进山白竹的林子，不见了。他们坚信这狗的出现乃是神明所佑。

《时事新报》 十三日（九月），名古屋市发生大火灾，烧死了十余人，名古屋市长横关的爱子也险些被烧死。这位公子叫武矩（三岁），也不知是谁的失误造成的，竟被遗留在烈火熊熊的二楼，眼看即刻要被烧成灰时，被一条黑狗衔出来了。市长为此宣布，今后禁止在名古屋市捕杀野狗。

《读卖新闻》 官城巡回动物展在小田原町城内公园里举行，连日来最引人青睐的那只西伯利亚大狼，竟于二十五日（十月）下午二时左右，突然冲破坚实的笼子而出，咬伤了两名看笼人，向箱根方向逃窜。小田原警察署为此发出紧急动员令，全町戒严。下午四时半左右，大狼在十字町出现，开始与一条黑狗格斗。黑狗面临这场恶战，表现得极为勇敢，终于制伏了对手。这时，担任警戒的警察抵达，立即开枪打死了大狼。这种狼又是狼中最凶猛的。据说宫城动物园园主十分恼火,认为不该枪杀狼,决心为此事向小田原警察署署长提出起诉云云。

五

秋天的一个深夜，身心疲惫之极的阿白回到主人的家里。当然，这时小姐和少爷早就上床睡觉了。而且可以说，家中所有的人都睡了。在寂无声息的后院的草地上，高高的棕榈树树梢间浮现出一轮白光光的明月。阿白沾了一身露水，在以前的那个狗窝前休息。它对着寂寞的明月，自言自语起来：

"月亮公公，月亮公公！我曾经见朋友阿黑被杀而不救，这恐怕就是我变成乌黑的原因吧。我离开小姐和少爷之后，迎战了一切危险。这首先是因为我动不动就会看见自己那比煤炭还要黑的身子时，真为自己的怯懦感到可耻。最后，我实在讨厌这乌黑的一身，我要杀死乌黑的自身，于是，我窜进火中，我同狼格斗。然而很不可思议，强大无比的敌手也夺不走我的命。死神一见到我，就逃之夭夭。我实在苦闷极了，下定决心去自杀。不过在自杀之前，我亟望见一见爱抚过我的主人。当然，小姐和少爷明天一看到我，一定又把我当做野狗的，弄得不好，被少爷用球棒打死也说不定。可是，这正是我求之不得的事。月亮公公，月亮公公！我只想看看主人，别无他求，所以今晚不辞远途地回来一次。唯希望在黎明时分，能让我见到小姐和少爷。"

阿白这么自言自语后，在草地上伸长脑袋。不知不觉中，它下颏枕着草地，呼呼入睡了。

"春夫，这可真叫人吃惊呢！"

"怎么啦，姐姐？"

小主人的说话声吵醒了阿白，睁眼一看，只见小姐和少爷站在狗窝前，并带着诧异的神情互相望着。阿白旋即将抬起的眼睛垂向草地上。在阿白变得一身乌黑时，小姐和少爷也是像现在这样惊异的。想到那时的悲苦情景，阿白立即后悔这次不该回来。而这时候，少爷突然跳了起来，大声喊道：

"爸爸！妈妈！阿白回来啦！"

阿白！阿白听后，不由得跳起来。小姐见状，大概以为阿白要逃了吧，立即伸出手，牢牢地按住阿白的脖子。与此同时，阿白也把眼睛盯住了小姐的眼睛。在小姐的眼珠中，那乌黑的瞳仁清清楚楚地映出了狗窝，那位于高高的棕榈树树荫下的奶白色狗窝，当然，这本是天经地义的现象。但是在这狗窝前，竟蹲着一条白色的狗，看上去只有一颗米粒大小，白得是那么纯洁，样子是那么苗条。

阿白凝视着这狗的身影，不禁出神了。

"哟，阿白在哭呢！"

小姐紧紧抱住阿白，抬眼望着少爷。

少爷呢，请看少爷那得意的样子吧。

"嗨，姐姐自己也哭了呢！"

寒

午前，雪花初霁。保吉坐在物理教师办公室里的一张椅子上，凝视着火炉里的火焰。炉里的火焰像在呼吸，它时而无精打采地微微跳起一点点黄色火苗，时而沉落下去，一头埋进紫黑色的灰烬里。这一现象证明，火焰正在和飘荡在室内的寒气战斗不息。保吉忽然想象起地球外围那宇宙空间的寒气，心里不知怎么总是对炉中红彤彤地散发着热意的煤炭抱有一种同情。

"堀川君。"

保吉抬起头来，朝站在火炉面前的物理学博士宫本望去。宫本戴着一副近视眼镜，两手插在裤兜里，他那长着淡淡的胡须的嘴唇上，浮现出一丝善良的微笑。

"堀川君，你知不知道女人也是物体这一说？"

"我虽知道女人也是动物这一说……"

"不是说动物，是说物体——这也是我苦心孤诣研究，直至最近才发现的真理哪。"

"堀川，宫本说的这种事，你可别认真理会呀。"

另一位物理教师——姓长谷川的物理学博士开口说话了。保吉回眸望着长谷川，他正在保吉身后的一张写字台上批改考卷，前额秃得光光的，脸上泛着尴尬的微笑。

"这可有点岂有此理了。难道我的发现对长谷川君不是一种莫大的幸福吗？——堀川君，你知道热传导定律吗？"

"电热①？是指电流发热之类的事吗？"

"真叫人啼笑皆非，你们这些文学家。"宫本说着，一面还往闪烁着火光的炉口送进满满一勺煤。

"使具有不同温度的两个物体互相接触，温度较高的物体就向温度较低的物体传导热能，直至两个物体的温度相等为止。"

"这是理所当然的事，何必大惊小怪！"

"这就叫热传导定律呀。言归正传，我们且把女人当做一件物体，听清楚了？要是女人是一件物体，不用说，男人当然也是一件物体，这样，恋爱就该是热能了。现在使男女这两个物体接触，恋爱的传导马上就会像热传导那样，应该从热能较高昂的男方，向热能较弱小的女方移动，直至男女双方的恋爱相等为止。长谷川君的情况正是如此呢……"

"行了，你又要来炒冷饭了。"

长谷川说着却是快乐得像被人搔着胳肢窝似的发出了笑声。

"现在，假设在时间 T 之内通过面积 S 的热能为 E，那么——唔，听清楚了？那么 H 表示温度，X 表示热传导物体之间的距离，K 为一定物质的固有热传导率。于是，长谷川君的情况嘛……"

宫本在一块小黑板上写起公式来。突然之间，他回过头，马上兴味索然地将粉笔头扔掉了。

"向堀川君这样的门外汉讲解我煞费苦心的发现，不啻是

---

① 在日语里，"电热"和"传热"的发音相同，所以会误听。

对牛弹琴，白费口舌。总而言之，看来将成为长谷川君的未婚妻的人，已经在按此公式热起来了。"

"要是在实际生活里有这样一种公式存在，那人世将会快乐得多。"

保吉把腿挺得笔直，呆呆地眺望着窗外的雪景。由于这物理教师办公室位于二楼的尽头，所以对装有体操器械的操场，对操场再过去一点的成行的松树，以及再远一点的红色砖瓦建筑物，保吉都能毫不费力地一目了然。还有海——它在建筑物之间泛弄起微暗的烟波。

"不过，文学家也够倒霉的了。——唔，你近来出版的书，销路究竟如何呀？"

"老样子，一点卖不出去。在作者和读者之间，似乎不发生什么热传导作用。——哦，长谷川君什么时候结婚？"

"嗯，大约再有一个月的时间吧。可事情也真多，各式各样，简直没法安心学习，真伤脑筋。"

"看你急不可耐的样子，连学习都没有心思了。"

"我可不是你宫本。首先得找间房子吧，可没有出租的房屋，岂不叫人为难？说实在的，上一个星期天，我基本上跑遍了全市，偶尔也碰上空着的房间，但都早就被人定了租。"

"只要不在乎每天乘火车来学校，到我那一带去住怎么样？"

"你那个地方确实稍微远了一些。据说那里倒是有房屋出租，我那对象也希望在你那一带——哎呀，堀川君，该不是靴子焦了吧？"

大概保吉的靴子不知什么时候触上了火炉，发出了一种皮革的焦臭味，与此同时，还白蒙蒙地升起了一股水蒸气。

"嗳，我说这个现象呀，可也是热传导作用呢。"

宫本擦着眼镜，用看不真切的近视眼光，沿着前额投向保吉，脸上还嘻嘻笑着。

过了四五天之后，一个霜风冻云的早晨。保吉为了赶火车，急匆匆地朝某避暑地的郊区拼命赶路。路的右边是麦地，左边是三四米宽的路基，路基上面铺有两条铁路路轨。在人影也不见一个的麦地里，万籁俱寂中遍布着一种微微的声响。看来这一定是谁在麦地里行走。其实不然，那是霜针在翻耕后的土地下面正常地分崩瓦解。

过了一会儿，八点钟的上行列车拖着长长的汽笛声，并不太快地从路基上通过。保吉要赶的下行列车，其发车时间应比这趟上行列车晚半个小时。他掏出怀表看了看，也不知怎么搞的，表针竟指在八点十五分上，保吉将时间的差错归罪于怀表。"今天就不用担忧脱班了。"他当然也这么想了想。这时，路旁的麦地开始向篱笆过渡。保吉点起一支朝日牌香烟，步伐轻松，从容不迫，心想现在更不用忧虑了。

沿着铺有煤渣的道路走上一个缓坡，就是铁路上设有卡杆的道口，保吉信步向道口走去。这时，他发现道口的两边聚集着许多人。保吉马上闪过一个念头：准是轧死人了。也真是巧得很，保吉看到，在道口的卡杆旁有一个自己认识的人在停放一辆载有货物的自行车，这个人是肉铺的小学徒。保吉用那只拿着香烟的手，从后面拍了拍小学徒的肩膀。

"嗳，怎么回事啊？"

"被火车轧了。就是刚刚上行的火车。"

小学徒吐词很快,戴着兔皮耳套的脸上不知为什么泛着红光,生气勃勃。

"谁被轧了?"

"看道口的值班员。为了营救一个眼看要被轧死的学生,自己却被火车轧死了。你知道,在八幡宫前的永井,不是有一爿书店吗?就是那家书店的女儿差一点被轧死。"

"那个孩子得救了吧?"

"嗯,在那里啼哭的就是。"

所谓"那里",就是指道口那一边的人群。果然,警察正在那里向一个女孩询问着什么。边上还有一个站长助理模样的男人,不时和警察搭着腔。保吉看到,在道口的值班小屋前面,有一具盖着草席的尸体——就是道口值班员。这使保吉感到很不舒服,感到厌恶,但同时又的的确确使他感到好奇。远远望过去,似乎也能看到草席底下露出的两只靴子。

"尸体是他们抬上来的。"

在道口这边的信号灯柱下,有两三个铁路上的养路工围坐在一堆小小的篝火四周。篝火探出黄色的火苗,既不发亮也不出烟,可见寒意凛冽之甚。其中有一个养路工正背对着篝火烘烤着自己身上穿的短裤。

保吉越过道口,迈向对面。因为这里靠近火车站,所以有好几条铁轨与道口交叉。保吉每横穿过一条铁轨,总要想到:道口值班员究竟是在哪条轨上被轧的呢?不过,他马上就知晓了答案:有一条铁轨上的血迹还在诉说着两三分钟之前的这场悲剧。一下子,保吉像是受到什么刺激似的把目光移向对面道口。然而，这有什么用呢？寒飕飕地闪着冷光的铁轨表面，稠糊糊地粘着一层红颜色，保吉只觉得自己猛地受了一下惊吓，就在这一瞬间，眼前的情景已清晰地铭刻在心头。更有甚者，那鲜血还从铁轨上冒起一丝丝蒸气……

十分钟之后，保吉在车站的站台上踯躅，心里怎么也平静不下来。他的脑袋里充满着刚才看到的那幅可怕情景。尤其是鲜血上冒起的水蒸气，清清楚楚地浮现在眼前。此时，保吉想起了不久前谈论过的热传导作用一事。寄居在血液中的生命的热能，它按照宫本所说的定律，正一丝不苟、毫厘不差地递传给铁轨，而且完全铁面无私。不管生命的主人是谁，是以身殉职的道口值班员也好，还是重囚犯也好，热传导现象是一视同仁、不讲情面的。当然，保吉心里也很清楚自己这种思想是毫无意义的。孝子落水也得溺死，节妇在火里也一定得烧死。——保吉几次三番想在内心深处如此说服自己。可是，要使眼前的现实和这个理论吻合，又是谈何容易啊！保吉感到一种难言的抑郁横在心间，不得舒畅。

但是，站台上的那些人并不理会保吉的情绪，他们和保吉了无瓜葛，脸上的表情好像都很幸福。对此，保吉感到十分不耐烦，简直想发脾气。尤其是那些海军军官们，他们旁若无人、放开嗓子交谈的情景，特别使他从生理上感到浑身不舒服。保吉点起了第二支朝日牌香烟，走到月台的尽头。从这里顺着铁轨可以望见两三百米外的道口。两边道口处的人群看来基本上已散去，保吉只看见铁路养路工堆在信号柱下的篝火尚有一点黄色的火苗在跳动。

远处的篝火总使保吉产生某种同情。然而，道口的情景无疑地也使保吉感到难以平静。他回过头来，背对着道口，再度返回到人们中间。才走了不到十步，保吉忽然发觉红色皮手套遗失了一只，这是方才点烟时，他拿着右手脱下的手套行走所造成的。保吉回头一看，只见站台的尽头处躺着一只手心向上的手套，手套默默无言地唤住了保吉。

保吉感到，在凝着冻云的微微发暗的天空下，这只失落在站台上的孤孤单单的红色皮手套是具备着生命的。与此同时，保吉还感到，即使在当今这个冻痕轻笼的世界中，温馨的阳光也总有一天会慢慢君临。

一个社会主义者

他是一个年轻的社会主义者，他的父亲，一个小官吏，就为此而要和他断绝关系。然而他并未屈服。这是因为他有一股炽烈的热情，此外还有一个原因，就是他的朋友们在积极鼓励着他。

他们结成了一个团体，不时印发一种十页左右的小册子，或召开个演讲会什么的。他当然也不断地在他们的集会上露面，而且还时常在那本小册子上发表自己的论文。他的论文，除了他们这一圈人之外，好像谁也不会去看。可是他对自己论文中的一篇——《怀念李卜克内西》，多少抱有信心。虽说此文缺乏缜密细致的思绪，却洋溢着诗歌般的热情。

没多久，他出了学校，进入某杂志社工作。不过他并没因怠惰而不出席他们的集会。他们依然和从前一样，充满激情地互相谈论他们的问题。不仅如此，他们还跃跃欲试，以图付诸实践，就像挖凿石头寻找地下水那样。

时至今日，他的父亲也不来干涉他的行动了。他和一个女子结了婚，住进狭小的房子。新居确实很小，可是他没有丝毫的不满，反而感到相当幸福。妻子，还有一条小狗，再加上庭园前的白杨树——这一切，给他的生活带来一种前所未有的亲切气氛。

由于有了一个家庭，由于办公室里分秒必争的事务缠身，他不知不觉地开始怠慢起他们的集会，不大去了。不过，他的一股热情绝没有衰落，至少他自己相信：现在的自己和以前的自己绝没有什么两样。然而,他们——他的同志们,却并不这样认为,并不和他想的一样。特别是新进入他们这个团体的青年,竟毫不客气地非难他的懈怠。

这样一来,不知不觉中,他就更加与他们的集会疏远了。加上他做了父亲,与家庭就愈益亲热得难分难舍了。不过,他倾心于社会主义的热情并没有消退。夜里,他在电灯下发愤用功。与此同时,他对自己从前写的十几篇论文——尤其是对《怀念李卜克内西》那一篇,逐渐感到不够满意了。

他们也对他冷淡起来,并且已经到了对他不屑非难的地步了。他们把他搁在一边——或者可以说把与他类似的几个人都搁在一边,迈开步子去从事他们自己的事业了。事至如今,每逢遇到故交旧友,他就怨天尤人地向这些朋友发起牢骚来。不过说实在的,他自己也在不知不觉中满足于平庸的小康生活了。

又过了若干年之后,他进入某公司工作,并逐渐获得公司要人们的青睐。因此,他现在的住房,比起从前来,总归是宽敞得多了。他还需担负养育几个孩子的责任。然而他的一股热情往何处去了呢?——这也许只有天知道了。他时常躺靠在藤椅上,点起一支雪茄烟,一边乐滋滋地品味着,一边回忆着自己的青年时代。他心里不能不泛起一种微妙的忧郁感。然而,一种具有东方特色的达观态度,常常能把他从苦闷中引渡出来。

他确确实实成了一名落伍者。不过,他的《怀念李卜克内西》一文却激励了一位青年。这位大阪青年,由于股票投机失败,把双亲留给自己的财产输了个精光。青年读了他的论文，就以此为契机而成了社会主义者。当然，他对这位青年的事情是一无所知的。他现在依然是在藤椅上躺躺靠靠，一边乐滋滋地品味着雪茄，一边回首自己青年时代的往事，就像凡夫俗子那样，像最寻常的人那样。

玄鹤山房

一

　　……这所房子建造得小巧玲珑，大门也装饰得颇为雅致。当然，这样的房子在附近一带并不算稀奇。不过，比起其他房子来，唯有这所房子特别风雅：挂着书有"玄鹤山房"四字的匾额；隔着围墙还可以看见庭园里的树木。

　　房子的主人叫堀越玄鹤，光以画家的身份，他就多少有点名气了。不过玄鹤之所以发家致富，是因为他掌握了橡皮印章的专利权，或者说，是因为他获得了这项专利权之后去干了地皮买卖。确实，属于玄鹤名下的那块在郊外的地产，是块连生姜也长不好的地皮。可是它现在已经变成所谓的"文化村"了：盖着红色屋瓦的房子和盖着青色屋瓦的房子鳞次栉比……

　　然而，"玄鹤山房"终究算得上是一所小巧玲珑、大门装饰雅致的房子。特别是最近这一段时间，高山围墙的松树上张挂着除雪的绳子；门厅前落了一地的枯松针，一种叫紫金牛的草木夹在松针中间，结着发红的果实，于是房子更加显得风致秀逸。尤其是房子所在的巷弄，几乎不见行人的踪影。连卖豆腐的小贩从巷弄路过，也只是把货担卸在路口，吹一阵喇叭就离去了。

　　"这玄鹤山房——这玄鹤，究竟是什么意思呀？"

　　一个偶尔从这所房子前路过的学绘画的学生，向另一学绘画的学生发问道。问的人头上留着长发，腋下夹着一只狭长的画箱，他俩穿着一模一样的金扣子制服。

"是啊，这是什么意思呢？不见得是严格[①]的谐音吧。"

他俩一齐笑了起来，同时步履轻松地从房前走过，只留下一截吸剩的金蝠牌香烟头在寒冷冰冻的地上微微冒起一缕青烟，纤细的烟气笔直往上，也不知是两个学生中的哪一个丢的……

[①] 在日语里，"玄鹤"和"严格"的发音相同。

二

　　重吉未当玄鹤的女婿时，就已经在银行做事。所以他每天回到家里，总已经是掌灯时分了。这几天来，重吉一踏进家门，马上就感到有一股奇怪的臭味。那是卧病在床的玄鹤发出来的气息，玄鹤患了老年人中少见的肺结核。当然，房子外面是闻不到这种气味的。重吉穿着冬天御寒的大衣，腋下夹着一只公文皮包，他顺着正门前的踏脚石往里走，一面不由怀疑起自己的神经来。

　　玄鹤在一间独立的耳房里安置了一个铺位，不躺下的时候，便凭靠在叠好的被褥旁边。重吉把大衣和帽子一脱，必定先到这间耳房来露一下脸，嘴里还总挂着"我回来了"或是"今天好吗"这一类的问候话。不过，重吉从不迈进耳房的门槛。这是因为害怕传染上丈人的肺结核病。另一方面，他讨厌丈人身上的气味。玄鹤每次看到重吉，也只是回答一声"哦"或者"你回来啦"这类话。玄鹤的声音依旧有气无力，说是在讲话，倒不如说是近乎喘息。重吉每每听到丈人搭腔，便不得不为自己的不近人情而感到内疚。然而，重吉实在很害怕走进这间耳房。

　　接着，重吉就去探望岳母阿鸟。阿鸟还是躺在饭厅隔壁的一个铺上。早在玄鹤病倒之前，她就瘫痪了，连厕所都没法上。也就是说，阿鸟比玄鹤早七八年便卧床不起了。玄鹤娶阿鸟,是因为她是某大藩的管家的女儿,此外,也因为阿鸟的外表长得很漂亮。虽说阿鸟已上了年纪,但眼睛什么的,风韵犹存。不过,她现在坐在铺上,正在专心致志地修补着白袜套,样子和一尊木乃伊没啥两样。重吉还是向阿鸟简短地问候了一句:"岳母,你今天好吗?"然后就进入六铺席的吃饭间。

妻子阿铃要是不在吃饭间,那准是和来自信州的女仆阿松一起,在窄小的厨房里做事。重吉感到,别说这拾掇得干净又整齐的吃饭间,就连那带有新式炉灶的厨房,比起岳父或者岳母的房间来,都不知要亲切多少倍呢!重吉是某政治家的次子,这位政治家一度做过县知事之类的官。可是,与其说重吉像风度豪迈的父亲,不如说他更像以前做过女诗人的母亲。他长着和善的眼睛和尖尖的下颏,这也很能说明问题。重吉一进入吃饭间,便脱去西装换上和服,然后舒舒服服地坐在长火盆前,一边吸着廉价的雪茄,一边和独生子武夫逗着玩,武夫是今年才进小学念书的。

平时,重吉总是和阿铃、武夫一起围着一张矮脚小桌子吃饭,他们的饭桌上总是洋溢着欢乐的气氛。可是最近以来,"欢乐"之中确实又有使人拘束的地方,这完全是因为家中来了一个伺候玄鹤的护士甲野。当然,武夫可不管"甲野阿姨"在不在,他照旧淘气。不,或者可以说,正因为"甲野阿姨"在场,他便分外调皮。阿铃不时皱起眉头瞪着武夫,但武夫会瞪着眼睛,特意做出把碗里的饭往口中扒拉的动作。重吉常看小说,所以感到武夫的这种调皮捣蛋里有着男性的成分,因而心里觉得不太愉快。但重吉大体上只是微微一笑了之,一声不响地吃饭。

夜里,"玄鹤山房"寂静无声。当然毋庸赘言,武夫次日一早要出门。重吉夫妇基本上在十点钟上床就寝。只剩下护士甲野,她从九点左右开始,还要起来陪夜。甲野在玄鹤的床边拥炉而坐,盹也不打一个,火盆里的火烧得通红。玄鹤呢,他时不时睁眼醒来。可是除了说汤婆子冷了和潮的布干了之外,几乎不开口。耳房里只能听得竹丛的摇曳声。甲野在这种微带寒意的静谧中看护着玄鹤,目不旁顾。与此同时,她的脑子里也在想着各种各样的事:这一家子每个人的性情、自己的将来……

三

有一天下午，快雪初晴，一个二十四五岁的女人领着一个瘦弱的男孩在堀越家的厨房露面，厨房里只有一方天窗，从中可以望见蔚蓝的天空。重吉当然不在家；阿铃正在缝纫机上做活，虽说她的心中多多少少有所预感，但毕竟有点感到不知如何是好。不管怎么说，阿铃还是从长火盆前站起来迎接了来客。客人进入厨房后，便将自己脚上穿的木屐以及男孩穿的鞋弄弄整齐——男孩的身上穿了一件白色毛衣。很明显，这是因为客人感到自己地位卑贱的缘故。不过，客人这样做也不无道理。近五六年以来，她住在东京近郊的农村，是玄鹤公开纳的小妾，名字叫阿芳，曾经当过女仆。

阿铃看到阿芳时，感到阿芳衰老的样子有点出乎意料，这倒也不光是指面容而言。阿芳在四五年前还有一双丰润滚圆的手，但今日她的手却已枯瘦得连静脉都显出来了。还有阿芳身上的饰物——那价钱低贱的戒指，它使阿铃觉得，这位终日操劳家务的阿芳身上有一种说不出的凄凉感。

"这东西是哥哥让我孝敬老爷的，所以……"

阿芳在没有跨进饭厅之前，终于胆怯地把一个用旧报纸包的纸包轻轻地放到厨房的壁角处。正在洗衣服的阿松一边使劲地动着双手，一边不时从眼角偷偷朝阿芳扫一眼。阿芳头上的发髻油光可鉴，前面盘着两个对称的桃形发圈。可是阿松一看到那旧报纸包的纸包，表情就更难看了。纸包里一定又是那发着恶臭的东西，它同新式炉灶和讲究的器皿一点儿也不相配。阿芳虽然不曾看见阿松，但她至少感到阿铃的神色很不正常，于是加上了说明："这，这就是那个大蒜。"接着对正咬着手指的男孩说："快，少爷，行个礼。"不用说，这男孩便是玄鹤和阿芳所生的文太郎。阿芳把这男孩唤作"少爷"，这使阿铃觉得怪可怜的。然而根据阿铃的常识，她马上明白，对这种女人是毫无办法的。阿铃装作若无其事的样子，端出现成的点心和茶水，招待这坐在饭厅角落里的母子俩。阿铃一会儿谈谈玄鹤的病状，一会儿又和文太郎逗乐儿……

玄鹤纳了阿芳做小妾之后，不顾换乘国营电车的劳累，每周一定到阿芳的住所去一两次。对于父亲的这种感情，阿铃起初感到厌恶。她不止一两次地想过："哪怕稍微替母亲的面子想想也好，竟这样……"当然，阿鸟对什么事都好像听天由命。正因为如此，阿铃就更加同情母亲。父亲到小妾那里去了之后，阿铃会瞪着眼睛说瞎话来骗母亲，胡扯些什么"父亲今天赴诗会去了"之类的谎言。她自己也不是不明白，这种话是骗不了母亲的。当她看到母亲的脸上不时有一种近乎冷笑的表情，就直后悔不该说谎。然而相比之下，阿铃总是更可怜自己，她觉得瘫痪的母亲一点也不知道体谅体谅做女儿的。

阿铃将父亲送出门后，常常因为忧虑着全家的事情而停下缝纫机。对阿铃来说，玄鹤在不曾纳阿芳为妾之前就不是一个好父亲。当然，阿铃的性情贤淑，她对父亲的事抱着无可无不可的态度。唯一让阿铃放心不下的是父亲连书画古董都一股脑儿地往小妾的住所搬。从阿芳当女仆的时候开始，阿铃就不认为她是个坏人。不，毋宁说觉得她是个比一般人更腼腆的人。可是阿芳的哥哥有何企图就不得而知了。他在东京的一个僻静地区开着一爿水产铺。在阿铃看来，这个人似乎是个极狡狯的人。阿铃时常缠住重吉，把自己的担心讲给他听。可是重吉产生不了共鸣。"我对岳父是开不了这个口的。"重吉既然这么说，阿铃也就只好闭口不言了。

"岳父也绝不会认为阿芳能懂得罗两峰①的画的……"

重吉有时就这么不露痕迹地和阿鸟闲聊。不过，阿鸟每每听到这种话，只是抬头看着重吉，然后苦笑一下说："那是你岳父的习性啊。他这个人，对我也竟会说起什么'你看这块砚台怎么样'的话来，所以……"

然而从今天来看，这一切都是毫无意义的担心。今年冬天，玄鹤忽然害起重病来，小妾那儿也去不了啦。这么一来，玄鹤对于重吉提出的和小妾断绝关系的意见（当然，具体条件与其说是重吉提出来的，倒还不如说事实上等于是阿鸟和阿铃定下来的），也就出乎意料地爽爽快快答应了。阿芳的哥哥——那使阿铃感到浑身不安的人，也同意了这些条件：给阿芳一千日元赡养费；阿芳回到上总②海边的娘家后，每月再给阿芳寄若干文太郎的抚养费。阿芳的哥哥没有对条件提出丝毫异议，不仅如此，他还主动将玄鹤珍藏在阿芳住处的

---

① 即罗聘（1733—1799），清朝画家，号两峰，工诗好佛，名重于时，为"扬州八怪"之一。
② 旧地名，在今千叶县中部。

茶炊等茶具送了过来。从前阿铃曾对他有所怀疑，所以现在对他就抱有更多的好感了。

"接下来有一件事要拜托，我的妹妹让我请求你们，如果府上人手不够的话，她想来照顾病人……"

对于这个要求，阿铃先去和瘫痪的母亲商量。必须说，这一点是阿铃的失策。阿鸟一听阿铃前来商量这件事，立即表示支持，并要阿芳及早把文太郎一起带来。阿铃除了要为母亲的情绪着想之外，还很害怕全家的气氛将被扰乱，她一再提醒母亲慎重考虑。（可是另一方面，阿铃的地位却是处在父亲玄鹤同阿芳的哥哥之间，所以她又深深地觉得不能板起脸拒绝对方的要求。）然而阿鸟对阿铃的意见，说什么也不肯随便采纳。

"这件事，如果不传到我的耳朵里来，又另当别论，可是……我在阿芳的面前也觉得不好意思。"

阿铃无可奈何，便答应阿芳的哥哥让阿芳过来就是。也许可以说这是阿铃的失策，她毕竟不知世道的艰难。重吉从银行归来，听阿铃讲了这事的经过，他那女性似的秀眉间分明露出了不快的神色。重吉甚至说出这样的话来："多一个人手，这当然是大好事……但也要跟岳父打一声招呼，商量一下为好。如果岳父本人同意回绝，你当然也就没有责任了。"阿铃也一反常态，闷闷不乐地回答说："是啊。"可是要去和玄鹤商量——去和弥留之际对阿芳肯定依然是藕断丝连的父亲商量这种事，阿铃还是无论如何做不到的。

——阿铃一边应付着阿芳母子俩，一边回忆这些曲折的往事。阿芳并不就着长火盆烤手，而是断断续续老在谈论她的哥哥和文太郎的事。她讲起话来同四五年前一样，总爱把"这个"说成"介个"，乡下土音还是不改。这种土音自然而然地使阿铃感到自己的情绪也变得不再拘泥而随便起来。同时，阿铃对母亲阿鸟总有点不可名状的担忧，母亲无声无息地躺在隔壁，中间只隔着一层纸拉门。

"唔，能不能请你住个把星期？"

"是，只要你们认为不碍事……"

"那么，带点儿替换的衣服吧。"

"哥哥说了，今天再晚也会给我送来的，所以……"

阿芳一边回答一边从怀里掏出水果糖递给文太郎，他好像有点儿不耐烦了。

"嗯。我这就去禀告父亲。父亲虚弱透了。他那只靠纸拉门的耳朵生出冻疮了。"阿铃起身离开长火盆之前，下意识地将水壶移移正。

"妈妈。"

阿鸟是在答着什么话，但那是一种含糊不清的声音，像是好不容易才被阿铃的叫声吵醒了似的。

"妈妈，阿芳来了。"

阿铃说后，总算松了一口气，她并不朝阿芳看一眼，很快地站起来离开了长火盆。走过隔壁的房间时，阿铃又说了一句："阿芳她……"阿鸟躺着，嘴埋在睡衣的前襟里，可是一看见阿芳就搭腔说："呀，真早啊。"只露出一双眼睛，像是在微笑。阿铃很清楚地感觉到，阿芳跟随在自己的身后过来了。与此同时，阿铃马上又急匆匆地从走廊向那间偏离正屋的耳房赶去，走廊面临着白雪皑皑的庭园。

从明亮的走廊突然跑进来,阿铃眼睛里的耳房要比实际上显得更昏暗一些。这时,玄鹤正坐着让甲野读报,一见阿铃进来,就猝然问道:"是阿芳来了?"这是一种情绪异常迫切并近乎追问的嘶哑嗓音。阿铃伫立在纸拉门旁,脱口而出回答道:"嗯。"接下来,谁也不开口,一阵缄默。

"马上送她到你这里来……"阿铃说。

"噢……是阿芳一个人吗?"玄鹤问。

"不……"

玄鹤默默地点了点头。

"那么,甲野,我们走吧。"

阿铃说着,比甲野先迈步离开屋子,顺着走廊,连走带跑地向外逃。这时,恰好有一只鹡鸰在堆着残雪的棕榈树叶上抖动翅膀。但是阿铃顾不上看这些了,她只感到有一种恶臭在尾随着自己,这臭味是从满是病人气息的那间耳房里跑出来的。

四

阿芳在家中住下来之后，全家的气氛显然是越来越紧张了，开始是由武夫欺侮文太郎引起的。文太郎这个孩子有像父亲玄鹤的地方，但更像母亲阿芳，连生性懦弱这一点都和母亲阿芳差不多。阿铃对这样的孩子当然不能不有所同情。但是另一方面，阿铃又常常觉得文太郎太没出息。

护士甲野以一种职业上固有的冷漠态度旁观着这场并不罕见的家庭悲剧，对她来说，这毋宁是一种享受。甲野经历过暗无天日的生活。在和病人家里的东家或是医院里的医生打交道的过程中，甲野何止一次想吞一块氰化钾了事！过去的那种经历无意之中就在甲野身上种下了病态性质的乐趣，使她爱把别人的痛苦当做自己的享受。甲野刚到崛越家来的时候，发现瘫子阿鸟每次便后都不洗手。"这家人家的少妇是个很机灵的人，她大概不让我们觉察就端过水了。"——这事在多疑的甲野心里一时留下了一层阴影。可是相处了四五天，甲野就发现阿鸟的这种情况完全是当惯了小姐的阿铃的过失。这个新发现使甲野感到相当满足，阿鸟每次便后，甲野就端来盛有水的洗脸盆。

"甲野阿姨，亏得有你，我才能像别人一样洗上了手。"

阿鸟两手合掌，眼泪都流出来了。对于阿鸟的喜悦心情，甲野完全无动于衷。但是看到从此以后每三次当中阿铃至少有一次肯定会端水来，甲野就很快活。可见对甲野这样的人来说，孩子们吵架并不会使得她不高兴。当着玄鹤的面，甲野假装同情阿芳母子俩；在阿鸟面前，她又做出厌恶阿芳母子俩的样子。

阿芳住下来后过了一个星期左右，有一天，武夫又和文太郎吵架了。吵架的原因只是为了什么猪尾巴像不像柿子蒂的争论。武夫把瘦弱的文太郎推到房间的角落里狠狠地拳打脚踢了一顿。这是个四铺席半的房间，位于正门旁边，是武夫学习用的。阿芳恰巧走过这里，她抱起快要哭不出声音来的文太郎，责备起武夫来："少爷，不能欺侮弱小呀！"

这微微带刺儿的话从一贯腼腆的阿芳嘴里说出来，倒是不多见的。阿芳的一本正经使武夫吓了一跳。接着，武夫一面哭一面逃进阿铃所在的吃饭间。于是阿铃勃然大怒，放下正在手摇缝纫机上做的针线活儿，死拉活拖地硬将武夫带到阿芳母子处。

"你这小鬼太放肆了。喏，快给芳姨赔个礼，双手触地，认认真真赔个不是。"

阿铃当着阿芳的面这么教训武夫，阿芳只好带着文太郎一起流泪，并一再低头道歉不已。而从中斡旋的又准是护士甲野。甲野拼命将脸红耳赤的阿铃往回挡，心里却在想象另一个人——玄鹤，他一定在凝神听着这场吵闹吧。为此，甲野肚里不禁浮起一阵冷笑。当然，她在表面上绝没有丝毫的流露。

可是，闹得全家不得安宁的还不光是孩子的吵架。阿芳还会在不知不觉间煽起阿鸟这个万念俱灰的老太婆的妒忌感。

诚然，阿鸟对阿芳本人并没说过一句怨言。（五六年前，当阿芳还在女仆房间里睡觉的时候，情况也是这样的。）但阿鸟常常会向毫无关系的重吉说这道那。重吉当然是不搭腔，阿铃看了，对重吉颇感同情，所以时常代母亲向重吉表示歉意。重吉倒总是苦笑笑，把话挡了回去："要是连你也歇斯底里，我就苦了。"

甲野对阿鸟的妒忌感很有点兴趣。阿鸟妒忌人的这件事本身当然无须多言，就是阿鸟常向重吉说东道西的心情，甲野也十分明白。不仅如此，甲野感到自己在不知不觉中也产生了一种近似于妒忌重吉夫妇的情绪。对甲野来说，阿铃是东家的"小姐"，重吉也——不错，重吉好歹生来就是个普普通通的男子，但他却是甲野不屑一顾的一头雄性动物。在甲野的眼里，重吉这种夫妇的幸福简直是一种不正之风。为了（？）矫正这种反常现象，甲野对重吉表示出十分亲近的样子。这对重吉或许不起任何作用，却是刺激阿鸟神经的绝好机会。阿鸟裸露着膝盖，恶狠狠地说："重吉，你对我的女儿——对瘫子生的女儿感到不满意？"

然而，唯有阿铃并不为此而怀疑重吉，而且阿铃事实上对甲野也似乎颇感同情。这种情况不仅使甲野感到生气，还使甲野不由得更加看不起心地善良的阿铃。当甲野发现重吉总在避开自己时，她感到很高兴。不仅如此，重吉躲开时，反而对甲野抱有一种男人的好奇心，这一点尤其使甲野感到愉快。从前，即使甲野在场，重吉也会赤裸着身子走进厨房旁的洗澡间，根本不当回事。可是近来，这样的情况，甲野一次也没见到，这一定是重吉在为自己的身体同拔了羽毛的公鸡一样而感到羞耻了。甲野看到躲避着自己的重吉（重吉的脸上也满是雀斑），心里就在暗暗嘲弄他：这个重吉大概在自作多情，他以为除了阿铃还有别人在迷恋着他呢。

一个阴霾的早晨，甲野在挨着正门的三铺席大的房间里——即甲野自己的房间里——对着镜子梳头，发型照例还是她平时常梳的那种不分头路的包头。明天阿芳就要回乡下去了。重吉夫妇对阿芳离开这里回乡下去似乎很高兴，可是对阿鸟来说，这却构成了一种刺激。甲野一边梳头一边听着阿鸟尖锐刺耳的说话声，心里想起了自己的朋友平时常讲的某一个女人的故事：这个女人侨居巴黎时怀乡病症一日重似一日，幸好她丈夫的朋友要回日本，她就和他们一起乘船回家乡。漫长的海上航行似乎并没给她带来什么大的痛苦，可一进入纪州海面，也不知为什么，她突然兴奋起来，终于发展到投海的地步。越靠近家乡日本，她的怀乡病反而越厉害起来……甲野沉静地擦着沾了油的手，心里却在想：那种神秘的力量对瘫子阿鸟的妒忌心理起的作用当然就不必说了，同时对她自己的妒忌心理也在发生作用。

"唔，妈，怎么了？怎么爬到这里来了？妈，你……甲野阿姨，请来一下！"

阿铃的声音似乎是从靠近耳房的走廊里传来的。甲野听到阿铃的叫唤才对着澄澈的明镜，"嗤"地发出一声冷笑，然后装作吃惊的样子回答着："是的，马上来。"

五

玄鹤越来越衰弱了,长年累月卧病在床的苦痛姑且不谈,他的背部和腰部长满了褥疮,痛得十分厉害。玄鹤不时抬高声音呻吟一下,以图稍微减轻些疼痛,可是让玄鹤感到烦恼的还不光是肉体上的疼痛。阿芳住在这里的一些日子里,玄鹤多少得到了些安慰,虽然他也得付出代价,他要承受来自阿鸟的妒忌,要承受孩子们经常的吵架。但是能这样也还算不错呢。阿芳走了之后,玄鹤将不得不在恐怖的孤独氛围里,去面临漫长的人生。

无论怎么说,玄鹤的一生毕竟是可怜悯的一生。诚然,获得橡皮印章的专利权的那当口,玄鹤是在花牌和酒杯上过日子的,那当然是他一生中比较得意的时期。但就是在那样的时期里,还不断有痛苦加到他头上来:老伴的妒忌;自己生怕失去既得利益的焦躁心理。再者,纳阿芳为妾之后,除了家庭纠纷之外,玄鹤还始终背着一个非自己莫属的重大包袱——张罗资金。尤其可悲和可耻的是:玄鹤虽对年轻的阿芳感到依恋,但至少这一两年来,他不知多少次打心里诅咒阿芳母子死掉。

"可耻?仔细想想,难道只有我玄鹤一个人特别吗?不!"

玄鹤晚上扪心自问,他仔细地一一回忆起亲戚、朋友们的事情:他的亲家只是"为了拥护宪政"便带有社会性地杀了好几个比玄鹤还要饭桶的敌人；那个跟他最亲密的古董商人，那么一大把年纪了，竟和前妻的女儿有关系；那个律师花掉了委托他保管的钱款；还有那个篆刻家……可是十分不可思议，这些人所犯的罪孽没有给玄鹤的苦痛带来丝毫变化。更有甚者，它们反而给生活本身投下一层阴影，并一味地将这阴影扩展开来。

"好在这种苦痛也不会长久了，一旦羽化登仙的话……"

这是留给玄鹤的唯一安慰。玄鹤为了排解渗入心灵深处的各式各样的苦痛，就缅怀起一些快乐的事情。然而正如前面所说，玄鹤的一生是微不足道的一生，要是说这其中还稍稍有那么一丁点儿光亮的话，那只能是在谁也不了解的幼年时期。每当玄鹤瞌睡得懵懵懂懂的时候，他的脑海里总是浮现出双亲住过的那个村子，村子在信州的一个山谷里。玄鹤特别忘不了那木板修葺的屋顶，上面还铺着石头；也忘不了满是蚕桑气味的小茅棚，然而这样的记忆也没法维持下去。玄鹤在病痛的呻吟声中，时而念念《观音经》，时而唱唱从前的流行歌曲。他念过"妙音观世音，梵音海潮音，胜彼世间音"之后，又唱起"卡拍来，卡拍来"的歌舞伎曲子，觉得既可笑又罪过。

"睡觉就是极乐，睡觉就是极乐……"

玄鹤为了忘掉一切，只想酣睡不醒。其实这是因为甲野给他服过安眠药之外还给他注射了"海洛因"这类药物的缘故。然而玄鹤不一定能好好安睡，他时不时在梦中遇见阿芳和文太郎，这使玄鹤——梦中的玄鹤情绪开朗不少。（有一天夜里，玄鹤又梦见自己和花牌里的"樱花二十点"交谈。而这张"樱花二十点"的花牌竟变成了四五年前的阿芳。）正因为如此，玄鹤醒过来之后便更觉得惨痛。所以不知不觉间，玄鹤对睡觉也就感到一种近乎恐惧的不安。

大年夜一天近似一天。有一天下午，玄鹤脸朝上仰躺着，对枕旁的甲野说："甲野，我呀，已经很久不曾扎兜裆布了，所以请你替我买六尺漂白布。"

"要漂白布的话，就不必特地让阿松到附近的布店去买了。"

"兜裆布我自己可以扎，请你叠好放着就是了。"

玄鹤就靠这兜裆布——靠着用兜裆布来勒死自己的念头，好不容易度过了小半天。可是，对从铺上坐起来都必须借助于别人的玄鹤来说，要找到这种机会又是谈何容易！何况一旦真的要死，玄鹤也还是害怕的。在昏暗的电灯光下，他凝视着黄檗版经文上的教谕，嘲笑起自己的贪生怕死来。

"甲野，让我起来一下。"

这时已经是夜里十点钟左右了。

"我哪，现在在想睡一下，你不必客气，去休息休息吧。"

甲野瞅着玄鹤，觉得有点儿异常，便冷冷地回答说："不，我不睡。因为这就是我要做的事。"

玄鹤感到自己的打算被甲野看穿了，就点了点头，什么话也没说，假装睡着了。甲野就在玄鹤的枕旁打开新年号的妇女杂志，像是读得很入迷。玄鹤还在考虑着放在被子旁边的兜裆布，一边眯起眼注视着甲野。这时，玄鹤忽然感到很滑稽。

"甲野。"

甲野朝玄鹤的脸看去，心里扑通吓了一跳。只见玄鹤靠着被子，笑个不停。

"怎么啦？"

"不，没什么。一点也没什么可笑的……"玄鹤又一面笑着，一面挥动骨瘦如柴的右手说，"现在……我总觉得可笑……现在请你让我睡下来。"

过了一个小时左右，玄鹤不知不觉地睡着了。当夜的梦境也是吓人的。玄鹤梦见自己站在茂密的树丛中，从高腰拉门的缝隙里朝一间茶室模样的屋子张望，屋里有一个赤身裸体的孩子面朝自己躺着。虽说是个小孩，但有着老人似的皱纹。玄鹤刚要叫喊，便浑身汗淋淋地醒来了……

"一个人也没到耳房来。加上光线还不足，还不足……"玄鹤看了看钟，才知道现在已接近晌午了。他顿时感到松了一口气，心里也亮堂了。不过，他忽然间又像平时一样变得阴郁起来。玄鹤仰脸躺着，数着自己的呼吸，他觉得有什么东西正在催促自己："是时候了哪。"于是他轻轻地摊开兜裆布，缠到自己的头颈上，然后用双手狠命地一勒。

其时，武夫正好把头伸进耳房，他衣服穿得很多，身子变得圆鼓鼓的。

"呀，外公怎么干这种事哪。"武夫这么叫喊着，一溜烟往吃饭间奔去。

六

过了一个星期左右，玄鹤因患肺结核病而一命呜呼了，死时有亲人在场。告别仪式是盛大（！）的。（只有瘫子阿鸟没有出席。）在玄鹤家聚集的人们都向重吉夫妇表示哀悼之意，并且还在罩着白色绫缎的玄鹤的棺柩前焚了香。然而这些人一走出门，便基本上都将玄鹤丢在脑后了。当然，只有玄鹤的友好故旧例外，这些好朋友交谈的内容几乎完全一样："老先生也该感到满足了。既有年纪轻轻的小老婆，又积攒了些钱。"

放着玄鹤棺柩的出殡马车后面跟着另一辆马车，通过市街往一个火葬场驰去，十二月的阳光还不曾从山上消失。重吉和他的一个表弟坐在后面那辆肮里肮脏的马车上。重吉的表弟是个大学生，他有些担心马车的颠簸，但还是埋头看着一册小开本的书，不大和重吉讲话。那本书是李卜克内西的《回忆录》的英译本。重吉却因为守了一夜的灵，疲劳得很。他不是迷迷糊糊地打盹儿，就是打量着车窗外新开发的街市，漫不经心地自言自语着："这一带也完全变了样子。"

两辆马车沿着化了霜的道路总算到达了火葬场。尽管在电话里预先讲好了，但头等炉灶已经没有空了，只有二等的。这对重吉他们来说，当然是无所谓的事。然而，与其说重吉是为丈人着想，倒还不如说是考虑到阿铃的心情，他便隔着半月形的窗子，同办事员热情地交涉起来："说实在的，这个死者是治病治晚了，所以，至少在火葬的时候想要一个头等炉灶。"——重吉编出这种谎言来，这谎言似乎比他预想的要有效得多。

"那么，这样吧，头等的已经没有空了，现给以特别对待，你付头等的价钱，在特等炉灶里烧吧。"

重吉有点感到不好意思，一再向办事员表示感谢。办事员是一个戴着黄铜架眼镜的老年人，看上去就是个好人。

"不，不必那么客气。"

炉灶关上之后，重吉兄弟俩乘着那辆有点儿肮脏的马车，从火葬场的大门出来，出乎意料的是，他俩看见阿芳一个人伫立在砖墙前，向他们的马车行注目礼。重吉有点不知所措，都想脱帽致意了。可是马车其时已经微微斜着车身，跑在栽着树叶凋零了的白杨树的路上了。

"就是她吗？"表弟问。

"嗯……我们来的时候，她好像已经在那儿了吧。"

"哦？我以为光是些乞丐呢……这女人往后该怎么办呀？"

重吉点起一支敷岛牌香烟，尽可能冷淡地回答说："是啊，会是怎么样呢……"

表弟不响了，脑海里已经勾勒出上总海边的渔民集镇，还浮现出了不得不住在那里的阿芳母子的形象，他的脸一下子严肃起来，阳光不知什么时候又照射过来了，他便再一次读起李卜克内西的那本书。

三个窗口

一、老鼠

六月初，一等战舰××号进入横须贺军港，军港周围的群山笼罩在细雨迷蒙之中。前车之鉴，军舰一抛锚就糟糕，老鼠会迅速地繁殖起来，××号军舰当然也不例外。这艘两万吨的××号在霏霏霪雨中垂着舰旗，甲板底下，也不知什么时候开始的，老鼠占据了匣子和衣箱。

战舰停泊之后还没满三天，副舰长下令说，谁要是捉得一只老鼠，就准予上岸一天。命令一下，水兵和轮机兵当然就开始热衷于捕鼠了。在他们的努力下，眼看老鼠一只一只在减少，以致他们不得不为一只老鼠而你争我夺。

"最近大家交来的老鼠，大抵都成了四分五裂的啦。这当然是因为大家乱作一团你拉我拽所造成的。"

军官们聚集在军官室里这么谈笑着。A中尉也是其中的一个，他的相貌长得像个少年人。在闲适的生活中长大的A中尉根本不知道人生的坎坷和阴沉。不过水兵和轮机兵想上岸的心情，A中尉是完全清楚的。混在军官们的谈论中，A中尉一面抽着烟一面总是这么搭腔："是啊，简直要把我也撕成八瓣了呢。"

这种话只能出自独身的A中尉之口。A中尉的朋友Y中尉在一年之前结了婚，为此，Y中尉时常故意嘲笑并奚落水兵和轮机兵。这确实很合乎Y中尉平时的脾气：无论什么事他都不肯轻易示弱。当长着褐色短髭的 Y 中尉由于一杯啤酒而带有醉意,并在桌上托着两腮的时候,他时不时对 A 中尉这么说:"怎么样,我们也去捉老鼠?"

有一天早晨,雨后天晴,A 中尉在甲板上值勤。他批准水兵 S 上岸,因为 S 捉住了一只小老鼠——一只完好不残的小老鼠。S 生得体格魁梧,比一般人要强健一倍。只见他在难得遇见的太阳光下,从狭窄的舷梯上走下来。这时有一个水兵——S 的伙伴,矫健地顺着舷梯往上登,他俩正好擦肩而过,水兵就像说着玩似的对 S 说:"喂,输入了吗?"

"嗯,输入了。"

他俩的一问一答,自然传入了 A 中尉的耳朵里。于是 A 中尉把 S 叫回来,就站在甲板上询问他刚才那一问一答是什么意思:"所谓输入是什么意思?"

S 挺立着身子望着 A 中尉的脸,神情沮丧透了。

"输入就是从外面带进来。"

"为什么从外面带进来?"

A 中尉当然了解为什么带进来。可他看 S 没有回答,顿时感到很生气,便狠命地揍了 S 一记耳光。S 微微打了个趔趄,旋即又立正了。

"是谁从外面带进来的?"

S 什么也没回答。A 中尉瞪眼看着 S,脑海里掠过再给 S 一记耳光将会发生的情景。

"是谁?"

"是我老婆。"

"来和你会面时带来的?"

"是的。"

A中尉的心里不由得发出了微笑。

"装在什么东西里带进来的？"

"点心盒子。"

"你家住在哪儿？"

"平坂下。"

"你父母亲还健在吗？"

"不，就我和老婆两个人过日子。"

"没有孩子？"

"是的。"

S在回答的过程中，一直有点惴惴不安的样子。A中尉就让S那么站着，自己稍稍掉过脸向横须贺的街市望去。群山当中的横须贺街市，灰蒙蒙地显出了一座座屋顶，杂乱无章。虽说是沐浴在太阳光之中，但景象却带有一种不寻常的寒碜相。

"不能同意你上岸了。"

"是。"

S看到A中尉不作声，感到有点迷惑不解，不知怎么办才好。然而，A中尉这时正在为下一个命令打着腹稿，他一时默默无言地在甲板上踱着步子。"这家伙正在担忧自己受罚。"——A中尉像所有的上级官员一样，心里也这么想着，并且禁不住高兴起来。

"就这样吧，你可以走了。"

A中尉总算这么说了。S行了个举手礼，一个向后转，想朝舱口方向走去。A中尉努力使自己不露一点笑容，当S走出五六步远时，A中尉又突然叫了声："站住！"

"是。"

S立即回过头来，不安的情绪似乎再一次遍布全身。

"托你一件事。平坂下不是有一家卖椒盐饼干的店吗？"

"是的。"

"请替我买一袋回来。"

"现在？"

"不错，马上。"

A中尉注意到，眼泪从S那被太阳晒黑的脸颊上淌了下来。

两三天之后，A中尉在军官室的桌子前读着一封署有女子姓名的来信。信是用蘸水钢笔写在粉红色的信笺上的，字迹并不端正。A中尉看了一遍之后，一面点起一支烟一面将信丢给正坐在自己面前的Y中尉。

"这是说的什么呀？……'昨天的事情，不是我丈夫的过错，都是我一手引起的，是从我那见不得人的心里产生出来的，所以请您多多包涵……此外，您的恩情，我至死也不会忘记的。'……"

Y中尉拿着信，懒懒地浮出一种轻蔑的神色。然后板起脸看着A中尉，用冷嘲热讽的口气说："你是有意积点阴德啰？"

"嗯，这想法当然不是一点没有。"

A中尉轻捷地躲开了Y中尉的话锋，向圆窗外望去。窗外只有一片大海，海上霏雨霏霏。可是没一会儿，A中尉像是突然感到不好意思似的对Y中尉说："不过，也真有一种讲不出来的伤感。我打那个家伙的耳光时，什么可怜不可怜，我一概没想过……"

Y中尉脸上显示出来的表情说不上是疑惑还是踌躇，他没有搭腔，默默地看起桌上的报纸来。军官室里除他俩以外，没有第三个人。不过，桌子上的杯子里插着几枝荷兰鸭儿芹，A中尉盯着这些娇嫩的芹叶一味地抽着烟。他感到很奇怪：自己对如此冷若冰霜的Y中尉竟产生了一种亲切感……

二、三个人

　　一场海战结束后，一等战舰××号带着五艘军舰静静地向镇海湾驶去。不知不觉间夜色已降临海面。在左舷的水天相接处，镰刀形的月亮泛着红光挂在空中。当然，兴奋的情绪还没有在两万吨的××号战舰上平静下来。这的确是因为打了胜仗，显得生气勃勃。然而，只有循规蹈矩的K中尉神色疲惫不堪地在舰上四处徘徊，他是特意来寻点什么事做做的。

　　在这次海战开始打响的前夜，K中尉从甲板上走过，他发现前面微微有些亮光，那是从方形的提灯罩里发出来的。于是K中尉就悄悄地朝灯光走去。只见一个年轻的军乐手正趴在甲板上读着《圣经》，他借用提灯的亮光是为了不使敌人发现。K中尉受了感动，便对他讲了几句爱怜的话。军乐手似乎有点惊吓，但发现对方这个当官的并没有责备的意思，马上露出了女性似的微笑，一边羞怯地回答了K中尉的话……可是这位年轻的军乐手的尸体现在正横在主桅杆下面，他中了敌人的炮弹。K中尉看见他的尸体时，忽然想起了某文章中写的一句话："死赐给人安静。"要是自己也在敌人的炮弹下顷刻之间送了命的话——K中尉觉得这将是他最幸福的死法了。

　　然而，这次面临战斗时发生的一件事情至今还十分清晰地留在K中尉的记忆里。当时,做好了战斗准备的一等战舰××号,也是带着五艘军舰迎着惊涛骇浪在海面上前进。也不知为什么,右舷那尊大炮的炮盖子打不开了。而水平线上已经出现敌人的舰队,敌舰上升起的一条一条的煤烟在空中微微摇曳。有一个水兵见大炮出此纰漏,便骑上炮筒,旋即敏捷地到炮口前趴下,他想用两脚将炮盖子蹬开。可是要打开它,看来并不如想象的那么容易。只见水兵像快要掉到海里似的,一而再地划着两脚。他还不时抬起头来,露出两排雪白的牙齿笑笑。这时,××号掀起一阵巨浪往右边转起弯来,与此同时,战舰的整个右舷浸泡在可怕的海浪中了。当然,一刹那间,跨在炮筒上的水兵就不见了,海浪已足以将他吞噬。掉进海里的水兵挣扎着举起一只手,拼命地大声嚷叫着什么。一只救生圈随着舰上水兵的叫骂声向海面飞去。当时,战舰已经与敌人的舰队面对面,当然不能放救生艇了。落水的水兵虽然抓住了救生圈,但眼看着漂离战舰而去。等待着他的命运,是迟早得淹死,这是毫无疑问的。不仅如此,在这个海域里,鲨鱼绝不能说少……

面对此情此景,联系到军乐手之死,K中尉禁不住回忆起临战之前的一件事情来。K中尉进军事学校后一度产生过空想——想当个自然主义作家。不仅如此,虽然从军事学校毕了业,但他还是爱读莫泊桑的小说,因为人生时常向他展示出阴暗的一面。到了××号战舰后,他想起了写在埃及石棺上的"人生即战斗"那句话。他认为,××号战舰上的军官和士兵固然毋庸赘言,就是在××号战舰本身的钢铁甲壳上也筑起了这句埃及名言。因而面对军乐手的尸体,K中尉不由得感到了一种战事全部结束的静谧。但是 K 中尉也不能不感到,像那个水兵那种一味想活下去的苦恼,是不堪忍受的。

K 中尉一边擦着额上的汗,一边从后甲板的舱口登上甲板,因为这样至少可以吹上点海风。在一尊十二英寸大炮的炮塔前,只见胡子修得干干净净的甲板长正背着双手一个人在甲板上溜达。再往前一点,有一个高颧骨的下士正半低着头,背对炮塔直立着。K 中尉心里觉得有点不是滋味,便匆匆地往甲板长那儿靠过去。

"怎么一回事?"

"没什么,只是因为大副来检查前,他上厕所去了。"

当然,这种罚站事件在军舰上是不少见的。K 中尉便在那里坐了下来,望着左舷平静的大海和泛着红光、弯如镰刀的月亮。周围除了甲板长的脚步声之外,听不到一点人的声音。K 中尉感到自己像是放松了不少,于是咀嚼起今天这场海战的感受来。

"我再恳求您一次,即便取消奖赏也只好认了。"下士忽然抬起头来对甲板长这么说。

K 中尉不禁抬眼朝下士看去,在昏暗的光线中,他感到下士脸上的表情是颇认真的。然而,情绪快活的甲板长依然背着双手,平心静气地继续在甲板上踱他的步子。

"别废话了。"

"可是站在这里,我要没脸见自己的下属了。我情愿影响提升。"

"影响提升这可是一件大事,与其那样,倒不如在这里站站。"

甲板长说过这话后,又步履轻快地在甲板上溜达起来。从理智上来说,K中尉也和甲板长持同一观点。不仅如此,K中尉还把下士的名誉心认为是感伤主义的东西。不过,一直低垂着脑袋的下士总使中尉感到一种不可名状的不安。

"站在这里,我感到耻辱。"下士继续低声地恳求。

"那可是你自找的。"

"我甘心情愿受罚,但是让我站在这里,这实在……"

"然而,从耻辱这一点来看的话,哪一种罚法不都是一样的吗?"

"但是在下属面前失去尊严,这对我来说是很苦恼的事。"

甲板长什么也没回答。而下士呢,下士显出失望的样子,他在话的最后一个字上用足了力气,然后便一言不发地伫立在那里。K中尉渐渐感到不安起来(而他同时还存有一种念头——不要被下士的感伤主义所蒙蔽),于是就想借个什么题替下士说说情,可是这"借来的题"从K中尉口中说出来时,竟成了死板板的陈词滥调。

"真静哪。"

"嗯。"

甲板长这么答了一句,便摩挲着下巴继续踱步。他的下颌是在这次海战的前一天晚上特别仔细地刮过的,当时,他还对K中尉说:"从前,木村重成①……"

下士被罚之后,不知从什么时候起不见踪影了。当然,

---

① 木村重成(1592—1615),日本江户时代初期的武将,有谋略,善战,后死于战场。

有值勤的人在，他绝对不可能是投海。而且，花不了半天时间就将最便于自杀的堆煤仓找遍了，也没有发现下士。不过，他的失踪可以说明他大概是死了。下士给母亲和兄弟分别留有遗书。处罚下士的甲板长，现在是心神恍惚，不能安宁了——这是有目共睹的。K中尉是个慎重小心的人，所以就比别人加倍地同情甲板长。K中尉并不饮酒，但他勉强甲板长喝了几杯啤酒，一边却又在担心甲板长会喝醉。

"不管怎么说，他也真是意气用事。也用不着去死嘛，你说是不是？……"甲板长从椅子上滑落到地上，嘴里一而再地怨天尤人，"我只是罚他站着，可他何必去死呢……"

××号在镇海湾停泊后，一个轮机兵去打扫烟囱，事出偶然，他发现了那个下士，下士吊死在烟囱里垂挂着的一根链条上。不过，他身上的皮肤和肌肉也都烤化了，只剩下一副骸骨，水兵服当然更不用提了。这事肯定也传到了军官室里的K中尉耳朵里。K中尉回想起下士伫立在炮塔前的样子，似乎又觉得泛着红光、弯如镰刀的月亮就在那儿挂着呢。

上面三个人的死，永远在K中尉的心上投了一层阴影。从这三个人身上，K中尉不知怎么竟嗅到了整个人生。日徂月徕，K中尉这个厌世主义者成了一个有名望的海军少将，就是部属内部也异口同声地称赞他。他从不为人挥笔题字，即使被人强求也不动笔。只有在万不得已的情况下偶一为之，届时，他必定是往册页上这么写——

君看双眼色，
不语似无愁。

三、一等战舰××号

　　一等战舰××号进了横须贺军港的船坞，修理工作进行得并不太顺利，在它那高高的两舷内外，聚集着数不清的修船工人，两万吨的××号一再感到异常的焦急。可它一想到下海后将会被牡蛎缠上，就难免产生一种刺痒的感觉。

　　××号的朋友△△号也停泊在横须贺军港。一万二千吨的△△号是一艘比××号年轻的军舰。它们横行在辽阔的海洋上时，常常无声地交谈。△△号十分同情××号：由于造船工程师的过错，船舵动辄不听使唤；年龄问题就更不用提了。不过为了安慰××号，△△号从未谈过这个问题。不仅如此，△△号还时常对××号使用敬语，以表示自己对它海战归来的尊敬之意。

　　有一天下午，天气阴沉沉的。由于火种进了弹药库，△△号俄然间发生了令人恐惧的爆炸声，身体的一侧横倒在海水中。当然，××号大吃了一惊（对于××号的震动，许许多多的修船工一定会认为这是物理方面的原因）。海战也不曾参加过的△△号蓦然间成了残废——实际上，××号几乎不能相信这是真的事，它竭力表现出一副平静的样子，远远地勉励着△△号。而△△号正倾斜着身子，火焰和煤烟升往空中，只一味地呻吟。

　　又过了三四天之后，由于舰的两舷失去了水的压力，两万吨的××号竟连甲板也渐渐干裂开来。修船工们见此情形越发着急了，兼日加快修理速度。不知不觉间，××号冒出了抛弃自己的念头：△△号还很年轻就在众人眼前沉入大海，比起这样的△△号来，在生活的道路上自己至少是尝尽了喜怒哀乐的滋味了。××号又回忆起往昔海战时的情景，那是一些舰旗裂成碎片、桅杆也折断的海战……

两万吨的××号在雪白干燥的船坞中高高地仰起了脑袋。在它面前，有好几艘巡洋舰和驱逐舰出出进进。此外，还可以看到新的潜水艇和水上飞机。可是，××号只感到这一切都是泡影。横须贺军港时晴时阴，××号浏览着这座军港，一直在等待自己命中那一天的到来。至于舰上的甲板会徐徐地面朝海底翻过来这件事，又使××号在这一段时期里自然而然地感到有些不安……

暗中问答

一

声：你完全不是我本来想象中的那个人。

我：这不是我的责任。

声：可你自己也在促使这种误解的产生。

我：这种事我一次也没干过。

声：但是你爱风流，或者可以说，你是装作爱的样子。

我：我确实爱风流。

声：你爱哪一个？是风流？还是一个女人？

我：我都爱。

声：[冷笑]看来，你不认为这是矛盾的啰？

我：谁会认为矛盾！爱一个女人的人也许不爱古瓷茶具，这是因为他没有爱古瓷茶具的感觉。

声：风流的人必须二者择其一。

我：我恰巧生来就比风流的人更贪心。不过将来，比起女人来，我也许会更爱古瓷茶具的。

声：那么，你并不彻底。

我：如果这也算不彻底，大概只有得了感冒后还去用冷水擦澡的人才算最彻底啰？

声：别故意逞强了！其实你是色厉内荏。你之所以这么说，大概是为了回击肯定会加到你头上来的社会性的责难吧？

我：我当然是这样打算的。你首先想想看，倘若不予回击，最后只能是你自己粉身碎骨。

声：你这个家伙多么恬不知耻哪。

我：我一点也不厚颜无耻，哪怕遇上一丁点儿事，我的心脏也会像触及冰块似的不寒而栗。

声：看来你认为自己是一个强者啰？

我：我当然是一个强者。可我不是最强的强者。如果是最强的强者，我大概就会像歌德那样心安理得地充当偶像了。

声：歌德的爱情是纯洁的。

我：胡说！这是文艺史家的弄虚作假。歌德在他正好满三十五岁的那年，突然往意大利出逃。不错，只能说是出逃。知道这个秘密的人，除了歌德自己之外，也许只有施泰因夫人①啦。

声：你这话是在替自己辩护，为自己辩护这种事，真是再容易不过了。

我：谈何容易，要是替自己辩护是轻而易举的事，辩护律师这种职业也该不复存在了。

声：巧言令色的无赖！谁也不再想理睬你啦。

我：尚有树木和流水呢，它们会使我感动的。此外，我还有三百册古今中外的书籍。

声：但是你将永远失去你的读者。

我：将来，我会有自己的读者的。

---

① 施泰因（1742—1827），德国中部城市威玛的公爵夫人的侍女，歌德的恋人。她对歌德的世界观和艺术观有很大影响。

声：将来的读者会给你面包吗？

我：就是现在的读者也不大给我呢。我最高的稿费，一张稿纸出不了十日元。

声：你不是有财产吗？

我：我的财产只是一块立锥大小的地产，在本所。我每月的收入，最多的时候也没有超过三百日元。

声：可是你有房子，还有近代文艺读本的……

我：对我来说，那房子的栋梁木头太重。近代文艺读本的版税随时都可以供你使用，其实我只不过到手四五百日元。

声：可你是这读本的编者。光这一点，你就得感到害羞。

我：我有什么可害羞的？

声：因为你已经进入教育家的行列了。

我：胡扯。倒是教育家到我们中间来了，而我夺回了那工作。

声：那么，你还算是夏目先生的学生吗？

我：我当然是夏目先生的学生。你也许晓得世上有一个擅于文墨的夏目先生，但你大概不知道有一个像疯子般的才子——夏目先生吧？

声：你这个人谈不上有思想。偶然所发，全是矛盾不堪的思想。

我：这就是我进步的证据。我想，白痴永远会以为太阳比盆子小。

声：你的傲慢会害死你自己的哪！

我：我时常这么想：也许我这个人不会好好坐着成佛的。

声：看来，你是不怕死的啰？呃？

我：我怕死，可是死也并不难。我曾经上吊过两三次。经过二十秒钟左右的痛苦之后，甚至感到了某种快感。如果遇上什么比死还不愉快的事，我随时都可以毫不犹豫地去死。

声：那你为什么不去死呢？谁都会以为你在法律上是个罪人，不是吗？

我：这一点我也知道。我就像魏尔伦①那样，像瓦格纳那样，或者像有名的斯特林堡那样。

声：可是你并没在赎罪。

我：不，我是在赎罪的，没有比痛苦更彻底的赎罪了。

声：你真是个无可救药的坏蛋。

我：倒不如说我是个善良的男子。如果我是个坏人，就不会像现在这样痛苦，而且肯定还要利用恋爱去敲诈女人的金钱。

声：那么，你也许是个傻瓜。

我：你说得没错，我也许就是个笨蛋。那《痴人的忏悔》之类的书，当是与我半斤八两的笨蛋所写的。

声：你还是个阅历肤浅的人。

我：如果认为谙熟世故的人就是最高等的话，那么，实业家大概要算最上乘了。

声：你在蔑视恋爱。然而现在看来，你却是个恋爱至上主义者。

我：不，至今我依然断断不是恋爱至上主义者，我是诗

---

① 即保尔·魏尔伦（1844—1896），法国象征派诗人的重要代表，作品强调主观感受。

人,是艺术家。

声:但是你为了恋爱而丢弃了父母妻子,不是吗?

我:胡说。我只是为了我自己而丢弃父母妻子的。

声:这么说来,你是利己主义者。

我:抱歉得很,我还不是利己主义者,但我想成为利己主义者。

声:不幸的是,你传染上了崇拜现代利己主义的思想。

我:这正说明我是现代人。

声:现代人就是古人。

我:古人一度也是现代人。

声:你不可怜你的妻子和孩子?

我:有谁不可怜自己的妻子和孩子? 你读读高更的信!

声:那你对于自己的所作所为是永远抱肯定态度的啰?

我:要是永远抱肯定态度的话,我也不来和你进行什么问答了。

声:这么说来,你还是认为自己有错的啰?

我:我只是达观知命而已。

声:可是你的责任呢?

我:四分之一归我的遗传,四分之一归我的境遇,四分之一归我的偶然性,而我的责任只占四分之一的比例。

声:你多么卑劣呀!

我:无论谁都会像我这样卑劣的吧。

声:那么你是恶魔主义者了。

我:对不起,我不是恶魔主义者。我对稳坐在安全地带的恶魔主义者特别蔑视。

声：[沉默了一会儿] 总之你在感到苦痛，可以断定这一点你是有的。

我：不，别轻易下断言。也许我对自己感到苦痛这一点还觉得自豪呢。再说，"患得患失"也不是强者所为。

声：你也许是个正直的人，但是也可能是个小丑。

我：我也认为自己是二者必居其一。

声：你一直相信你自己是个现实主义者。

我：这说明我这个理想主义者已达到了那种程度。

声：你可能会灭亡！

我：但是造我出世者大概会造出第二个"我"来的吧。

声：那你就去受你的苦吧，我可要离开这里了。

我：且慢！你一定得告诉我，你如此接二连三地质问我，却又不露面，你究竟是何许人？

声：我吗？我是在世界的黎明时刻与雅各角力的天使。

(芥川龙之介绘《水虎问答图》，署名为"三拙渔人")

二

声：你具有令人敬佩的勇气。

我：不，我没有勇气。如果我有勇气的话，我应当不窜进狮子口中而等狮子来食。

声：但你的所作所为最像人的作为。

我：最像人的作为乃是最像动物的作为。

声：你做的事并非坏事，只是现代的社会制度苦了你。

我：即使社会制度有所改变，我的作为一定还会给某些人造成不幸的。

声：但是你并没去自杀，不管怎么说，你是有力量的人。

我：我屡次想去自杀，为了死得自然一些，我特地每天吃十只苍蝇。把苍蝇扯碎之后吞下肚去，那种吃法算不了什么。然而嚼碎苍蝇却实在令人恶心。

声：不过，你会因此而伟大起来。

我：我不求什么伟大。我只希望太平。你读一读瓦格纳的信看看，信上写道："只要有足够的钱可以将我的妻子以及两三个孩子的日子对付过去，即使不搞什么伟大的艺术，我也心满意足了。"连瓦格纳都如此，连那样倔强的瓦格纳都如此！

声：反正你感到苦痛，你不是没有良心的人。

我：我并没有什么良心，我只有神经。

声：你的家庭生活是不幸的。

我：可是我的妻子一直忠实于我。

声：你的悲剧就在于：你的理智比别人要清晰。

我：别胡说了。我的喜剧就在于我比别人更不懂人情世故。

声：但你是正直的。在什么都不曾暴露之前，你就把一切向你所喜爱的那个女人的丈夫坦白了。

我：这也是谎言。在我情不自禁地讲出来之前，我并没泄露。

声：你是诗人，是艺术家。对你，一切都可以原谅。

我：我是诗人，是艺术家，但我又是社会的一分子，我得背十字架，这不但没有什么可奇怪的，而且还罚得过轻了呢。

声：你要忘掉自己的利己主义。尊重你的个性，蔑视俗不可耐的民众吧！

我：即使你不说，我也会尊重自己的个性的。不过我不蔑视民众，我曾说过："宁为玉碎，不为瓦全。"莎士比亚、歌德、近松门左卫门①都将消亡，然而生出他们的母胎——巨大的民众，却是不灭的。即使一切艺术都变了形，必然还会从这母胎中重新诞生。

声：你的著作有独创性。

我：不，绝不是独创的。首先，究竟有谁是独创的呢？

---

① 近松门左卫门（1653—1724），日本戏剧家，对净琉璃的形成和发展有重大贡献。

即便是古今的天才著作，其原型也俯拾皆是，更何况我常常要剽窃他人的东西。

声：可你也教别人。

我：我只是教些无法学会的东西。如果是会做的事，那大概在未教人之前，我就自己去做了。

声：你确信自己是个超人吧？

我：不，我不是超人，我们都不是超人，超人只有一个——查拉图斯特拉，而且尼采自己也不知道这查拉图斯特拉是如何死去的。

声：难道连你也害怕社会？

我：有谁不畏惧社会！

声：你看看在监狱蹲了三年的王尔德吧，他会说："胡乱自杀是有负于社会的行为。"

我：王尔德在监狱里时会屡次企图自杀，而自杀未遂只是由于找不到自杀的方法。

声：你把善恶踩到脚下去吧。

我：我今后依然想当个善人。

声：你单纯得太过分了。

我：不，我根本不单纯，而是太复杂了。

声：不过你尽可宽心。你的读者一直很多吧？

我：那要等进入公版之后了。

声：你在为了爱而苦痛。

我：为了爱？像爱好文学的青年似的恭维话，你还是收回去吧！我只是在情事上栽了个跟斗。

声：在情事上，谁都容易栽跟斗。

我：这就好比说"谁都容易迷上贪财之道"而已。

声：你是钉在人生的十字架上了。

我：这可没什么值得夸耀的，因为情杀犯和拐骗犯也都钉在人生的十字架上呀。

声：人生并非如此黑暗。

我：除了"少数中选的人"，谁都知道，人生是黑暗的。而这"少数中选的人"，其实就是笨蛋和恶人的代名词。

声：那随你的便吧，去感受你的苦痛好了。你是否知道特意前来安慰你的我是谁呢？

我：你是狗。你是从前变成狗进入浮士德房间的恶魔。

三

声：你在干什么？

我：我只是在写东西。

声：你为什么写东西？

我：只是因为不由自主，不得不写。

声：那你写吧！写到死为止！

我：当然，首先是除此以外别无他法。

声：你倒是出乎意料的沉着。

我：不，一点也不沉着。如果是了解我的人，他们大概知道我的苦痛。

声：你的微笑到哪儿去了？

我：还给天上的神仙了。要向人生报以微笑，首先必须具备使自己保持平衡的性格，其次必须很富有，第三，还得生就一副比我坚强的神经。

声：可是，你变得轻松起来了吧。

我：嗯，我是变得很轻松了。然而代之而来的，是赤裸的肩上不得不压上一辈子的重担。

声：你只好照你固有的样子生活下去。或者说，你只好照你固有……

我：不错，我只好照我固有的办法死去。

声：你也许会变成一个崭新的、和以往截然不同的你。

我：我永远只是我自己！只不过表皮会变，就像蛇脱皮蜕变一样。

声：你什么都一清二楚。

我：不，我并不清楚。我所意识到的只是我魂魄的一部分；我没有意识到的部分——我魂魄中的非洲，犹如茫茫瀚海，无边无际；这使我感到恐惧。精怪不栖于阳光之下，然而在无边无际的黑暗当中，却有什么东西还在沉睡。

声：你也曾经是我的孩子。

我：你到底是谁？和我接吻，你究竟是谁？哦，我知道你是谁了。

声：那你认为我是谁？

我：我的太平是你夺走的，我的享乐主义是你破坏的，我的……不，不仅是我一个人的。你使人失去了古代中国的圣人所立下的中庸之道。成为你的牺牲品的，到处都有，不管在文学史上，或者是在新闻报道方面。

声：你把我叫做什么呢？

我：我——我不知道如何称呼你。如果借用别人的话来说，你是超越我们的一种力量，你是控制我们的恶魔。

声：你祝福你自己吧。我不会去对任何人讲的。

我：不，我要比任何人都更警惕着你的到来。凡你足迹所及，就失去了太平，而且你像 X 光似的要穿透一切东西。

声：那么你今后可不要麻痹大意啊。

我：当然，我今后不会疏忽的。只是执笔的时候……

声：你是说，在你执笔的时候我就来好了，对吧？

我：谁叫你来！我是一个小作家，是一个想当小作家的人。除此之外,我别无太平的路可走。然而执笔的时候,我也许会当了你的俘虏。

声:那你始终注意着就是。我也许会先将你的话一一付诸实践。好,我要告辞了,说不定什么时候再来看你。

我:[剩下一个人]芥川龙之介啊芥川龙之介!把你的根结结实实扎下去吧。你是随风摇摆的芦苇。天有不测风云,谁知何时变幻。你得站稳了呀,这可是为了你自己,也是为了你的孩子!别自以为是,也别卑躬屈膝!然后你就重新振作起来干。

芥川龙之介年谱

一八九二年　三月一日,生于东京市京桥区入船町八丁目一番地(今之中央区,当时为筑地外国人居留地),为新原敏三之长子。母名福。诞生日适逢辰年辰月辰日辰时,故取名龙之助,后嫌助字不雅,改为龙之介。上有二姐,长姐初子夭逝。次姐久子,初嫁葛卷义定,生一男一女。义定死后,与西川丰再婚。龙之介生后九个月,母福疯狂,龙之介乃寄养于东京市本所区小泉町十五番地之母家,为母之胞兄芥川道章之养子。当时养父道章任东京市政府土木科长。生父敏三,原籍山口县,时在东京京桥区入船町及新宿各有牧场,经营牛乳业。

一八九三年　一岁　生父新原敏三迁居芝区新钱座町十六番地。龙之介寄养芥川家后,经常回生父家游玩。

一八九四年　二岁　龙之介第一次观赏歌舞伎。(见《来自爱好文学的家庭》)

一八九五年　三岁　神经过敏,常听伯母讲怪谈,容易闹梦游。

一八九八年　六岁　入江东小学肄业。芥川家世代为德川家茶道师傅(数寄屋坊主),仕于殿中,生活优裕,是有名望的世家。

一九〇〇年　八岁　幼儿园时代立志当海军军官,一入小学，又想做西洋画画家。

一九〇一年　九岁　初作俳句，有"焚烧落叶夜将深"之句。（见《我的俳谐修业》）

一九〇二年　十岁　生母死。生母死后，正式入籍芥川家为子。

一九〇五年　十三岁　江东小学毕业，入东京府立第三中学，自十一岁左右开始，与同年级同学发行传阅杂志。传阅杂志是当时日本中小学校最流行的手抄杂志，他最爱读的是文学或历史读物。学科中最优秀的为历史，最得意的是汉文。

一九〇六年　十四岁　发行传阅杂志《流星》，刊载《二十年后之战争》等。

一九〇七年　十五岁　投稿校友会刊长篇史论《义仲论》。

一九〇八年　十六岁　从国木田独步的《不欺记》引发灵感，写作《不自欺记》。

一九一〇年　十八岁　第三中学毕业。九月，免试升入第一高等学校第一部乙科（文科）。是年，因全家迁住新宿二丁目七一番地，乃寄宿一高学寮，与久米正雄及菊池宽等缔交，沉浸于文学、哲学书籍；与恒藤恭的交谊尤笃。

一九一三年　二十一岁　七月，第一高等学校毕业，入东京帝国大学英文系。一高毕业时的成绩，是二十七人中之第二名。是年，家族迁住东京市外田端四三五番地。

一九一四年　二十二岁　二月与久米正雄、菊池宽、山本有三、丰岛与志雄、山宫允、成濑正一、松冈让、土屋文明诸氏发行第三次《新思潮》。用柳川隆之介的笔名，发表阿那托尔·法朗士及叶慈的译作。五月发表处女作《老年》；九月发表剧作《青年与死》。十月,《新思潮》停刊。

一九一五年　二十三岁　一月发表《湖南的扇子》；四月,在《帝国文学》发表《丑八戒面具》；九月发表《点鬼簿》；十月发表《罗生门》。是年十二月,因同级同学夏目漱石的受业生林原耕三之介,出席漱石山房之木曜会,尔后为夏目漱石之入门弟子。

一九一六年　二十四岁　二月,与久米正雄、菊池宽、成濑正一、松冈让等发刊第四次《新思潮》,在创刊号上发表《鼻子》,得漱石之激赏。七月,毕业于帝大(今东京大学)英文科,毕业论文为《威廉·莫里斯研究》。毕业成绩为二十人中之第二名。八月在《人文》上发表《野吕松玩偶》；九月,在《新小说》上发表《芋粥》,为新进作家而得文坛认识。继而又发表《手巾》于《中央公论》。十月,发表《烟草与恶魔》(《新思潮》)及《烟管》(《新小说》)。十二月,任横须贺海军机关学校嘱托教官,移往镰仓。学校中之待遇,为月薪六十日元。是月初,夏目漱石逝世。

一九一七年　二十五岁　一月,发表《命运》(《文章世界》)及《尾形了斎备忘录》(《新思潮》),第四次《新思潮》停刊。三月,发表《英雄器》于《黑潮》四月号。五月,第一本短篇小说集《罗生门》由阿兰陀书房出版。七月,《窃盗》在《中央公论》上发表,成为新进作家之第一人,一跃而为流行作家。九月,发表《大石内藏助的一天》于《中央公论》。十月开始,在《大阪每日新闻》上连载《戏作三昧》。十一月,第二本短篇小说集《烟草与恶魔》出版。前一月,自镰仓移居横须贺。

一九一八年　二十六岁　二月二日，与冢本文子（中学时代的朋友山本台誉司之侄女）结婚，购新居于镰仓。同时，自二月开始为大阪每日新闻社特约编撰，每月报酬五十日元。五月，《蜘蛛丝》在童话杂志《红鸟》上发表；在《大阪每日新闻》上刊载《地狱变》。六月发表《开化的杀人》。九月，在《三田文学》上发表《基督徒之死》。十月，在《新小说》上发表《枯野抄》。是月至十二月，在《大阪每日新闻》上连载《邪宗门》。从这时开始习作俳句，出入高滨虚子之门。

一九一九年　二十七岁　一月，第三本短篇小说集《魔术》由新潮社出版。为了专心从事创作，三月辞去海军机关学校职务。入大阪每日新闻社为社员，接受月薪一百三十日元，约定自由执笔。四月再自镰仓迁回东京之田端。前一月即三月，生父新原敏三急病逝世。五月，偕菊池宽同游长崎；《救难圣僧传》在《新小说》上发表。又在是年的《中央公论》一月号上发表《当时的我》。

一九二〇年　二十八岁　一月，第四本短篇小说集《走马灯》由春阳堂出版。是月，《无赖次郎吉》在《中央公论》发表，《舞会》在《新思潮》发表。四月，《秋》在《中央公论》上发表。七月，《南京的基督》在《中央公论》发表，《杜子春》在童话杂志《红鸟》上发表。

一九二一年　二十九岁　一月，《山鹬》在《中央公论》发表，《秋山图》在《改造》发表。三月，第五本短篇小说集《夜来的花》由新潮社出版。是月，以大阪每日新闻海外观察员名义来华，七月回国。

一九二二年　三十岁　四月、五月,再游长崎。第一本随笔集《点心》在金星堂出版。八月,创作选集《沙罗之花》由改造社出版。十一月,中篇小说《邪宗门》由春阳堂出版。是月,次子多加志出生,但因健康损害而休养。是年作品:一月,《竹林中》在《新思潮》发表,《将军》在《改造》发表;八月,《六宫的公主》在《表现》发表;五月至九月间,《阿富的贞操》在《改造》发表。

一九二三年　三十一岁　五月,第六本短篇小说集《春服》在春阳堂出版。从这一年开始,发表了一连串题为《保吉物》的私小说(个人小说),向来的作风有一个转机。九月,遭遇日本东京的关东大地震。

一九二四年　三十二岁　一月《一块地》,五月与七月间《芭蕉杂记》在《新思潮》发表。七月,第七本短篇小说集《黄雁风》在新潮社出版。九月,第二本随笔《百草》,也由新潮社刊行。

一九二五年　三十三岁　与菊池宽同受兴文社之邀约,编纂《近代日本文艺读本》全五卷,十月间出版,惹起文坛一部分人的反感而感到苦闷。七月,三子也寸志出生,而他的健康愈衰,甚至不能创作。四月,《芥川龙之介集》作为现代文学全集第一卷,由新潮社出版。十一月,《中国游记》由改造社出版。创作虽于《大导寺信辅的半生》之外尚有数篇,但无可观之作,他的创作欲也随着健康之衰退走下坡了。

一九二六年　三十四岁　一月,因病蛰居汤河原,治疗肠胃、神经衰弱、失眠、痔疮等。四月迁居鹄沼静养。十月,第三本随笔集《梅·马·莺》在新潮社出版。作品,有一月刊载于《中央公论》之《湖南的扇子》及刊载于十月号《改造》之《点鬼簿》。

一九二七年　三十五岁　一月，姐夫西川丰老屋失火，因受纵火嫌疑而卧轨自杀，为姐夫之善后奔走。作品，有在一月号及二月号《中央公论》所发表之《玄鹤山房》，三月号《妇人公论》上所发表之《海市蜃楼》及同月《改造》上所刊载之《河童》。在《改造》上，以《文艺性的，太过文艺性的》为题，与谷崎润一郎作文学论战。五月，因改造社的演讲旅行，前往东北、北海道。六月，第八本短篇小说集《湖南的扇子》由文艺春秋社刊行。七月二十日黎明，在田端自宅服安眠药自杀。遗书之外，留有《给某旧友的札记》。葬礼在谷中斋场举行。菊池宽声泪俱下的悼辞之外，尚有泉镜花、里见弴、小岛政三郎等之悼辞。遗稿，有十月号《文艺春秋》上所刊的《齿轮》，及九月号上所载的《暗中问答》与《十根针》。此外，尚有十月号《改造》上的《阿呆的一生》，八月号的《西方的人》，九月号的《续西方的人》。死后所出版者，有一九二七年文艺春秋社所出版的随笔集《侏儒的话》；一九二七年至一九三〇年间，岩波书店所刊行的《芥川龙之介全集》全八卷。此外，则有一九二八年改造社所出版的童话集《三件宝》，一九三〇年岩波书店所刊第九本短篇小说集《大导寺信辅的半生》，一九三一年发行的评论随笔集《文艺性的，太过文艺性的》。一九三三年出版了佐藤春夫编的诗集《澄江堂遗珠》。一九二七年，由遗属自己出资，将芥川生前严格选辑的俳句和印谱，用日本纸印刷，外加书帙的日本式线装式的《澄江堂句集》，尤弥足珍贵。

父亲的形象

父亲去世时,我才八岁。在此之前不久,我刚能借助母亲或祖父的讲解,一知半解地读读父亲写的童话。不过,我并不是对故事本身有什么兴趣,而是出于孩子的好奇心理,想了解了解父亲在我颇陌生的范围里是什么形象。寄给父亲的《赤鸟》和《金星》等杂志,都用牛皮纸紧紧卷成筒状,撕去外面的牛皮纸时,总得留神别把其中的杂志一起撕破。杂志被卷后,纸张不能平舒,当我一页一页翻弄着这些不易翻过去的书页时,突然会现出"芥川龙之介作"的字样,这使我兴奋不已,而故事本身给我的感受,就相形见绌,像水一样淡而无味了,因为我当时还没有能力欣赏这些故事。

此外,在我溜进父亲的书房时,心里也会出现这类兴奋。父亲的书房在二楼,有八铺席大,我基本上是不去的。我从昏暗的楼梯口向上看,只能看到拉门上的半个圆窗。我感到可亲的,也就是这半个圆窗而已。有时候,我见父亲不在家,便不让任何人察觉,轻手轻脚地溜上楼去,悄悄潜入父亲的书房。这书房与家中的其他房间迥然不同,房内有一种特别的秩序井然的感觉。一跨进书房,会感到自己也变得不同寻常起来。书房的墙边虽然也放着柜子,但不像其他房间那样总是收拾得整整齐齐,而是堆着各种书籍,书籍成了房间的中心。书房中央的明亮地方铺着青色的地毯,互为直角地放着紫檀木做的小桌几和长火盆，背后的两侧堆着一些作废的草稿、炭笼、书堆、置放信件的木盒和藤编纸篓。桌几对面放坐垫的地方，很自然地形成低洼状，给人一种父亲已外出的感觉。靠墙的书架上摆满了书籍，略高处的壁龛前放着壶和盆。我记得自己总是不胜惊奇地望着这书房里丰富多彩的内容。我也总是感到这里有一种令人心旷神怡的香味，这是烟草香、书香以及另外什么香味的混合体。为了品尝一下阳光透过拉窗沐浴在地毯上的暖气，我有意把脚紧擦着地毯，拖行了一阵。

父亲去世后，我更加喜爱看书了。随着年龄的增长，我也渐渐能看懂父亲所写的作品了。比如那篇童话《阿白》，无非是一则奇妙的故事，说一条白狗变成黑狗，后来又变回白狗。但是不知不觉中，我发现这是一则悲壮的故事，它是写一条胆怯的狗不拯救朋友，后来遇到了一系列痛苦的事情（当然，我领会故事的真正含义，是很久以后的事了）。除了童话之外，我也渐渐接触父亲的其他作品。我读《孩子的病》和《海市蜃楼》之类的小说，为时相当早呢。这大概是因为这些小说中写到了我所熟悉的母亲、弟弟、祖母等人物的关系吧。同时也说明我依然是想听听父亲在我所熟悉的范围里讲了些什么吧。

我小时候在圣学院附属的幼儿园里待过。对一个孩子来说，幼儿园是相当远的，我总是由祖父或女仆接送。在孩子们的接送者中，有的是坐等孩子的唱歌、游戏等活动结束后一起回家的；有的是先回家，到时再来接的。而在等着接孩子的时候，人们往往待在院子里织毛线或看书，也有人爱走到教室外的走廊上，透过玻璃窗户观看孩子们上课的情形。每到将要放学的时候，走廊上的人会越聚越多。这时，孩子们总是忍不住要往窗户外瞅瞅，于是，时常遭到老师的训斥。

圣诞节那天，我们要演圣诞剧，我饰牧羊人。我的台词只有一段："啊，瞧那圣光，听那圣乐！大家跪下来听神的教导吧。"为了能大声地背诵出来，我努力地练习着。

一天，我们像平时一样排练着圣诞剧——五个牧羊人同羊群一起献丑，天使们翩翩起舞，三位博士登场，合唱团唱起赞美歌……排练顺次往下进行，最后，大家跟随着高声奏出的管风琴声，围成一个大圆圈，载歌载舞地前进。这时，司空见惯的教室也好像在以一定的程度旋转，给人一种新鲜的感觉。

这天，我沉醉在这种像玩旋转木马似的兴奋中，眼前晃过弹管风琴的老师、选贴在墙上的图画、走廊上的人群、火炉、滑梯、枯了的藤蔓棚架、留声机、白色的窗帘、管风琴……正当这些景物随着歌声——进入我的视线，继而——逝去后再度出现之时，突然，父亲的面影出现在这些景物中，使我不胜吃惊。歌声仍在继续，我一面随着歌声前进一面努力回头朝窗户外的院子方向张望，但是光线不对头，玻璃窗外的景物一点都看不清楚。不一会儿，我又转到了管风琴旁，能够瞧见玻璃窗外的情况了——果然是父亲！

父亲夹在三四个像是畏寒而挤成一排的接送者中，身子略向前倾，透过玻璃窗户望着我。在那些接送孩子的妇女中，父亲的高身材犹如鹤立鸡群，这使我感到纳闷：从前我怎么会没有发现这一点呢？父亲身穿黑色的和服外套，没有戴帽子。在我俩的目光碰到一起时，他轻轻地点点头，脸上露出了微笑。当我又转往远离院子的方向去时，我已没有什么不安，不但没有回头探望，反而有力地挥舞着手臂，大声地唱着赞美诗向前舞去。转到管风琴前，我看见父亲仍在微笑，仍在向我轻轻地点头示意。

　　父亲的这一形象之所以会特别清晰地铭刻在我的脑际，看来是由于发生的地点和情况都很特殊的缘故。在平时见惯的多为妇女聚集的窗外走廊上，突然看到父亲的身影，这是我做梦也没有想到过的事。在我的思想里，父亲到幼儿园来这件事本是属于不可能发生的。看来，父亲是把我在幼儿园里的形象视作他的未知世界里的儿子的形象，正如我把二楼书房里的父亲视作我的未知世界里的父亲一样。

（芥川龙之介与长子芥川比吕志摄于田端家中）

　　不过仔细想想，在父亲去世后，我也屡屡经历过与此极相似的感受。我在中学求学时，从教科书上读到了父亲写的

《戏作三昧》(当然,教科书上只是选录了一些章节),简直没有兴趣读第二遍。后来,我把这篇小说的全文读了,还是没有多大的感受。不料几年之后,当我第三次读它时,我总算、而且是突然从中辨认出了父亲的形象。这种情况并不限于《戏作三昧》,也并不限于我的学生时代。时至如今,我也会在读父亲的作品中顿时领悟到他那出乎我意料的心境。特别是读他的晚年作品,这种现象所在多有。

父亲的形象是客观存在的,问题是自己尚没有看到而已。

我曾同父亲一起上街散步。黄昏的大街上,有不少衣着华丽的西洋人在漫步。父亲曾给我买过蓝色和黄色的洋蜡烛。

我同父亲在轻井泽的那段没有任何家人在场的生活,父亲基本上是把我丢在一旁了,而我也没有感到特别的不满,每天清晨望望笼罩着山麓并缓缓飘动的雾气,也是新鲜而有味的事。

有一天晚上,父亲对我说:"爸爸今晚有点儿事,得出去一下。"

"到哪儿去呀?"

"同别人家的叔叔一起吃晚饭,你要听话,乖乖地待在屋里。"

我伫立在楼下房间里垂着厚质窗帘的地方,不远处有一只台球盘,三四个客人在打台球,不时传来台球撞击时发出的清脆响声。我不由得害怕起来,把已经旧了的大窗帘裹在身上,望着黑魆魆的窗外,窗外的常春藤在风中摇曳。身后的台球盘那儿突然爆发出一阵笑声,使我联想起在别人家的屋子里听众多来客喧哗、大笑的情景,这同外国电影中的宴会场面十分相像。我觉得父亲也夹在其中大笑,不禁悲从中来,裹着窗帘,放声哭起来。因为我感到父亲离我是那样的远,我感到他是同那些我根本不认识的人在一起。

当时,父亲的朋友堀辰雄闻声跑来,不放心地问我:"怎么啦?你怎么啦?"

也不知过了多长时间,我看到父亲走进屋来。

父亲走近我身边,说道:"是爸爸不好,是爸爸不好,喏,爸爸回来了,不要再哭啦。"

父亲轻轻地拍着我的脊背,反复地说着这些话,脸上露着微笑。

后门被猛力推开,住在附近的叔叔直奔中庭,踏脚石绊了他的脚,他踉跄着撞在松树上,水珠像雨点似的摇落下来。叔叔踢掉脚上的木屐,性急慌忙地奔进来,一眼看到祖父从吃饭间里出来,便抱着拉门,放声大哭了。这是父亲去世的那天早晨,我首先看到的情况。

当时,我还不清楚死究竟意味着什么,我没有怎么悲恸。

从鹄沼来的外祖母在走廊上看到我,把我紧紧搂在怀里,脸贴近我的肩膀:"小比吕,你爸爸……死了呀。"她忍泣吞声地哭了。我感到胸中像压着一块硬东西,也不明情由地泪水汪汪了。我真想说:"我难受,我要走。"于是,我推开外祖母搭上来的手,独自藏到库房的阴暗处,不准自己流泪。说真的,我并没为父亲的死感到悲恸,而是长辈的悲恸感染和影响了我。当我听到有人对我说"你爸爸还在睡觉,你要听话呀",我是完全信以为真的。接着他又对别人说:"过些日子,还是把孩子带到鹄沼去吧。"

父亲躺在我的眼前(不是躺在二楼的书房里,而是躺在楼下的也是八铺席大的书房里,这间书房是后来增设的,比二楼的书房暗得多),他安静地闭着眼,挺直身子仰卧着,不过,嘴巴张得有点儿异常。父亲这样躺着,真像个孩子。

我觉得自己从来没有这么近地看过父亲,简直是纤毫无遗。父亲呢,他也不会因为我的仔细观察而产生任何反应。我见父亲胸部的衣服往上高高鼓起,心里不胜诧异,边上的人告诉我,这是因为父亲把手交叉着放在胸前的缘故。这时,我见一位身穿和服的长辈坐在父亲身边俯首哭泣,还屡屡用手指擦拭泪水,加之父亲胸部高高鼓起的异常形态没有一丝改变,这不得不使我感到:父亲是有些不同寻常了,父亲身上是发生什么变故了。

时间过得真快,父亲去世已有十九年了,七月二十四日又将来临,父亲要是活着的话,今年是五十五岁。但我无法描绘出五十五岁的父亲该是什么模样,再说,追求这种形象又有什么用呢?田端町的老家已经不复存在,位于鹄沼的旧居,从前是"院子角落的铁丝网里侧有好几只白色的来克亨鸡在静静地散步","可以望见远处墙篱外的松树林",现在呢,周围的房屋纷纷拔地而起,院子里种有各种蔬菜;屋内的桌几上放着父亲写下的那不会再改变的全集。

芥川比吕志,一九四六年